マリアの涙

目次

Tears of Mary, Contents

「(二十節) イエスが家に帰られると、群衆がまた集まって来て、一同は食事をする暇もないほどであった。(二十一節) 身内の人たちはイエスのことを聞いて取り押さえに来た。『あの男は気が変になっている』と言われていたからである」

『マルコによる福音書』第三章二十—二十一節より

プロローグ

秋ももうそろそろ終わろうとするある日の夕暮れどき、藤原道生《みちお》は高校からの帰り道を重い足取りで歩いていた。

彼の父親はしばしば二日酔いで仕事を休み、昼過ぎに起き出しては迎え酒だと言ってまた飲んで、妻に頻繁に暴力をふるうので、家庭には争いが絶えなかった。

父親はもともと暴力をふるうような人間ではなかったが、道生の四歳年下の妹を三年前に病気で亡くしてから性格が変わってしまった。彼は妻が娘の異常にもっと早くに気づいて病院へ連れて行っていれば、娘は死なずにすんだのではないかと責めるようになったのだ。

追い打ちをかけるように、作業中に利き手の親指と人差し指に深刻な怪我をする事故に見まわれた。彼は優秀な腕を持つ宮大工で、棟梁や仕事仲間からも信頼されていたが、思うように動かない手でそれまでのように満足のいく仕事をすることは難しかった。娘を失った悲しみから立ち直れないまま仕事にも自信を失って働く意欲をなくし、浴びるように酒を飲むようになった。酒の量と比例して暴力は激しさを増し、家庭は加速度的に崩壊していった。

道生はそのような状況の中で勉強にも身が入らず、生きる希望も失いかけていた。その日も家に帰りたくないという気持ちが道生にのしかかっていて、学校が終わってから、家とは反対の方向にあてもなく歩いて行った。今まで通ったことのない道を歩いていると、右手にキリスト教の教会らしい建物があり、その前には女性の像が立っていた。

道生の家は浄土真宗だったので、キリスト教とはほとんど縁がなく、それが聖母マリアの像であることも知らなかった。しかし、彼にはそんなことはどうでもよかった。その女性が優しく自分を見つめてくれているような気がして心が慰められただけで十分だったのだ。

女性の顔は、少し愁いを含んでいるように思え、それがかえって、道生に親近感を抱かせたのかもしれない。なぜか彼女が、彼の悲しみや苦しみを分かってくれるような気がしたのだ。それ以来彼は、よくその道を通って、ずいぶん回り道をしてから、家に帰るようになった。

道生が初めてその女性の像を見てから一ヶ月ほどたった、クリスマスも近い雪の降る日のこと。朝出かける前に両親が言い争いをしていた場面が思い出され、道生の心はいつにも増してすさんでいた。雪が積もり始めたうす暗い道を歩いていると、余計に気持ちが滅入り、足取りが鈍った。

（帰りたくない）

そう心の中でつぶやいたとき、ふと気がつくと、ちょうどあの教会が目に入った。われ知らず歩を速めて近づくと、雪に霞む夕闇の中に、あの女性の像が白い帽子をかぶって立っていた。その顔は、いつものように優しく、そして悲しい目をして彼を見つめていた。教会の前にはクリスマスツリーの明かりが灯り、時折、中から楽しそうな笑い声がもれ聞こえてきた。

（この前笑ったのは、一体いつだっただろう？）

笑い声に包まれたその雰囲気は、すさんだ彼の心とはあまりにも不釣り合いな気がして悲しかった。急にそこにいる自分がひどく場違いに感じられていたたまれなくなり、家に帰りたくはなかったが仕方なく重い足を引きずってその場を立ち去ろうとした。

帰り際にもう一度女性の顔を見上げると、ふと彼女が寒さに凍えて震えているような気がした。可哀そうに思った道生は自分がはめていた手袋を脱いで、その細い指の手にはめてやった。

するとそのとき、何かが雪の中に落ちて光った。

しゃがんで拾ってみると、それは、縦三センチ、横二センチほどの卵型をした、小さな銀製のメダルのようなものであった。

道生は、それをクリスマスツリーの点滅している明かりにかざしてみた。かなり古そうで少し黒ずんでいた。片面には、十字架とアルファベットの文字のようなものが、もう一方の面には、長いショールのようなものを肩から羽織った女性の全身像が刻まれていた。その像は、今目の前にある女性の像とよく似ていた。

小さいメダルなので、顔の表情はそれほどはっきりとはしていない。

そのメダルがどこから落ちてきたのか彼には分からなかったが、それとなく女性の顔を見上げると、一瞬その女性が心なしか微笑んだようだった。

（もしかしたら、手袋のお礼にくれたのかな？）

現実にはありそうもないことであったが、そう思うと嬉しくなり、思わずそのメダルを握りしめた。

そのときであった。

「入っていいのよ」

そう彼に語りかけるかすかな声が聞こえたような気がしたのだ。周りを見回しても女性の像と道生のほかには誰もいなかった。とても奇妙な感覚だった。

彼にとっては、女性の像が「入っていいのよ」とささやくなどということは、理性では信じがたいことであった。だが透明な優しい声は、あまりにもはっきりと耳に残っていた。

そして不思議なことであるが、彼の心はその声に従うことを受け入れていた。彼は、おそるおそる教会の中に入っていった。

扉を開くと、五十代半ばに見える男性を囲んで、十人ぐらいの人たちが何かの本を読んでいた。皆は朗読を中断して道生のほうを向き、嫌な顔もせず彼を温かく迎え入れてくれた。

「こんばんは。藤原道生といいます。高校一年生です」

道生は決して華奢な体つきではなく、どちらかといえば、上背もあり、がっしりしていた。太い眉と通った鼻筋、彫りの深い顔立ちである。だが緊張していたため、そんな彼の外見からは想像できないほどか細い声で、そう言った。

「こんばんは。よくいらっしゃいました。後藤です。この教会の神父です」

壮年の男性が応じた。

「突然お邪魔してすみません。教会の前にある女性の像を見てはいつも慰められていたので、一度中に入ってお礼を言いたくて」

「教会の前の女性の像……ですか？」

後藤神父が怪訝そうにつぶやいた。

「私たちの教会の前には、女性の像なんかないですよ。男性の像ならありますけどね」

学生らしい女性の言葉に、皆が笑った。

「いいえ、そんなはずはありません。僕は何度もその女性の優しい顔を見てきたのですから。間違いありません」

道生は笑われて、自尊心が傷つき、顔を赤らめながらむきになって言い返した。

「そんなに気になるのでしたら、一緒に確かめに行きましょうか？」

神父が穏やかな声で誘った。

「ええ、是非お願いします」

他の信徒たちも神父と道生の後にぞろぞろとついていった。外は雪がまだ降り続いていた。教会の入口近くまで来て、道生はショックで呆然と立ち尽くすしかなかった。

そこにはつい先ほど、彼が手袋をはめてやり、彼に優しく微笑みかけたあの女性の像はなく、女性の像が立っていた場所には、神父たちが言っていたように、両手を広げた男性の像だけが立っていた。

「そんな馬鹿な……。確かにここに女性の像があったんです！　そしていつも僕を優しいまなざしで見つめてくれていたんです。僕はそれによってどれだけ心が慰められ、励まされたかしれないんです。あれは絶対夢でも幻でもありません。僕の心が温かいものを実際に感じたのですから。嘘じゃないんです！」

道生は、自分自身でも何が起こっているのか分からず混乱していたが、自分が嘘つきだと思われるのが耐えられず、泣き出しそうな顔をして必死に真実だと訴えようとした。

「その女性は、僕にこんなものをくれたんです」

彼はとっさに先ほどのメダルのことを思い出し、ずっと握り続けていた右手を開いて、それを皆に見せた。すると、その場の雰囲気が急に張り詰め、静まりかえった。

「無原罪のマリア様の不思議のメダイ！」

さっきの女子学生が驚いて叫んだ。

「無原罪のマリア？　不思議のメダイ？」

道生は、何のことか分からず、女子学生の言葉をただ繰り返した。

「このメダルは、不思議のメダイというんです。一八三〇年に、無原罪のマリア様が、聖カタリナ・ラブレというフランスの修道女に現れて、作るようにと言われたものなんですよ。それを身に着け、『原罪なくして宿り給いし聖マリア、御身に依り頼み奉る我等の為に祈り給え』と祈っていると、マリア様が私たちを守り、多くの恵みを与えて下さるのです。マリア様からの私たちへの贈り物なのです」

後藤神父はそう説明してから、気落ちして、動揺している道生の肩に優しく手を置いた。

「私はあなたが嘘をついているなどとは思っていないので安心してください。……体が冷えているでしょう。よかったら中に入ってお茶でもどうですか？」

道生は、後藤神父が続けて語った言葉にさらに驚かされた。

（こういう状況なら、嘘つき呼ばわりされても仕方がないのに）

予想に反して、誰も彼を馬鹿にしているようには見えなかった。むしろ彼らの目は、何か素晴らしいものを見ているかのように輝いていた。

「もしかしたら、あなたが見たのは本当に女性の像だったのかもしれません。そういうことはあり得ると私は信じます」

その言葉に、道生は、神父が彼の言ったことを本気で信じてくれていると感じて、落ち着きを取り戻し、促されるままに中に入っていった。

「今日の聖書研究はここまでにして、お茶にしましょう！　マリア様が、特別な方を送って下さったことでもありますし」

道生が見た女性がイエス・キリストの母、聖母マリアだということを彼はそのとき初めて知った。

「そうしましょう！」

神父の提案に、何人かが元気な明るい声で答えた。道生が驚き、また同時に嬉しかったのは、後藤神父だけではなく、教会にいる人たちはどうも道生のことを嘘つきとは思っていないらしいことだった。

道生は、なぜ自分がこの教会の前の道を歩くようになったのか、どのようにして聖母マリアの像に慰められてきたのか、どうして教会に入ろうと思ったのかを知らず知らずのうちに話していた。そして、皆は彼の語る言葉に熱心に耳を傾けて聴いてくれた。そのひとときは、彼には生涯忘れることができない尊い時間となったのであった。

皆に別れの挨拶をして教会を出てから、道生はもう一度あの女性の像を見たところに行ってみた。そこにはやはり聖母マリアの像はなく、イエス・キリストの像が両手を広げて立っているだけだった。だが彼の心は、先ほどのようにもはや混乱してはおらず穏やかだった。そして、あの空虚で重苦しくどんよりとした気持ちは、どこかに消え失せてしまっていた。生きている意味などないのではないかとさえ思っていた、暗く希望のなかった彼の心に、明るい光が射し始めていた。

イエス・キリストもキリスト教も分からなかったが、それでも自分の運命に影響を与える超自然の力が存在することだけは、彼にも何となく感じることができた。そして、聖母マリアがここにいたことは、彼にとってはやはり真実であった。

降っていた雪もようやく止み、月明かりが彼の行く道を優しく照らし出していた。そして、道生の心の中には、「入っていいのよ」とささやきかけた聖母マリアの澄んだ声が、何度もこだましていた。

一章　悲しみの聖母

スターバト・マーテル

藤原道生が初めて聖母マリアに出会ったあの雪の日から、十五年の歳月が流れていた。

Stabat Mater dolorosa　悲しみに沈めるみ母は涙にくれて、
Iuxta crucem lacrimosa,　み子が架かりたまえる
Dum pendebat filius.　十字架のもとにたたずみたまいぬ。

カトリック教会では、九月十五日を「悲しみの聖母」の日として記念する。朝夕には肌寒さを感じ始めた初秋の日の夕暮れ、京都市北区の金閣寺に近い「聖母マリア美術館」では館の落成式が行われていた。

大ホールの貴賓席に座っていた道生は、十八世紀前半に生きたジョヴァンニ・バッティスタ・ペルゴレージ作曲の『スターバト・マーテル（悲しみの聖母）』にまぶたを閉じて聴き入っていた。弦楽

の演奏と、ソプラノとアルトによるそれぞれのソロとデュオによって織りなされるメロディが染み入るように心に響いていた。プログラムにはラテン語で歌われている歌詞の日本語訳も付けられていたが、彼にはそれを追う必要はなかった。そらで覚えていたからである。

嘆き悲しみ、
苦しめるみ子の魂を
剣が貫きたり。

「聖母マリア美術館」は、敬虔なカトリック信徒であり、聖母への熱い信心で知られる実業家、花山幸太郎が巨額の財を投じて建設したものである。花山は宝石商であった父の後を継ぎ、ヨーロッパとの貿易で成功し、大きな富を築いた。私財をいくつかの福祉関係の団体に寄付し、篤志家としても知られていた。最近は絵画や彫刻などにも手を広げており、キリスト教関係の絵画、彫像、イコンなどには非常に高い関心を持っていた。その中でも特に、聖母マリアに関するものには造詣が深かった。

おお、神のひとり子の
祝福されしみ母は
いかに悲しく打ち砕かれたまいしか。

今回完成した「聖母マリア美術館」にも、彼の所蔵品の中で名の知られたものが多数展示されている。この美術館には、メインの展示場だけではなく、臨時の催しもできる展示会場や、池と茶室を備えた日本庭園、会議室、宿泊施設、レストランやチャペルなどもあった。さらに、演奏会や演劇を催したり映画を上映したりできるような、舞台と最新の音響設備を持つ大ホールも備えていた。数百人は収容可能で、今日は一階も二階も満席であった。

尊きみ子の苦しみを
見たまいて嘆き悲しみ、
うち震えたまいぬ。

臨時催し会場では、「マリアの出現と奇蹟」展が催されていた。聖母マリア出現の現象は世界中で見られ、メッセージを与えるとか、病気の治癒などの奇蹟的現象が多数報告されている。

たとえばメキシコのグアダルーペでは、一五三一年に聖母マリアが原住民であるインディオのディエゴという青年に現れ、司教に聖母に捧げる大聖堂を建設するよう伝えることを願った。だが彼は病気の親戚を助けるために人を呼びに行く途中だったため、聖母の願いを聞かずに走り去ろうとした。聖母は彼に親戚は治癒されると告げ、ディエゴが戻ってみると、病気だったその親戚は癒されていた。

司教へのしるしとして花を持っていくように聖母に言われた彼は、花をマントに包んで持って行った。司教館で花を包んだマントを開くと、そのマントには聖母の姿が映し出されていた。そのためローマ教皇パウロ三世は一五三七年、インディオは理性ある人間として扱われるべきだという回勅によって、植民地におけるインディオへの迫害を禁じた。

一八三〇年にはパリの修道女カタリーナ・ラブレに聖母マリアが現れ、不思議のメダイを作るようにというメッセージを与えた。

奇蹟の泉で有名なルルドで、少女ベルナデッタに聖母が現れたのは、一八五八年のことであった。

一九一七年には、ポルトガルのファティマの三人の子供たちに聖母が現れ、三つの重要な預言を与え、のちに五千人、二万人、三万人、七万人の前でも現れた。

さらに一九八一年には、ボスニア・ヘルツェゴビナのメジュゴリエで、聖母は六人の子供たちの前に出現し、その後さまざまな形で四千回以上出現した。

それら、世界各地のマリアの出現と奇蹟ゆかりの地にちなんだマリア像や関連の品、貴重な資料などが展示されており、動画による解説も視聴できた。一九七五年から一九八一年の間に百一回涙を流した日本の秋田の聖母像、一九八五年から一九九二年にかけて血の涙を流した韓国ナジュの聖母像も展示されていた。

これほどまで嘆きたまえる

キリストのみ母を見て
泣かざる者は誰か。

しかし今日のプログラムのメインイベントは、何といっても、『スターバト・マーテル』の演奏と、世界における聖母マリア出現についての講演、そしてこの美術館の顔としてチャペルに置かれることになっている、『ピエタ』像のお披露目であった。

ピエタとはイタリア語で、もともと哀れみや慈悲を意味するが、やがてそれが、十字架から降ろされた我が子イエスの亡骸を抱いて悲しみにくれる母マリアの姿を表した像や絵を指すようになった。『スターバト・マーテル』と『ピエタ』は、どちらも音楽と彫刻において本日の「悲しみの聖母」の記念日にもっともふさわしいものといえるだろう。

み子とともに苦しみたまえる
慈悲深きみ母を眺めて
悲しまざる者は誰か。

『スターバト・マーテル』とは、十三世紀にイタリアの修道士ヤーコポーネ・ダ・トーディによってラテン語で書かれた詩である。その第一行「スターバト・マーテル・ドロローサ（悲しみの聖母はたたずむ)」の最初の二語が詩の題名とされたのだ。十字架に磔にされて死に行く我が子イエスを目の前にして涙にくれる母マリアの悲しみを切々と詠んだもので、以来多くの人々の心をとらえてきた。

十五世紀以降、ヴィヴァルディ、ロッシーニ、シューベルト、ドヴォルザークをはじめ、これまでに四百人以上もの作曲家たちがこの詩に曲をつけたと言われている。それだけこの詩が作曲家たちの心を引き付けてやまない魅力を持っているということなのだろう。その中でも道生が最も好きなのが、今演奏されているペルゴレージの手によるものである。

その人々の罪のために
拷問と鞭に身を委ねたまいし
イエスをみ母は見たまいぬ。

道生の人生は、十五年前に経験した聖母マリアとの不思議な出会いを契機として大きく変わった。それまで信仰とは全く無縁であった彼は、あれ以来、キリスト教の教えや聖書を熱心に学び、洗礼を受け、篤実なカトリック信徒としての道を歩んだのだ。やがて、幼い頃から父に似たのか手先が器用で絵や彫刻が得意だった道生の心の中に、聖母マリアの絵を描き、像を彫ってみたいという思いが芽生えていった。

また瀕死のうちに見捨てられ
息絶えたまいし
愛するみ子を見たまいぬ。

経済的に両親には頼れなかったが、彼の才能を高く評価してくれた父方の伯父の援助を受けて、道生は自分の夢を実現するために京都にある関西芸術大学に進学した。彼は、絵画と彫刻の両方で、在学中からその才能の片鱗を現し、いくつかの賞を取った。卒業後も、優れた聖母マリアの絵画や彫刻を続けて発表し、前途有望な若き芸術家として、カトリック教会の中だけではなく、やがて日本全国にその名を知られるようになっていた。

愛の泉なるみ母よ、
御身とともに嘆くよう
われに悲しみを感じさせたまえ。

道生は、キリスト教のテーマ以外にはあまり関心を示さず、それも特に聖母マリアに関するものを好んで制作し続けた。そのため、「キリスト教がマイナーな日本では受け入れられないのではないか。もっとジャンルを広げるべきだ」と恩師や同僚から忠告を受けたりもしたが、道生はそれらの忠告には耳を傾けず、彼の道を貫いた。ところが、大方の予想を裏切り、彼の作品は、クリスチャンも含めた多くの人々に受け入れられていったのである。

わが心がそのみ心にかなうべく
神なるキリストを愛する火で
燃え立たんよう、なしたまえ。
……

慈しみに満ちた聖母マリアのイメージは、弥勒菩薩のイメージや仏の慈悲の概念とも通じるものがあり、日本人の心に受け入れられやすい要素を持っていたのだろうか。それとも、理想の女性、永遠の母性を求めてやまない願望が万民の心に存在するためであろうか。確かにそれらも理由の内にはあったであろう。だがそれだけではなく、やはり、道生の手によるマリアが独特の魅力を持っていたということなのだ。

わがためにかく傷つけられ、
苦しみたまいし御身がみ子の
苦痛をわれにも分かちたまえ。

道生が描くマリアは、単に西洋で描かれてきたものとは違っていた。何とも表現しがたい日本的な感性が微妙にアレンジされており、それが新鮮な聖母マリアの姿を生み出していた。花山幸太郎は、二年前に、「聖母マリア美術館」の顔としてチャペルに置かれるミケランジェロのピエタ像のレプリカ制作者としてその道生を指名したのである。若き彫刻家・藤原道生の抜擢はマスコミにも大きく取り上げられ話題となったが、花山を非難する者たちもいた。若くして有名になった道生のことを歓迎しない勢力も、当然ながら存在した。

わが命のある限り、
十字架につけられたまいしみ子に対し、
御身とともにわれにまことの涙を流させ、苦悩させたまえ。

以来、像の完成まで、道生はピエタを彫り続けることだけに打ち込んできた。その間、何人かの作曲家の『スターバト・マーテル』に耳を傾けた。それはこの詩が、十字架に磔にされた我が子を下から見つめるのと、十字架から降ろされた我が子の屍をかき抱くという状況の違いはあったとしても、自分よりも先に死んだ我が子イエスの死に心痛める聖母マリアの悲しみをもっとも深く表現していると感じたからである。だから、ピエタ制作の期間、道生は何度も何度もこの曲を聴きながら彫り続けた。特に、ペルゴレージとドヴォルザークのものを好んで聴いた。

聖母の悲しみを自分の悲しみと感じることこそ、最高のピエタを彫るためにもっとも必要なものだと彼は信じていた。だから、元々は聖母マリアへの祈りとして書かれたこの詩の日本語の歌詞を、自分の祈りとして何度も唱えた。時には、聖母マリアの悲しみが自分の悲しみであるかのように涙にむせびながら唱えたこともあった。

われは御身とともに十字架のもとに立ち、
御身とともに嘆かんことを
熱望す。
…………（今谷和徳　訳）

しかし、今日ほどその祈りの言葉が心にしみ通ることはなかった。聖母のために自分の持てる全てを捧げ尽くしたという静かな喜びと充実感が彼の心を満たしていた。

やがて演奏が終わったが、拍手はしばらく鳴り止まず、会場に響き渡った。今宵の『スターバト・マーテル』の指揮者は、これも道生と同じく若手の作曲家、高津真理夫であった。指揮者の高津に対するのと同様に、二人のソリスト、演奏した平安フィルハーモニー管弦楽団にも盛大な拍手が送られた。

演奏会に続いて、『現代世界における聖母マリアの出現』という本の著者で、マリア研究で有名なアメリカのカトリック女性神学者、スカーレット・モロー教授の講演が行われた。

聖母マリアの出現

「現代世界には、聖母マリアの出現が数多く見られます。実際に起こっていることなのですが、そのことは一般社会の人々にはほとんど知られていません。これから皆様にご紹介しますスカーレット・モロー博士は、ワシントンにある聖カタリーナ大学の神学教授です。

博士は、マリア研究の権威であり、現代世界における聖母出現のリサーチのために世界中を飛び回り、聖母マリアの出現、あるいは聖母によって病を癒されるとかスピリチュアルな癒しを受けるなどの奇蹟的な現象を体験した人々にインタビューしながら研究を続けてこられました。

最近やっと日本でも出版されました『現代世界における聖母マリアの出現』という大著は、博士の長年にわたる研究の集大成とも言えるものです。当『聖母マリア美術館』落成式に当たり、博士の研究の一端をご紹介いただけることは、私たち聖母のお働きに関心のあるものとして、非常に光栄なことであります。それでは、モロー博士に盛大な拍手をお送りください！」

スカーレット・モロー教授が温かい拍手で壇上に迎えられた。四十代半ばであるが、年よりもずいぶん若く見える。アメリカ人としては小柄なほうだ。短めの栗色の髪の毛、青緑色の澄んだ目と淡いピンクのスーツに包まれた均整のとれた容姿は、大学教授といういかめしいイメージを与えなかった。

「ミナサマ、コンバンハ！　ワタシハ、セイボマリアニカンシンノアル、ニホンノミナサマニオアイデキテ、トテモウレシイデス！」

ただたどしいがチャーミングな日本語の挨拶は、好意的な笑いを誘って、会場は和やかな空気に包まれた。拍手がようやく収まると、モロー教授は目と口元に軽い笑みを残したまま、英語で語り始めた。穏やかではあったが、はっきりとしたよく通る声であった。

「この二千年間、聖母マリアの出現と奇蹟は二千件以上報告されていますので、とてもその全てについてこの場でお話しすることはできません。それで、今回はいくつかのマリア出現の事例を取り上げ、その出現と教義との関わりについてお話ししてみたいと思います」

そのように前置きして、モロー教授はまずマリア出現についての全体的な概略を説明し、その後、カトリックのマリアに関する教義がマリア出現にどのように関わっているかについて次のように語った。いつしか熱を帯びた真剣な口調に変わっていた。

「聖母マリアが、男性との性的関係なしに救い主であるイエスを身ごもった『処女降誕』という教義は、カトリックだけではなく、プロテスタント、聖公会、ギリシャ正教などほとんどすべてのキリスト教の教派において伝統的に信じられてきたもので、一般的にもよく知られています。しかしカトリック教会は、他のキリスト教の諸教派にはないマリアについての独自の教義を持っているのです。そして、マリアの出現や奇蹟、あるいは様々なマリアに関する芸術表現のほとんどはそのようなカトリックのマリア理解と密接に関わっています。

カトリックに固有な教義の一つは、聖母の『無原罪の御宿り』という教義です。これは一八五四年に、教皇ピオ九世によって教義として宣言されました。この教義は、無原罪であるイエスをマリアが身ごもったということだとよく誤解されますが、そういうことではありません。簡単に言えば、聖母マリアは受胎の瞬間から人類の始祖アダムとエバから受け継がれてきた原罪を免れていたというものです。

もう一つは、聖母は生涯の終わりに死ぬのではなく、身体とともに天に上げられたとされる『聖母被昇天』の教義です。この教義は、『無原罪の御宿り』の教義と関わっています。では、この二つの教義がどういうふうに関わっているかについて説明しましょう。

人間の死は、アダムとエバが原罪を犯すことによって発生したというのがキリスト教の伝統的な考え方です。ですから、原罪を免れているということは、罪の結果である死を免れているということになります。つまり、原罪のないマリアは、肉体的に死なないはずなので、生きたままで天に上げられた、つまり『聖母被昇天』の教義というものが必然的に生まれるのです。

そして、この教義のゆえに、聖母は未だに肉体を持って生き続けていることになるので、そのことが聖母の出現が可能であることの根拠にもなっているのです。この『聖母被昇天』の教義は、一九五〇年に教皇ピオ十二世によって公布されました。

さらにこの考え方は、マリアは死の前兆である老いからも自由であると解釈されていきました。この考え方と関わっている例をあげてみましょう。たとえばミケランジェロのピエタの聖母などはその典型ですが、欧米のカトリック圏などで描かれている聖母が、年を取っているはずなのに、子であるイエスよりも若く美しく描かれているのを不思議に思われた方も多いでしょう。しかし、このような教義的な背景を知ると、なぜそのように描かれてきたのかがよく理解できるのではないかと思います」

聴衆は皆静かにモロー教授の講演に真剣に耳を傾けていた。

続いて、マリア出現の具体例が説明されていった。フランスのルルドにおけるマリア出現については、ルルドが日本でも一般的によく知られていることもあるからか、身を乗り出して聞く人もあり、その関心の高さがうかがわれた。

「奇蹟という観点から見て、ルルドの奇蹟は、近代におけるもっとも有名な奇蹟であり、新約聖書の時代に起こった奇蹟に次ぐものであるとさえ言われています。フランス南西部、ピレネー山脈の麓にある小さな地方都市ルルド。そこで一八五八年二月から七月にかけて、聖母は十八回出現されました。聖母の出現を目撃したのは、貧しい粉屋の娘ベルナデッタ。彼女は当時十四歳で、文字も満足に読み書きできませんでしたが、聖母の指示に従うことによって、難病を治癒する奇蹟の泉を掘り出したのです。

実はこのルルドの奇蹟は先ほど述べました『無原罪の御宿り』の教義と密接に関わっています。というのは、聖母はベルナデッタに、『私は無原罪の御宿りです』と自分を名乗ったと証言したのですが、文字も読めない十四歳の少女がそのような神学用語を知るはずはないので、それが、ルルドでベルナデッタに出現した女性が、聖母マリアである根拠とされていったからです。

ベルナデッタは、後に修道女となり、カリエスなどの病苦を静かに耐え忍び、三十五歳の若さでこの世を去りました。しかし、彼女の遺体は長い間ほとんど腐敗せず、それも奇蹟の一つと理解されました。現在、フランス中部ヌヴェール市のサン・ジルダール修道院の聖堂に安置されています」

モロー教授は、当時のマリア出現の様子と、最初、「熱病に浮かされた少女の幻覚」と誰にも信じられなかったベルナデッタの聖母目撃の証言が、どうして人々と教会に受け入れられていくようになったのか、さらに、小さな田舎町であったルルドが、どのようにして世界中から年間五百万人以上も訪れる大巡礼地となっていったのかについて分かりやすく話していった。ルルドの泉によって、実際に病が癒された多くの例についても、医者の証言と共に語られた。

「実は、カトリック教会が『奇蹟的治癒』と公式に認めることはきわめてまれなことなのです。認定までには厳格な調査基準を満たす必要があり、当然、医学者たちの検査と診断の証明が求められます。ルルドの奇蹟的治癒の中には、そのようなカトリック教会の厳格な調査を通過して公式に認められた『科学的・医学的に説明できない治癒』の記録も多数存在するのです」

ルルドのあと、ポルトガルのファティマ、メキシコのグアダルーペ、ボスニアのメジュゴリエ、韓国のナジュ、日本の秋田などに現れた聖母出現の出来事を、実際にそれを体験した人たちの報告を交えながら紹介していった。

今まで、そのようなマリア出現やマリアにまつわる奇蹟的現象は事実ではないと思っていた人たちも、具体的な日時や、その出現の様子や実際に体験した人たちの証言、さらに出現に伴って実際に起こった病気の治癒などの奇蹟とそれを証明する医師たちの診断結果などを聞かされて、現代科学では理解できないそのような事実が存在する可能性を否定できなくなった。

「一九七三年に秋田の聖母像から涙が流れた奇蹟の調査のために、数年前に初めて来日して以来、私は日本という国が、聖母マリアととても深い関わりがあることを感じてきました」

一連の聖母マリア出現の説明がすむと、モロー教授は、日本と聖母との密接な関わりについて語った。最初のキリスト教宣教師、聖フランシスコ・ザビエルが鹿児島に上陸した日が、一五四九年の聖母の被昇天の大祝日（八月十五日）であったこと。そのためザビエルは、日本を聖母マリアに捧げ、その保護に委ねたこと。二百数十年間宣教師がおらず、また踏み絵によって厳しくキリスト教が取り締まられる禁教令の中にあって密かにキリスト教の信仰を保ってきたキリシタンたちの子孫、いわゆる隠れキリシタンたちが奇蹟的に発見された（一八六五年、慶応元年、三月十八日）きっかけになったものが、長崎の大浦天主堂のマリア像であったことなどについて語った。

「二百数十年という長期間、教会もなく、指導してくれる神父もいない状況で、しかも厳しいキリスト教禁教令が敷かれる中、隠れキリシタンの人たちが『七代後に新しい時代が来る』という預言を信じて、信仰を守り続けてきたことは、当時の世界のカトリック教会も宣教師たちもほとんど誰も予想しないことでした。それゆえ、この事実は、奇蹟的な出来事として世界のカトリック教会に大きな感動を持って迎えられたのです。

隠れキリシタンたちは、マリアへの信仰を特に大切にしてきました。マリア観音などをつくり、マリアの祈りを唱え続けてきました。私は、世界にも例を見ないこの日本の隠れキリシタンの存続と発見自体、聖母マリアの導きによる奇蹟なのではないかと思います。

最後まで私の話を真剣に聞いてくださり、誠にありがとうございました。皆さまが熱心に聞いてくださる姿に、私は聖母マリアがこの日本の国と日本の人々をとても深く愛しておられることを感じました。マリアサマのアイトイヤシトナグサメガ、ミナサマヒトリヒトリトトモニアリマスヨウニ！」

拍手はしばらく鳴り止まなかった。彼女の講演では、今までとっつきにくいと思っていたマリアの教義の内容が明快に説明されたので、クリスチャンだけでなく、それ以外の人たちにとっても結構、知的好奇心を刺激されるものとなったようであった。しかし、それ以上に、人々は、聖母マリアの出現や、それにまつわる奇蹟が実際に起こり得るという気持ちにさせられたこと、さらに、日本人がマリアと深い関わりにあることにも大きな感動を覚えていたのかもしれない。

そしてモロー教授の講演が終わると、いよいよ、その日の式典のクライマックスであるピエタ像の公開の時が来た。

ピエタ

舞台の幕が上がった。舞台中央に置かれたピエタは、まだ真紅の布で覆われていた。やがて、オーケストラが奏でる厳かだが劇的な雰囲気を醸し出す音楽とともに、像を覆っていた布がゆっくりと取り払われた。「聖母マリア美術館」のチャペルに置かれることになるピエタ像を人々が初めて目にした瞬間であった。

十字架から降ろされた我が子イエスの変わり果てた姿を抱く聖母マリア。その悲しみの表情がスクリーンに映し出された瞬間、静寂が場内を包みこんだ。だがまもなく、拍手と称賛の歓声が会場のあちらこちらから沸き起こった。人々を驚かせたことは、道生のピエタの美しさだけではなく、そのピエタが大理石ではなく、木に彫られていたことにもあった。

「ミケランジェロのピエタの優れたレプリカは世界中にいくつもありますが、このレプリカは間違いなく一級品でしょう。これはレプリカというより、オリジナルといえるかもしれません」

バチカンのカンナヴァーロ教皇大使が左隣に座っていた花山幸太郎にくせはあるが流暢な日本語で語っているのが、花山の左に座っていた道生にも心地よいメロディのように聞こえていた。

「このピエタは、西洋的な美と東洋的な美のどちらをも兼ね備えているようで、それでいてそのどちらとも違う不思議な美しさを持っています」

カンナヴァーロ教皇大使の評価は、的を射ていた。西洋の美の中に東洋の美を融合させ、西洋の美も東洋の美も超越する独自の美しさを実現すること、それこそ道生がこのピエタの中に彫りたかったものであった。

引き続いて、司会者が制作者の道生を紹介した。彼が新進気鋭の優れた彫刻家であることは、そこに集っていたほとんどの人に知られていたことであった。しかし、『イエスの涙』『受胎告知』『カナの奇蹟』『街角のマリア』など、彼のこれまでの輝かしい受賞作品が順番にスクリーンに映し出されると、彼らの脳裏にその一つひとつを見たときの感動が蘇り、道生の作品が如何に魅力に満ちたものであるかということを思い起こさせた。やがて拍手で迎えられた道生は、司会者から手渡されたマイクを持って、穏やかな口調で語り始めた。低音だがよく通る声である。

「……敬愛いたしますカンナヴァーロ教皇大使様、里山司教様、田村京都市長様、御来場の皆さま、私が制作しましたピエタを、お気に召していただけましたでしょうか⁉」

その問いかけに、会衆は割れるような拍手で答えた。

「誠にありがとうございます。皆さまもご存じのように、聖母マリアは、暗闇の中にいた私を、イエスによる救いへと導いて下さいました」

道生が、十五年前に奇蹟的に聖母マリアに出会ったことは、これまでにも雑誌やテレビで紹介されたことがあり、よく知られていた。

「その後私は、カトリックの教えと聖母マリアについて学ぶ中で、『聖母マリアの素晴らしさを、絵に描き、像を彫ることによって、人々に伝えることができないだろうか？』と思うようになっていきました」

聴衆はシーンとして、じっと道生の言葉に耳を傾けていた。

「バチカンのサン・ピエトロ大聖堂にあるミケランジェロのピエタは、芸術の完成と称えられ、美の極致とも評されてきました。そのレプリカを制作することは、私にとって非常に大きなチャレンジであり、その責任の大きさに一度は辞退しようとさえ考えたほどです。しかし、もしも聖母マリアがこのことを私に願われたのであるとするなら、きっと道があるに違いないと、お引き受けしたのです」

道生の口調は、依然として穏やかであったが、不思議と人々を引きつけるものがあった。

「皆さまは、先ほどのモロー教授のご説明をお聞きになったので、私のピエタの聖母があまりに若く見えることの理由がすでにお分かりだと思いますが、もしその説明を聞いていなかったならばやはり疑問を感じられたに違いありません」

当時のパレスチナの婚姻年齢は十五歳から十八歳と言われているので、イエスが三十三歳であるとしたら、マリアは五十歳ほどの年齢だったはず。しかし、ミケランジェロのピエタのマリアも道生のピエタのマリアも、イエスよりもずっと若く美しかった。常識では、母であるマリアが子であるイエスよりも若いはずはあり得ない。人々の多くは、そのような疑問を感じたことがあるので道生の言葉にはうなずかざるを得なかった。

「ミケランジェロの完成したピエタを見たある枢機卿が、聖母マリアがあまりに若く見えることに対してその理由を尋ねたとき、ミケランジェロは次のように答えたと伝えられています。

『原罪なくお生まれになったお方は、普通の罪人のようには年をとられないのです』と。

私の『ピエタ』の聖母マリアに対しても多くの人から同じような質問がされることと思いますが、私もミケランジェロのようにお答えしたいと思います。

『原罪なくお生まれになったお方は、普通の罪人のようには年をとられないのです』と」

盛大な拍手が沸き起こった。

「そうです。ミケランジェロのピエタには、聖母マリアについて彼が信じていたものがメッセージとして込められていたのです。それは、モロー教授が説明されたように、ルルドで聖母がベルナデッタに名乗られた『無原罪の御宿り』の教義です。

しかし、彼はその教義の内容を、言葉ではなく、芸術的美として表現したのです。私も、世俗化の波の中で信仰が失われていく現代社会にあって、もう一度聖母マリアへの信仰を蘇らせることに、芸術家として生涯を捧げたいと思っています」

「彼のスピーチは、カトリック神父の下手な説教よりも、ずっといいですねえ。これは用い方によっては、布教に役立つかもしれません」

人々の万雷の拍手の中で、カンナヴァーロ教皇大使が、右隣に座っていた里山司教にうわずった声で言っていた。

「私も同感です」

里山司教が満足そうにうなずきながら相槌を打った。

そのやりとりに、司教の隣に座って聞いていた花山幸太郎は、上機嫌であった。多くの反対を押しのけて、ピエタの制作に藤原道生を大抜擢したのは彼だったからである。新進気鋭の彫刻家とはいえ、若くてまだ彫刻家としての立場が完全には確立していなかった道生を花山が選んだのには、それなりの理由があった。

彼は誰よりも熱心に、聖母マリア美術館のチャペルに置くピエタのレプリカを彫るにふさわしい彫刻家を探した。それこそ日本全国はいうに及ばず、世界各地の名のある人々の作品を見て回って検討した。だが、何人か候補者はあがるものの決定には至らなかった。

花山が彫刻家を探しているということを聞きつけ、自分に関わりがある美術家を売り込もうとして近づいてくる美術商や政治家たちも後を絶たなかった。それだけではなく、一般の人々、信者たちからも、自薦他薦の連絡が毎日のようにあった。驚いたことには、聖母マリア信仰に熱心な者で、聖母マリアの啓示を受けたから、自分こそがこの彫刻を造るべきだという脅迫まがいの手紙を一方的に送りつけ、電話をかけてくる者さえいた。

一時期、花山はその対応に追われて疲れ果て、ノイローゼになりかかったほどである。

中には確かに花山の目にも、この人ならば、という彫刻家が何人かはいた。しかし、いざその人に決めようとすると、何か違っているのではないかという不安な気持ちがいつも湧いてきて、決め切れなかった。

そのような人材の選定に悩んでいたときに、花山は気分転換のために京都の街を歩いていた。ふとある画廊の扉に貼ってあったポスターが目に留まった。

イエス・キリストの目から涙が流れているイラストが描かれていた。花山はそのイエスの目を見ているうちに、何か引き込まれるように、その画廊の扉を押し開いていた。それが藤原道生の個展会場だったのだ。

道生の作品を見ているうちに、花山の心の中の鐘が鳴り響いた。彼はすぐに道生に連絡を取ってもらい、直接会って話をした。そして、彼の聖母マリアとキリスト教美術に対する情熱と信念を聞き、ピエタのレプリカを彫れるのはこの青年しかいないと確信したのであった。

花山がピエタの制作を道生に任せると決めた途端、自分たちの思惑が外れた人たちは、さっそく彼を批判したり中傷したりし始めた。ある者は、道生があまりにも若いので、このような重大な仕事を任せるのは早すぎると非難した。すでに世界的に名の知れた彫刻家にすべきだというのだ。

「そうなればそれが宣伝となって、この聖母マリア美術館に多くの人が集まるでしょう」

「藤原道生は、頭角を現したばかりで、まだまだ彫刻家としての経験は少ないし、いつまで彼が今のレベルを維持し、伸びていくかは誰にも分からない。だったらもっと世間的にも名が通って評価が定まっている美術家のほうが絶対いいに決まっているではないですか」

しかし、花山の決意は決して揺るがなかった。

その日、会場に来ていた人たちの中には、カトリック信徒や他教派のクリスチャンたちももちろんいたが、キリスト教の信仰を持たない人たちもかなり多かった。彼らにとっては、難しい教義はまだよく分からなかったが、道生が創り出した独特なマリアの美しさには、すぐに魂を奪われた。

(これが芸術の持つ普遍性であり、力なのだ。知的な神学的議論では人々の心を神に向けさせることはできない)

人々の賞賛と拍手の嵐の中で、藤原道生は、聖母が彼に与えた使命をますます確信しながら心の中でそうつぶやいていた。多くの聴衆が道生のスピーチとピエタの美しさに心を揺さぶられているのが彼には手に取るように伝わってくるのだった。

だが、そのような雰囲気の中にあって、不快な気持ちを抱きながらその場にいた人物が少なくとも一人はいたことに彼は気づいてはいなかった。

二章　傷つけられたマリア

成功の日々

聖母マリア美術館には、落成式以後、多数の人々が訪れるようになった。彼らのお目当ては道生が制作したピエタであった。ピエタの制作とその成功によって、芸術家としての彼の地位はより確固たるものになったのである。

道生はその成功に喜びを感じていた。だが、彼はそれによって決して満足してはいなかったし、さらに上を目指そうとしていた。彼の生き方は、名声や地位やお金を求めるというような生き方とはどこか違っていた。人から褒められ称賛されても、驕り高ぶるということはなかった。

少しは贅沢な暮しをしたりしてもよさそうなものであったが、必要なこと以外では無駄遣いはせず、質素な生活を続けていた。それで彼のことを、「付き合いが悪い奴だ」とか、「ケチだ」とか言って陰口をたたく人も多かった。

だが実際は、彼は人知れず、フィリピンの子供たちの里親になったり、ドメスティック・バイオレンスの被害から逃れた子供たちや女性たちを助ける施設などに、匿名でかなりの額の寄付をしたりしていたのである。

彼にそのような生き方をさせているものがあるとすれば、それは彼の人生に救いを与えてくれた聖母マリアに、自分の生涯をかけて恩返しをしたいという、マリアへの愛に違いなかった。

順調な成功の日々が続き、やがて二年が経過した。

この間、道生は、私生活でも、花山幸太郎の一人娘、花山エリカと婚約し、芸術家としての立場をより磐石なものとしていった。

花山エリカは、花山とその妻由布子の一人娘である。服飾の専門学校を卒業後、さらにフランスで一年間、日本でも名の知れたデザイナーのもとで学び、帰国してファッションデザイナーとしての道を歩み出していた。

父の援助やコネクションももちろんあったが、聖母マリアをモチーフとした彼女のユニークな作風が受け、まだ若かったがすでにその業界で頭角を現していた。父親の幸太郎に似て、彼女自身がモデルに間違えられるほど背がすらりと高く、目鼻立ちがはっきりした端麗な容姿の持ち主であることも人気の大きな要因であったのかもしれない。

エリカが道生と初めて出会ったのは、聖母マリア美術館のピエタのレプリカを彼に彫らせることを花山が決めてから間もなくのことであった。デザイナーと彫刻家という違いはあっても、同じく聖母マリアをテーマにしているということもあり、何度か会って話をするうちに強く惹かれ合うようになった。家庭の信仰や家柄の違いという問題はいろいろあったが、幸太郎が道生を非常に気に入ったこともあり、一年ほどの交際期間を経て婚約が発表された。

その時のインタビューの質問に二人は次のように答えている。

「エリカさんは、その美しい容姿以上に、純粋な心と深い信仰を持っておられ、そこに私は魅せられました」

「道生さんの卓越した芸術的センスはもちろんですが、彼がカトリックの熱心な信仰を持ち、芸術を通してキリスト教を広めることに貢献したいという思いに強く惹かれました。そして、この人とならば生涯を共にできると思ったのです」

一番の決め手は、お互いが信仰において深く通ずる世界を感じたということであろう。

エリカの作品には、聖母マリアをデザインしたものが多かったが、道生との出会いを通して、彼女の聖母マリアをモチーフとした作品にはより磨きがかかり、さらに洗練されたものとなっていった。

道生の絵画や彫刻の制作や講演の依頼はキリスト教関係からだけでなく、他の方面からもくるようになった。人間的にも少しずつ幅広くなり、聖母やキリスト教のものだけではなく、他の宗教のものや、愛、希望、平和など普遍的なテーマも扱うようになっていた。

だが制作を引き受けるに際して、彼が一つだけこだわっていたことがあった。それは、金額の多寡よりも、依頼主の依頼の動機や意図によって制作を引き受けるかどうかを決めるということであった。

破壊

ところが、道生が有名になると、彼の信仰や信念とは無関係に、彼が受け入れられない不純な目的で、資金力にものを言わせて藤原道生ブランドの作品を取り込もうと働きかけてくる個人や団体が現れるようになった。そして、どんなにお金を積んでも道生が引き受けないので、ぎくしゃくする関係も生じ始めた。

「あまり堅く考えないで、少しは妥協するということもあってもいいんじゃないのか」

友人や彼と親しいカトリック教会の人たちも、心配してそのように彼に忠告した。しかし、道生は言うのだった。

「人生には限りがある。普通七、八十年は死なないと思っているけれども、そんな保証はどこにもなく、実際はいつ死ぬか分からない。もしかしたら明日死ぬかもしれない。一つの作品を作り上げるには、自分の命を削って魂を投入しなければならないんだ。だから、自分が命を賭けてもいいと思えるものだけを、限られた人生の中で表現し続けたいんだ」

そしてある日、道生の人生を狂わす大事件が起こった。

前日、道生は東京でのクライアントとの打ち合わせが長引き、その日の午前中京都に戻る「のぞみ」に乗っていた。打ち合わせは満足のいくものであった。彼の意図を尊重してくれたクライアントとのやり取りは新しい彼の構想を生むのに役立った。

ところが、少し高揚した気持ちで体を座席の背に預けてドアの上にニュース速報のテロップが流れるのを何気なく読んでいたときだった。その一つの記事が、彼を一瞬にして地獄に突き落とした。

「聖母マリア美術館のピエタ像のマリアの顔の左側が何者かによって破壊される。このピエタ像は藤原道生氏により制作されたもので、日本国内ばかりでなく、海外でも高い評価を受けていた（京阪新聞ニュース）」

道生は自分の目を疑った。しかし、同じニュースが繰り返し流れるのを見届けると、急いでデッキに出て事務所に連絡した。

「本当なのか⁉」

「はい、今警察から電話が入ったところで、ちょうど連絡しようと思っていたところでした」

事務所を任せている坂本慎也のうわずった声が携帯電話から聞こえてきた。やはり事実だったのだ。

（こともあろうにマリア様の顔が傷つけられるなんて！）

携帯を切った道生は、深い悲しみと喪失感に打ちのめされ、どうしていいか分からず途方に暮れた。どのようにしてデッキから席に戻ったのかも分からないほど、彼はショックを受けていた。

聖母の悲しみが刻まれた美しい顔こそ、ピエタのシンボルであった。二年間脇目もふらず、持っているもののすべてを、そのマリアの顔を彫るために投入したのだ。よりによってその聖母の顔が破壊されてしまったのである。

（愛する大切な人が殺されてしまったとき、人はこのような気持ちを感じるものなのだろうか？）

放心状態の中でそんなことを思っていた道生は、しばらくしてようやく我に返った。

（マリア様、これには一体どういう意味があるのでしょうか⁉）

京都に着くまでの新幹線の中で、そして京都駅から北区にある美術館に向かうタクシーの中でも、道生はずっと聖母マリアにすがるようにして祈り続けていた。この予想もしなかった悲劇に何らかの意味があるならそれを知りたかった。

しかしいくら祈り求めても、ピエタの聖母マリアの顔が破壊されたことに一体どのような意味があるのか全く分からなかった。それでも彼は信じようとした。自分の周りに起こる出来事にはすべてなんらかの意味があるということを。その意味を知ることができれば、そこからまた新たな道が開けるはずだと。

たとえ自分にとって悲惨な出来事であるように見えても、その背後には必ず神の愛の計画が隠されているということを彼は知っていた。自分自身の家庭における悲惨な状況が、聖母マリアを通してキリスト教の救いに導かれるためには必要だったという自身の体験が、彼にその信念を与えていたからである。だが、道生は今、その信念すらぐらつきそうになるほど混乱していた。

美術館の周りは、警官やマスメディア関係者や野次馬でごったがえしていた。

「ピエタ制作者の藤原道生です」

そのように告げても、すぐには中には入れてもらえないほどだった。

ようやく本人と認められて美術館のチャペルに入ったとき、道生の顔は緊張のあまり血の気が引いて蒼白だった。恐ろしいものを見るときのように心臓の鼓動が早鐘を打っていた。傷つけられたピエタの周りにはロープが張られ、警察の鑑識関係者や刑事たち、美術館の係員が詰めていた。

その中には館長の花山幸太郎もいたが、道生の耳には彼の慰めの言葉も聞こえず、その姿さえ目に入らなかった。道生はピエタをただ食い入るように凝視した。

現場検証のため、チャペルの電灯だけでなくピエタだけに向けた照明も点灯され、破壊されたマリアの顔を照らし出していた。それが傷跡に濃い陰影を与え、かえって犯人の残虐な犯行を浮き上がらせていた。

左側の頬と伏し目がちの眼の一部がえぐり取られて、全体として聖性と母性、そして罪のない人の究極の悲しみを表現していた聖母マリアの均衡のとれたなめらかな顔は、完全に崩れていた。右側だけを見ると非の打ち所のない美しいマリアの顔があり、左側に眼を転じると無残にえぐられた醜い顔があり、もとが完璧な美しさだっただけに、かえってその惨めな姿をさらに惨めなものにしていた。

この傷は致命的だった。

道生は顔を覆うとうめき声をあげた。泣いているのか怒っているのか、自分でも分からなかった。ただ、この場から、この現実から逃れたかった。刑事が事情聴取のために話を聞きたいと言ったが、日を改めてもらうことにした。一刻も早く、その場から去ってしまいたかったのだ。

館長の花山の声がしたが、それを振り払うようにして道生は美術館を飛び出し、どこに向かっているのかも分からずただがむしゃらに走り続けた。

左側が破壊された聖母の顔。そのことを想像するだけで、道生は、愛する人が傷つけられたような強烈な苦痛を感じた。それはかつて味わったことのない心の痛みであった。そして、未だ目に見えぬ犯人に対する憎しみの思いが、われ知らず心の中に湧き上がってくるのだった。

(ピエタ像制作に関わることで、このような気持ちを感じるようになるとは夢にも思わなかった)

そう心の中でつぶやいてもどうしようもなかった。それは今現実に彼自身の身に起こっていたのだから。恨みや憎しみの感情を持ってはいけないと自分に言い聞かせても、どうしても抑えることができなかった。そしてそういう思いが自分の中に湧き上がってくることに、道生は、暗い闇の中に吸い込まれていくような得体の知れない恐怖を感じた。

非難

この「聖母マリア傷害事件」は、社会にも大きな衝撃を与え、マスメディアは連日センセーショナルに事件を報道した。多くの人々が犯人の暴挙に憤りを感じていた。

「日本で生まれた貴重なキリスト教芸術の損失だ！」

クリスチャンだけではなく、宗教者や心ある人たちも、日本が生み出し、世界にも評価されはじめた道生の作品が傷つけられたことに悲しみを覚えていた。そして世論はおおむね、彼に同情的であった。

警察の必死の捜査にもかかわらず、犯人の手掛かりは、未だに何もつかめていなかった。それが単独犯によるものなのか、複数犯によるものなのかも不明であった。制作者の藤原道生や美術館オーナーの花山幸太郎などへの個人的な怨恨によるものなのか、あるいは、カトリック教会やキリスト教会に対するテロ行為なのか。確かなことはほとんど何も分からなかったが、様々な憶測だけは飛び交っていた。

道生や花山には決して敵がいなかったわけではない。いや、彼らの成功をねたみ、彼らに悪意を抱く人間はむしろ多かったかもしれない。

そんなある日、かなり視聴率を稼ぐテレビのワイドショー番組で、今回の事件に関して特集が組まれた。その中で、売れっ子評論家が発言した。

「私は藤原道生氏に対する個人的な恨みの線が、一番可能性が高いと思います。だって、彼は聖母マリアとキリスト教関係のテーマに限ってしか絵を描かないし、彫刻も彫らないっていうでしょ。キリスト教の国ならいざ知らず、キリスト教信者が人口の数パーセントにしか満たない日本の国で、そんなことを言うのは、日本人を馬鹿にした傲慢な態度と思われても仕方ないですよ」

「あなた自身はどう思われますか？」

「もちろん私もそう思います」

マスメディアの力は恐ろしいものである。たとえ事実とは違う解釈であっても、一旦情報が流れてしまうと、人々はその間違った解釈を正しいことと信じ、影響を受けてしまうのだ。畑山という名の知れた評論家が発言したこの間違った情報をきっかけに、事態は急変した。犯人よりも、犯罪を生み出すきっかけを作った道生の態度に対する批判へと世間の風向きが大きく変わり始めたのである。そして、非難と中傷の嵐が連日彼に襲いかかった。辛い日々が始まった。

その嵐の中で、道生は、もし自分がマスコミの言うように傲慢であり、そのために誰かが自分に対して憎しみや恨みを抱いて聖母を傷つけたのなら、確かに非は自分にあると思った。そして、もしそうなら、当然社会に対して謝罪すべきだと感じた。だがいくら深く考えてみても、自分のしてきたことが間違っていたとは思えなかった。

悪いことは重なるものである。制作や講演依頼のキャンセルが相次ぎ、経済的にも厳しい状況に追い込まれた。

だが、道生にとって一番苦しかったのは、マリアの顔が傷つけられたことの意味が分からず、自分の中の犯人に対する憎しみや恨みの思いをどうすることもできなかったことである。そして、そのことのゆえに、マリアに出会って新しい人生を歩み出してからのすべてが否定されているような不安にさいなまれることであった。ピエタのマリアの顔の破壊が、彼の心の中でどうしてもそこに結びついてしまうのだった。そしてその不安は絶望へと続いていた。

そんな心の状態だったので、今までのように創作意欲に満ち、インスピレーションを感じるということが難しく、作品の制作は一向にはかどらなかった。だが、それでも彼は、その不安から抜け出せる糸口があることを信じて、必死で希望を持ち続けようとエリカにも相談せず孤独の中で一人闘っていたのである。

三章 顔のないピエタ

私のために

それから数ヶ月が経って新しい年も明け、厳しい冬の季節が過ぎ去ろうとしていてもなお、道生の内面では、相変わらず激しい心の葛藤が続いていた。

犯人を赦せない思いと、それではいけない、赦さなければならないという正反対の思いとがぶつかり合っていた。だが彼は、その内なる闘いのたびに敗れ、敗北感と良心の呵責にさいなまれるのだった。どうしても犯人を赦せなかったからである。赦さなければいけないと思って、あるところまで突き詰めていくと、憤怒と焦燥とが混ざったような気持ちになり、そこで思考が停止してしまってどうしようもなくなってしまうのだった。

（あの犯人さえ、ピエタを破壊しなければ！）

何か問題が起こると、すぐにそのような気持ちがどこからか湧き上がってきた。そして、その思いを抱いた瞬間に、あらぬ中傷、作品制作や講演のキャンセルなどの様々な問題が思い出されてきて、それがすべてピエタを破壊した犯人のせいだということに結び付けられていくのだった。そしてそのことがまた、犯人に対する激しい恨みと憎悪の感情をさらに深めていくのである。

ところが、その感情が激しければ激しいほど、逆にそんな感情を抱いている自分を裁き、嫌悪する思いにとらわれ、どうしたらいいのか分からなくなって、それ以上前に進めなくなってしまうのだ。

（赦したい！）

ときには、切実にそう願い、「赦しの秘跡」を受けるために、告解室で司祭に憎しみや恨みの思いを持ったことを告白し、「私は、父と子と聖霊のみ名によって、あなたの罪を赦します」と宣言してもらい、与えられた償いを心をこめて果たした。そしてそのときは本当に「赦そう」と決意するのだが、しばらく経つとまた同じ状況が繰り返されてしまい、問題は一向に解決されなかった。

やがて道生は、「私たちの罪をお赦し下さい。私たちも人を赦します」という、毎日あるいは毎日曜日のミサの中で唱える主の祈りの一節を唱えるのがとても辛くなっていき、遂には唱えられなくなってしまった。

（いったい人を裁く自分は、何者なので、人を裁けるのか？）

道生は、自分の心の中に、自分を神の立場においてしまっている傲慢な心があることに気づき、愕然とした。

（この傲慢こそ、罪の本質ではないのだろうか？）

キリスト教や聖母マリアのことを人に偉そうに伝えようとしてきた自分が傲慢で愚かに思え、聖母マリア美術館の落成式の自分の姿が恥ずかしかった。キリスト教の教えを広めたり、犯人を裁いたりする資格など自分にはないとも感じた。心の中に、自分ではどうすることもできない罪が厳然と存在していることの恐ろしさを感じざるを得なかった。そして、自分こそ赦されなければならない罪人であることをかつてないほどに思い知らされ、打ちのめされていたのである。

(赦されたい!)

その絶望の中で、彼は今心からそう願っていた。それしか、この八方ふさがりの苦しみから逃れる道はないように思えた。

(だが、いったいどうすれば赦されるのだろうか? 心から赦されたと感じられるのだろうか?)

そんな心の戦いが続いていたある夜のことであった。ここのところ、音楽を聴く心の余裕もなかった道生は、久しぶりにCDプレーヤーのスイッチを入れた。ペルゴレージの『スターバト・マーテル』が静かに部屋に流れ始めた。目をつむってソファに腰掛けながら、聴きなれた音楽を体中に浴びていると、吹き荒れている嵐を忘れて、少しずつ心が落ち着いてくるのが分かる。しばらくすると、エリカと一緒に食事をしたときのことが思い出されてきた。

その日道生は、聖母マリア美術館にある日本庭園を見下ろすレストランで、久しぶりにエリカを誘って一緒に昼食をとったのである。春はまだ浅かったが、空は晴れて日差しも暖かかった。池には岩がいくつか置かれており、陽気につられてか、亀がその上で気持ち良さそうに甲羅干しをしている。時折、魚が跳ねて、池に映るしだれ梅が揺れた。彼を取り巻く内外の問題が幻かと思うほど平和な光景であった。

道生は、それまでにもエリカにだいたいの状況は話していた。また、彼女も父幸太郎から聞く話やニュースや道生の様子などから、彼の置かれている深刻な状況についてはほぼ理解していた。だが道生は、彼の内面に起こっている問題について深く話すことは避けてきたのである。心配させたくなかったこともあるが、話すのが怖かったのかもしれない。ところが、このところ状況がさらに厳しくなり、限界を感じていたため、そして、とりわけエリカがタイトなスケジュールの合間を縫って、「力になりたい」と何度も電話をくれたので、打ち明けることにしたのである。

「ごめんなさいね。一人で背負わせてしまって……」

熱心にずっと彼の話を聞いていたエリカは、道生が話し終わると目に涙を浮かべ、声を詰まらせた。そして、言葉にならない思いを込めてテーブルの上の道生の手を優しく握りしめ、彼の目をじっと見つめた。そのまなざしには、自分を信じて打ち明けてくれたことへの喜びが込められていた。

「そんなことないよ。聴いてくれてありがとう」

エリカの優しさを感じながら、道生も、感謝の思いを込めてエリカの手を握り返した。

「私が道生さんの立場だったらきっと同じような気持ちを感じたと思うわ。犯人に対する憎しみを抱いてしまう自分を赦せない気持ちもよく分かるし、そのことが一番苦しいのでしょう?」

道生は、エリカの言葉に、救われたような気がした。彼女が理解してくれるだろうと思ってはいたが、いざ実際に話すとなると、犯人を赦せない自分を本当に受け入れてくれるかどうか不安だったのだ。

「愛には苦しみが伴うものなのではないかしら。だから、道生さんが愛している大切なマリア様の象徴であるあのピエタが傷つけられたことで道生さんが苦しむのは当然だと思うわ」

エリカの語る言葉が、道生の心の中にスーッと入ってきた。

「私は、イエス様が十字架上で、普通なら呪いや恨みや憎しみの言葉が出てくる状況の中で、自分を十字架につけて殺そうとした人たちのために、『父よ、彼らをお赦し下さい』と神に祈られたとき、そんなに簡単にお出来になったとは思えないわ。血を流す死の苦しみのうめきの中で、赦せないという苦しい心情の世界を乗り越えて生まれ出た言葉だったからこそ、すべての人の罪の赦しがあの十字架上から始まったような気がするの」

静かに語るエリカの言葉が、とても力強く道生の心に響いてきた。

「道生さんの苦しみは私の苦しみでもあるのだから、私を心配させないでおこうなんて思わないで、これからはできるだけ話してね。一緒に背負っていきましょう」

「ありがとう。君に聞いてもらって、ずいぶん気持ちが軽くなった気がするよ」

エリカと交わした会話を思い出しながら、道生は、心が温かくなるのを感じていた。彼女がありのままの自分を受け入れてくれたことが、嬉しくもあり、ありがたくもあった。

「愛には苦しみが伴うものなのではないかしら。だから、道生さんが愛している大切なマリア様の象徴であるあのピエタが傷つけられたことで道生さんが苦しむのは当然だと思うわ」

エリカが語った言葉が思い出された。

（エリカさんは、聖母を愛していることのゆえに今のこの苦しみがあると言いたかったのだろうか？……確かにマリア様を愛していなかったら、こんなにも苦しまなかったに違いない）

そんなことを思いながら道生は、エリカが自分を受け入れてくれたことが、心の中に何らかの変化をもたらしたように感じていた。それは、自分自身の心を以前よりも逃げないで見つめることができるようになったというか、受け入れることができるようになったとでも言ったらいいだろうか。

道生は、今までは逃げてしまっていた所に踏みとどまって、本当に自分が何を感じているのかを正直に見つめてみたいと思った。

（マリア様の顔が傷つけられて、おまえは本当に悲しいのだろう？）

道生は自分の心に優しく問いかけてみた。

（言葉にならないほど……悲しい！）

しばらくして彼の心はそう答えた。

（お前にとってあのピエタ像は、マリア様と同じように大切だったからなあ）

（そう、とても大切だった！）

（そして、おまえは本当にマリア様を愛しているんだもんなあ）

そう語りかけた時だった。今まで感じた以上の怒りや憎しみや恨みの入り混じった激しい感情が、心の底から湧きあがってきて、やがて嗚咽となって噴き出してきたのだ。

（こんなにショックを受けていたのか！）

その涙の中で彼は、ピエタが破壊されたことのショックの大きさが、今まで自分が思っていたものとは比べ物にならないほど大きかったのだということ、そして、その現実を本当の意味で受け入れられていなかったのだということにようやく気づいたのである。

どれほど長い時間泣いていたのだろうか。犯人に対する憎しみや恨みを出しつくしてしまって、自分の心の中が空っぽになってしまったような気がした。その空っぽの心の中から、今度は悲しみの感情が湧きあがってきた。深く痛い悲しみの涙が流れ始めた。

さらにかなりの時間が経った。

「父よ、彼らをお赦し下さい」

突然、十字架上のイエスの言葉が、彼の心に聴こえてきた。その言葉はなんども繰り返し心の中にこだました。これまでその言葉は、どこか遠いところで誰か他の人のために語られているような言葉であったが、今その言葉は、他の誰のためでもなく、ただ自分自身のために、「父よ、藤原道生をお赦し下さい」というイエスの祈りとして聴こえてきたのである。

十字架上で槍に突き刺されて脇腹から血を流すイエスの姿が見えるようだった。そしてそのとき、道生はイエスの十字架の死の苦しみは、彼自身の罪の赦しと救いのためのイエスの愛の苦しみであり、その流された血は、自分のために流された血であることを涙の中でようやく悟ったのであった。心には平安が戻っていた。
しばらくすると、意識からは消えていたが、この間、繰り返し静かに流れていた『スターバト・マーテル』が、再び彼の耳に聴こえ始めた。

悲しみに沈めるみ母は涙にくれて、
み子が架かりたまえる
十字架のもとにたたずみたまいぬ。

嘆き悲しみ、
苦しめるみ子の魂を
剣が貫きたり。

おお、神のひとり子の
祝福されしみ母は
いかに悲しく打ち砕かれたまいしか。

尊きみ子の苦しみを

見たまいて嘆き悲しみ、
うち震えたまいぬ。

これほどまで嘆きたまえる
キリストのみ母を見て
泣かざる者は誰か。

み子とともに苦しみたまえる
慈悲深きみ母を眺めて
悲しまざる者は誰か。

その人々の罪のために
拷問と鞭に身を委ねたまいし
イエスをみ母は見たまいぬ。
また瀕死のうちに見捨てられ
息絶えたまいし

愛するみ子を見たまいぬ。
愛の泉なるみ母よ、
御身とともに嘆くよう
われに悲しみを感じさせたまえ。
…………

わがためにかく傷つけられ、
苦しみたまいし御身がみ子の
苦痛をわれにも分かちたまえ。

わが命のある限り、
十字架につけられたまいしみ子に対し、
御身とともにわれにまことの涙を流させ、苦悩させたまえ。
われは御身とともに十字架のもとに立ち、
御身とともに嘆かんことを
熱望す。

…………

(わが子イエスの死を見つめ、イエスが赦しのとりなしの祈りをするその祈りを聞きながら、聖母はどのような悲しみを感じておられたのだろうか?)

十字架のもとにたたずみ、わが子イエスの苦難と死を見つめて泣く母マリアの姿が浮かんできた。そのマリアの悲しみの深さが、その歌詞と共に道生の心の中に深く入ってきた。

(世界中のどこに、いったい、こんなに深い悲しみがあるというのだろうか?)

子供に先立たれた親の悲しみが、年老いた親に死なれた子の悲しみよりも深いものであることは誰もがよく知っている。それは、子供が親より先に死ぬことはまれだからであり、普通あってはならない死であるからなのだろう。

わが子イエスの亡骸を抱きかかえて悲しみにくれる母マリアの姿を描くピエタは、なぜキリスト教の枠を超えて人類から愛されるのだろうか? それは人が、子を持つすべての親、特に母親の、国境を超え、人種を超え、宗教を超えた普遍的な子に対するあまりにも悲しい愛の心が結晶化しているのをピエタの聖母マリアの悲しみの中に見るからである。

だが、それだけではない。ことさらにピエタが慕われるのは、人々がそのマリアの悲しみの中に、普遍的でありながら、しかもすべての悲しみを超えた悲しみを感じるからなのだ。

ピエタのマリアの悲しみが究極の悲しみであるのは、殺されたイエスは罪のない人類の救い主であり、さらに、母マリアにも罪がないという他のどこにもない特別な状況が生みだす悲哀だからなのである。

罪のない子が殺されることがあってはならないということをすべての人は知っている。この、罪なき子が殺されてしまう姿を見つめる母の悲しみと痛みほど人々の心に憐れみを呼び起こすものはないのではないだろうか。そしてだからこそ、ピエタの聖母マリアの悲しみの中に人々は、悲しみの極みを見て、心打たれざるを得ないのであろう。

（罪のない自分の息子が極悪人として十字架に磔になり、殺される姿を、これもまた罪のない母が見つめるという、このような悲しみほど深い悲しみがあるのだろうか？）

そう思うと道生は、マリアが可哀そうで仕方がなかった。そして、そのマリアの悲しみの波が彼の心に押し寄せ、涙が止まらなかった。

（マリア様、あなたが、これほど悲しいお方だとは思ってもいませんでした）

ずいぶん経ってから、道生が涙の中で、聖母にそう語りかけたときであった。

「あなたのピエタを彫ってほしいのです。私のために」

そうささやく声を彼ははっきりと聞いたのである。

道生には、それが聖母マリア自身の声であることが、すぐに分かった。

なぜならその声は、かつて、「入ってもいいのよ」と雪の日に彼にささやいた、あの懐かしい声と同じ澄んだ響きを持っていたからである。悲しみの極みの中で、マリアは再び道生に現れたのであった。

今度は、

「あなたのピエタを彫ってほしいのです。私のために」

という言葉とともに。

そのささやくような声は幾度も道生の心の中にこだまし、やがて大きくなっていった。それと共に、聖母の優しさが全身に沁みわたっていった。道生はその言葉を自分の胸に深く刻み込みながら、聖母の愛に応えたいという強い思いが心の底から湧き上がってくるのを感じていた。

オリジナルのピエタ

ピエタのマリアの顔が破壊された悲しみと憎しみ、そして様々な困難の中にあって、道生はなぜそのようなことが起こらなければならないのか分からずに苦しんできた。だが、今回のマリアとの新たな出会いを通して、それらのことは、彼が自身の傲慢さと罪深さとを知るために、そして何よりも、ミケランジェロのレプリカではなく、道生自身のオリジナルのピエタを彫ってほしいというマリアの願いを知るために必要であったことを理解したのであった。

そのことが理解できると同時に彼は、あれほど彼を苦しめてきた犯人への憎しみの思いがずいぶん和らいでいるのを感じた。心は、再び平安を取り戻し、前に向かって歩めそうな気がしていた。

だが、これからの具体的な展開に関しては、彼はまだ一歩も踏み出せずにいた。

「あなたのピエタを彫ってほしいのです。私のために」

道生は、マリアがあの夜そう彼に語りかけて以来、ずっとこの言葉について思いをめぐらしてきた。この言葉が、マリアが、ミケランジェロのバチカンのピエタのレプリカではなく、藤原道生独自のオリジナルのピエタを彫ることを願っているということを意味していることは彼にもよく分かっていた。しかし頭ではそのように思えても、心で受け入れて決断に移すのはそう簡単にはできないことであった。それは、彼の心の中で、ミケランジェロのピエタのイメージがあまりにも大きな位置を占めていたからである。

道生は、罪と汚れから自由である聖母マリアの悲しみを、ミケランジェロのバチカンのピエタほど美しく、そして的確に表現した作品を知らないし、それ以上のものを想像することができなかった。それほど、彼にとってミケランジェロのピエタは完璧なものであった。

だからこそ彼は、バチカンのピエタに込められたモチーフを大切に保ちながら、そのレプリカの中に、彼独自の創造性を表現しようとしたのであった。そしてそれは、聖母マリア美術館のチャペルのピエタによって成し遂げることができたと思ったのだ。

（でもそれは、マリア様の本当に願われることではなかった。そしてマリア様は、ミケランジェロのピエタに囚われない、僕のオリジナルのピエタを彫ることを願っておられるのだ）

そこまでは分かっているのだが、いざ、自分のオリジナルのピエタがどのようなものであるのかを心の中で思い描こうとしても、全く何のイメージも思い浮かんでこないのである。

そういう意味では、彼はミケランジェロの彫ったバチカンのピエタのイメージに囚われていたと言えるかもしれない。そのことが彼の行く手を妨げているように思え、なかなか前に進めなかったのである。

それともう一つ彼の決断を鈍らせていたものがあった。それは、過去の苦い経験から、「もう二度と傲慢にはなりたくない」という強い自戒の気持ちがあったことである。道生は、マリア自身が自分に語りかけたことを疑っているのではなかった。ただ、このマリアの一見特別な願いを、どのように受け止めれば、傲慢の罪に陥らずに歩めるのかを自分なりに納得したかったのである。そのため彼はできるだけ慎重にならざるを得なかった。

（そんなことが自分にできるはずはないのではないだろうか？）

そう思って、何度も不安になった。だが、その不安の中で、

（ミケランジェロもまた、このような不安と恐れにおののきながら、それまで誰も彫ったことのなかったピエタを彫るために苦悶したのかもしれない）

と感じ、今まで遥かに遠く思えていたミケランジェロが少しずつ身近な存在に思えるようになってきた。それと同時に、自分に与えられた責任の重さに圧倒されそうになった。

そんな心の葛藤を繰り返しながらも、

「あなたのピエタを彫ってほしいのです。私のために」

というマリアの言葉は日々、道生の心にこだまし、様々な思いを整理しながら、彼の心を一つの方向へと導いてくれているような気がした。そしてやがて、新しい歩みを踏み出そうとする決意が徐々に固まっていった。

最終的に彼に決意させ、新しい人生への扉を押し開かせたのは、「私のために」というマリアの願いを見失わなければ必ず道が開けるという確信のような思いであった。

（聖母が自分に願われているのだとしたら、彫って差し上げたい！）

自分の名誉や喜びのために彫るのはあまりにも大それたことであったが、たった一つ、「聖母マリアのため」ということであれば、できるかもしれないと感じられたのである。そう思うと、すべてが整理されていくような気がした。

もちろんマリアが願う「あなたのピエタ」がどのようなものなのかまだ全く分からなかったが、その一点さえつかんで、できる限りの真心と努力を尽くせば、今はまだ幻でしかないマリアが欲するピエタのイメージに、いつか辿りつけるのではないかと感じられた。そして、その気持ちになったとき、心の深いところで自分を愛するマリアの深い愛が伝わってくるような気がした。

「聖母マリア傷害事件」についての警察の捜査は、なかなか目立った進展が見られずにいた。

事件当日、深夜に落雷による停電があったことが、捜査を遅らせる一つの要因になっていた。その停電のために聖母マリア美術館の監視カメラが作動せず、犯行があったと思われる午前二時前後四十分間にわたって、その間の映像が全く残っていなかったからである。また、犯人像や犯行動機も依然手がかりがつかめないままであった。

人が傷つけられたり殺されたりした訳でもなく、また、道生が社会的にバッシングを受けていたこともあって、警察がそれほど捜査に力を入れていなかったのかもしれない。しかし、事件から半年近く経った頃、ようやく新たな展開が訪れた。

道生は、過去の苦い経験から、できるだけ人前には出たくなかったが、世間はそれを許してはくれなかった。なぜなら、ちょうどその頃、どこから出た話か分からないが、道生が破壊されたピエタを修復するようだ、という根も葉もない噂がまことしやかにささやかれ始めたからである。

実際はメディアが、金になりそうなネタを探していただけのことなのであるが、連日、道生の事務所や自宅、さらに花山家に問い合わせの電話がかかってくるようになった。また、行く先々でも記者たちの取材攻勢が続き、放置しておけなくなってしまった。それで道生は、花山幸太郎や、親しい人たちの助言も入れ、何らかの形で、これからの方向性を世間に知らせる必要性を感じた。

そういう事情があってついに記者会見を行うことにしたのである。人々は最初、傷つけられた聖母マリアの顔の修復についての発表だと思ったが、そうではなかった。

記者会見で道生が発表した内容は、次のようなものであった。

「正直に申し上げまして、私はこれまで、ピエタのレプリカを破壊した人に対して深い憎しみを抱いてきました。それは、愛する人を無残に殺された人の悲しみや憎しみとはこのようなものではないかと思わせるようなものでした。そして長い間、私は苦しんできました。『なぜこの事件が起こったのか？』『なぜ私は人を憎まなければならないのか？』『私が今まで信じて行ってきたことは間違っていたのか？』……そのように葛藤しながら闇の中をさまよいました。そしてやっと光を見出したのです。その意味が理解できたのです。

今私は、私が彫った聖母の顔を傷つけた人を心から赦しています。いやむしろその人に感謝さえしています。なぜなら、私はそのことによって、自分の傲慢さという罪深さを知らされ、そしてイエスの赦しを感じることができたからです。

まだまだ理解し始めたばかりなのですが、私は、自分が罪深く傲慢であったということを告白します。自分にはそんな資格もないのに、偉そうなことを言ったことを大変恥ずかしく思っています。

ところがそういう罪深い自分にマリア様は、新しい人生を再出発する機会を与えて下さいました。自分自身のピエタを彫ってもいいのだという聖母マリアの声を聴くことができたからです。私は聖母が再び私の前に現れて語って下さった言葉『あなたのピエタを彫ってほしいのです。私のために』という言葉の意味をずっと祈り求めてきました。残念ながら、私にはいまだにそのイメージが全くつかめていません。しかし、そのマリア様の願いに応えられるように努力することを決意いたしました。どうか温かく見守ってくださいますよう、今後ともよろしくお願いいたします」

記者団からざわめきが起こったが、道生は語り続けた。

「私は、ミケランジェロのサン・ピエトロ大聖堂のピエタこそ、最高のピエタだとずっと思ってきました。そしてそう思うことで、私自身のオリジナルのピエタを彫ることなど絶対できないと無意識のうちに決めつけていたのです。

しかし、今回の事件を通して、私は自分を長い間縛ってきたその束縛から解放されつつあります。あのことがなければ、もしかしたら一生涯決してこのような気持ちを持つことはできなかったでしょう。私は今、自分が生まれ変わったようなすがすがしさを感じています。高校生のときに私を救って下さった聖母マリアは、今再び、私を救って下さったのです」

「婚約者の花山エリカさんとの結婚が近いという噂が流れていますが、結婚式の予定はいつですか？」

最前列にいたレポーターの一人が手を挙げて質問した。

「近いうちにと思っていたのですが、今回のことがあり、私自身のオリジナルのピエタが完成してからということになります」

「それは花山エリカさんも納得されているのですか？」

「はい、もちろんです。彼女と相談の上で決めたことですから」

「エリカさんは、寂しがられたのではないですか？」

「結婚式が延期されて、寂しく残念な気持ちを感じているのは、私も同じです。でもエリカさんは言ってくれたのです。我々が共に愛するマリア様のお願いのためなら延期も仕方がない。それにきっとオリジナルのピエタが完成してからのほうが、マリア様が祝福して下さる結婚式になるような気がする。

だから大変だと思うけど頑張ってほしい。あなたならきっとマリア様が願われるピエタを彫ることができると信じているから、と」

こうして、藤原道生の記者会見は終わった。人々が予想していた内容とは全く違ったものだったので、翌日の新聞やテレビやインターネットでは、道生の声明が大々的に報道された。

「藤原道生、聖母マリアのために結婚式を延期！」

「藤原道生は、ミケランジェロを超えられるのか！」

といった見出しがセンセーショナルに新聞の紙面やインターネットのニュースサイトを飾り、大変な物議をかもし出した。だがそれでも、彼の新たな挑戦の決意に拍手を送る人たちは多かったし、記者会見を見て、心を動かされた人たちも少なくなかった。

今回はモデルがあるわけではない。それがどれほど厳しく大変なことであるか、道生はそのときまだ本当の意味ではよく分かってはいなかった。

そして、ここから道生自身によるオリジナルピエタのイメージの探求と制作が始まったのである。それは、はたから見ていても壮絶な戦いであった。

「ミケランジェロを超えるなどということは不可能に近い。しかし彼はどうもそれを目指しているようだ。身の程をわきまえるべきだ」

道生は決してミケランジェロを超えようなどと思ったのではなかった。ただ、自分にふさわしいピエタを彫ることを決めただけである。だが、誤解してそう陰口をたたく人々もいた。それでも道生を応援し、期待してくれる人や励ましの手紙を送ってくれたファンも多かった。

道生は制作にかかる前の三ケ月間、どのようなピエタを彫るかのイメージをつかむために、過去のピエタ像や悲しみの聖母の絵画が載っている画集を見たり、関連する本を読んだりすることに時間を費やした。書籍類だけでは満足せず、実際のものを見るために主にヨーロッパを中心に取材旅行も試みた。

道生が声明を発表して、制作活動を再開してから半年後のことであった。

以前のように制作活動に集中していた道生に人々をあっと驚かせる変化が起こった。彼の生活が突如乱れ始めたのである。

芸術家には珍しく、彼はそれまで酒もたばこもやらなかったのに、酒を飲みたばこも吸い始めた。その変化に友人たちも最初は驚いたが、それでも時間がたつにつれて、芸術家が壁にぶち当たることはよくあることであり、それが道生にも少し遅れて訪れただけのことだと思った。そして、むしろそのような人間臭い道生に親しみを感じさえした。

だがマスメディアは、執拗に彼の私生活を追い続け、クラブやバーで酔っぱらって、ホステスと一緒に写っている道生の写真をスキャンダラスに週刊誌に掲載したりした。さらに、あれほど仲の良かった道生とエリカが言い争っている場面や、エリカが泣いている姿なども目撃された。道生の生活の変化があたかも彼らの勝利であるかのように、マスメディアは競って書きたてた。

それでも、やがてその乱れた生活は数ヶ月で終わり、道生は以前の彼に戻った。そしてまた制作活動は再開された。

そのような様々な紆余曲折を経て、制作発表からほぼ一年で道生のオリジナルピエタは完成を見たのである。

落ちた名声

ついに道生のオリジナルピエタ公開の日が来た。三年半前の聖母マリア美術館の落成式とミケランジェロのピエタのレプリカの完成発表のときを超える数の人々が集まり、盛大な催しになった。マスメディアが傷つけられたピエタの事件を面白おかしくあおったせいもあり、そこに集まった人々は前回とは違って、物珍しさや三面記事的な関心や興味本位で来た野次馬気分の者も多かった。報道カメラマンや取材記者たちも興味津々といった風情で今や遅しと完成披露のときを待っていた。

庭園の緑がことさらに美しい五月晴れの気持ちのいい日だったが、どこか不穏な雰囲気が漂い、新進気鋭の彫刻家である藤原道生に対して悪意とまではいかないが、好意的でないムードがあった。もちろん中には、道生の挑んだ新しい聖母マリア像がどんなものになるか純粋に期待している人たちもいた。

私語などでざわついた会場を見渡しながら、花山幸太郎は、この新しい聖母マリア像の披露を通じて、傷つけられた聖母マリア美術館の誇りが回復されることを願っていた。

主賓の道生の席がいつまでも埋まらないので、花山はふと不安を感じた。

道生は最後の最後まで手を入れたいからと、彫刻の道具と作品を支度部屋に持ち込んで当日の催しが始まる直前まで作業を続けていた。作品を覆うベールには、お披露目まではけっして中を見てはいけないという注意書きが貼られていたため、花山だけではなく他の誰もその作品を見た者はいなかった。

（きっと私を満足させる傑作を創ってくれているに違いない）

そう自分に言い聞かせて心を落ち着かせようとした。

だが、開会の時間になっても、道生は姿を見せなかった。司会を担当する館員が花山の元に焦ってやってきたが、花山は道生なしで予定通りそのまま進行するように指示した。

芸術家には変わり者が多く、自分の作品の完成披露の場所から突然失踪し、しばらくたってけろりとした姿で現れる例を知っていた。

（彼もそうなのだろうか？）

だが、道生がそのような人物でないことは彼自身が誰よりもよく知っていた。

やがて開会のときがきた。

司会者が道生とオリジナルピエタの紹介をし終わると、威勢のいい音楽とともに覆いが取り払われた。そこには、聖母がイエスを抱きかかえる美しいピエタが現れる……はずであった。

ところが、そこにあるピエタのマリアの顔を見たとき、人々は唖然として言葉を失った。会場が凍りついたように静まり返った。確かにそこに現れたマリアは今まで誰も表現したことのない決定的な独創性を持っていたが、人々はその評価を下すことをためらっていた。

なぜなら、そのピエタのマリアの顔は、何もなく、のっぺらぼうだったからである。

花山も唖然としたうちの一人だった。

（こんなはずはない）

彼は身を乗り出してピエタ像を注視した。

マリアの顔はまさにのっぺらぼうだった。仔細に見ると、のこぎりか何かで荒々しく削ったような痕がある。途中まで繊細に彫り続けられていた顔が、突然作者の気持ちが変わって完成していた目や鼻や口が削り取られてしまったようでもあった。

（誰かが完成した後に、この顔をのこぎりで削り取ったのだろうか？）

そういう疑念にもとらわれたが、不審者がこの美術館に侵入したような形跡はなく、そのような報告も受けていない。ピエタのレプリカを傷つけられた事件以来、警備を厳重にし、防犯機器も最新式に代えて万全の体制を取っていた。

しかも数日前に電話したときには、声に多少疲れがうかがえたとはいえ、期日までには完成させるから大丈夫だと言っていたのだ。

（ということは、道生君自身がこののっぺらぼうを創作したということだ。彼はこののっぺらぼうのピエタに、どのようなメッセージを込めようとしたのだろうか？）

花山は道生の真意を測りかねて目を曇らせた。だが道生の大胆と思えるのっぺらぼうのピエタ像は、心を落ち着けてよく見てみると、全体として作者の聖母マリアに対する思いを伝えているのかもしれないという気持ちにさせる不思議な雰囲気を持っていた。

（もしかしたら、これは今まで誰も表現しなかった道生君独自のメッセージを持ったオリジナルの聖母マリアなのかもしれない）

花山はそのように感じ始めていた。

（もしかしたら……）

そのときだった。しばし沈黙していた会場のどこからともなく、拍手が起こり始め、それはやがて大きくなって会場全体に広がっていった。他の来場者たちも花山と同じような気持ちを感じていたのだ。それはマリアの表情を鑑賞者にゆだねるという技法を作者がとったのではないかという思いであった。

前代未聞の試みが、真の芸術として認められた瞬間であった。

一時、何の音も出ないオーケストラ演奏のレコードや、最初から最後までずっと沈黙が続くカウンセリングのカセットテープが注目を浴びたことがある。人々はそのことを思い出したのだ。それをピエタのマリアの顔に表現するとは、さすが藤原道生は現代の最高の芸術家だと、集まっていた人たちは思い始めていた。

「確かに、マリアの本当の顔は我々罪人には描き得ないのかもしれない。これこそ『究極のピエタ』と言えるかもしれない」

来場者が感動している雰囲気を感じながら、花山もようやく胸をなでおろした。

やがて、制作者の道生の名前がアナウンスされた。だが彼の姿はどこにもなかった。人々は、その意味が理解できなかったが、そのことも道生の聴衆に対する何らかのメッセージだと受け取ろうとした。

しかし、十分経っても道生は現れず、何のアナウンスもされない状況に会場はざわつき始め、人々はようやく何かのっぴきならない事態が生じつつあることに気づいた。

その直後であった。道生の死体が彼の支度部屋から発見されたという衝撃的なニュースが飛び込んできて、そのショックによる悲鳴があちこちから聞こえた。

部屋を確認しに行っていた女性スタッフが、道生の死体を見て慌てふためいて叫んだ声に、何人かが部屋に駆け込んだため、大きな混乱が生じてしまったのである。

部屋の床には木くずが散乱しており、彫刻の道具が無造作に転がっていた。そして彼のノートパソコンには、短い遺書が残されていた。

「申し訳ありません。私にはできません」

このようにして、最も喜ばしい日となるはずだった一日は、道生の死という最悪の日となってしまった。

検死の結果、道生の死は自殺と判定された。彼が心臓を突き刺すために使ったナイフにも、道生の指紋だけが残されており、他に他殺を匂わせるような証拠は見つからなかった。

さらに彼が制作に行き詰まり、それまでたしなまなかった酒やたばこを始め、生活が非常に乱れた時期が結構長く続いたことを、警察もよく覚えていた。警察の中でも議論はあったが、それらの経過と支度部屋の状況証拠などから、ノートパソコンに残された短い遺書は藤原道生本人の書いたものであり、彼の死は自殺であると結論が出された。

そして、藤原道生の自殺が明らかになると、彼が最高の芸術家であるという名声は一瞬にして失われ、何も描くことのできなかった無能な芸術家であるという烙印が押されてしまった。ピエタの価値も、究極のオリジナルのピエタから、のっぺらぼうのピエタへとたちまち失墜してしまったのであった。

涙

今まで彼の作品を愛し評価してきた人々は、道生が自殺したことを知って、大きなショックを受けた。だが彼らは、オリジナルのピエタの創作は、道生にはやはり荷が重過ぎたのだと納得しようとした。

他殺が考えられるような状況ではなかったので、彼の自殺自体を疑う者はいなかったが、それでも割りきれない思いを抱いた人々はいた。彼が熱心なクリスチャンであることを知り、そのキリスト教的生き方に少なからず敬意を抱いていた人たちは、特にそうであった。神から与えられた命を自ら断つ「自殺」という行為は、キリスト教において、殺人と同じくらいに最も大きな罪の一つとされてきたからである。

そのことを知りながら、しかも、花山エリカという婚約者を置き去りにして、道生は恐ろしい罪を犯してしまったのだ。道生の自殺の背後に彼らは、自分たちがそれまで気づかなかった彼の利己心や人間的な弱さを見出し、裏切られたように感じて失望した。だが同時に、彼がそれほどまでに追い詰められていたのかと哀れにも思うのであった。

彼らは、同情したいのに、単純にそうすることもできない複雑な思いの中で、やり切れない悲しみを味わっていた。

道生の遺体は遺族に引き取られ、葬儀は実家でひそやかに行われた。

花山幸太郎にとっても、道生の死によるショックは非常に大きく、しばらく心の整理もつかないままであった。ピエタのレプリカの制作者に抜擢してからずっと彼に目をかけて育ててきた花山にとって、道生の自殺は、それこそ大変な裏切り行為であったが、それでも、自分に対する背信に対しては何とか赦せるような気がしていた。それは、道生がそこまで追い込まれていることに気づけなかった自分にも責任の一端を感じていたからである。

しかし、エリカの悲しみに打ちひしがれた姿を見ると堪らず、愛する一人娘を傷つけられた怒りが込み上げてくるのだった。花山は、エリカにかける一言の慰めの言葉も思い浮かばず、何もしてやれない自分の無力さにやるせない気持ちで一杯であった。それは妻の由布子とて同じであった。

「今のお気持ちをお聞かせください！」

道生の自殺後、マスメディアは例によって婚約者であったエリカに容赦なくインタビューを求めてきた。エリカはそれをできるだけ避けようとしたが、すべては避けきれず、悲しみに憔悴した彼女の姿が雑誌に掲載されたり、テレビに映し出されたりして、人々の哀れみを誘った。それは花山家にとって非常に辛い期間であった。

道生の死から三週間が経過し、マスメディアはまた新たな餌食を別なところに見出し、花山家にもようやく平穏な日々が戻ってきたが、それは以前とは違った静けさだった。

そんなある日のことである。

「お父さん、道生さんの追悼ミサをしてあげたいのだけれど、教会にお願いしていただけるかしら？」

そうエリカが、夕食の席で願い出たのである。花山は、道生に対して様々な思いを抱いていたが、最近では少しずつ落ち着いてきて、一キリスト者として、道生のために追悼ミサを捧げてやりたいという願いを持つようになっていた。だがエリカの悲しみに沈んだ顔を見ていると、彼のほうからは言い出し辛かった。だから彼女の申し出に正直驚きはしたものの、エリカ自身がそう願っているのならば、彼としては何の問題もあるはずはなかった。

「お前がそう言うのなら、里山司教に追悼ミサの司式をお願いしてみよう」

エリカが前に向かって歩み始めようとしていることを感じ、少し気が軽くなって、花山はそう答えたのである。


追悼ミサは聖母マリア美術館のチャペルで行われたが、参加者の数はそれほど多くなかった。その追悼ミサには一種独特の雰囲気があった。独特であったのは、もちろん道生が自殺者であったことからくるものであった。そして、前日の夜から降り続いている雨が、空気を一層沈んだものにしていた。

キリスト教以外でも、自殺した人の葬儀の雰囲気は病死や老衰による死の場合とはもちろん違うが、キリスト教では自殺が大きな罪とされるので、自殺に対してクリスチャンのように強い罪の意識を持たない他の日本人とは受け止め方が微妙に異なるのかもしれない。ミサには一般の人や、マスメディア関係の人たちも参加していたので、彼らにはなおさら違和感があったであろう。

会衆の雰囲気を敏感に察知した里山司教は、説教の中で、予定していなかった内容を付け加える必要を感じて、こう語った。

「私は、日本には私たちの先祖たちが残してくれた長い歴史と高度な文化があると思っています。その中にカトリックの教えが受け入れられていくためには、まずその違いを知り、その違った文化の中にどのようにして適応していけるかということを模索していく必要があると常々考えてまいりました。そういう意味では、乃木大将の殉死や赤穂浪士の切腹を名誉ある自殺と受け止め、一般の自殺者に対しても比較的寛大な理解を示してきた日本の文化と、自殺を大罪としてきたカトリックの伝統的な考え方とでは、大きな違いがあると言えるでしょう。

実際、以前のカトリックのある国々では、自殺者は忌むべき犯罪者として教会の墓地に葬ってもらえず、財産も没収され、葬儀ミサなどもひかえられるというような大変ひどい扱いを受けてきました。

しかし、そのような断罪的態度が反省され、一九八三年の新教会法では、被埋葬権剥奪などの項目は削除され、教会でも自殺者のためのミサや祈りはむしろ勧められるように変わってきました。その流れの中で、カトリック日本司教団は二〇〇一年に、『いのちへのまなざし』という二十一世紀へのメッセージを出しました。その中で、もっと弱者の立場に立ったカトリック教会となっていくために、今まで自殺者に対してなされてきた教会の断罪的で差別的な態度を反省しています。

もちろんこのことは、自殺が命を与えて下さった神に対する冒涜であり、大きな罪であるという考え方自体が変わったということではありません。しかし、人が人を裁くことができないように、自殺した人を誰も裁くことはできないのです。

藤原道生さんは、それが大きな罪であるということを知りながらもそうせざるを得なかった、誰も知らない追い詰められた苦悩の中で必死に闘っておられたのだと思います。

私たちは、彼が誰にも言えず孤独の中で苦しんだその心の痛みを聴かなければなりません」

あちこちで、すすり泣きの声が漏れた。里山司教にとっても今回の道生の死は大きな悲しみであり、特に今まで道生を大切に育ててきた友人である花山と婚約者であったエリカのことを思うと心が痛んだ。少し涙声になりながら里山司教は説教を続けた。

「彼が生前、イエス様とマリア様に対して深い信仰を持ち、またキリスト教の布教に対しても尽力されたことを私はよく覚えております。私の脳裏には、ピエタのレプリカを披露した後に、藤原道生さんが聖母マリアのことを人々に伝えようとして熱く語っておられた姿が鮮やかに蘇ってきます。彼は、後にその自分の姿を傲慢であると反省しておられましたが、私は決して傲慢には感じられず、むしろ心を打たれさえしたのです」

人々にもそのときの道生の姿が思い出されたが、目の前に今存在する現実とのあまりにも大きなギャップに悲しみがさらに募った。

「残された御遺族、婚約者とそのご家族の皆さまの悲しみを思うと言葉がありません。しかし、何人も変わらず愛しその救いの道を準備して下さっている神を信じ、故人の救霊を心から祈りたいと思います」

里山司教のメッセージは人々の心深くに届き、マスメディア関係やクリスチャン以外の人々にも比較的好意的に受け取られたようであった。ときどきハンカチを目がしらに当て、泣き崩れるのを必死でこらえている花山エリカの青白い顔と、チャペルの入口で美しかった左頬をえぐられ哀しい目で見つめるピエタのマリアの顔が何よりも人々の心に焼きついた。こうして、道生の追悼ミサは終わったのである。

里山司教が道生の追悼ミサの説教であのような内容を語ったのには理由があった。

一つは、道生の死が大きな罪であるということが見過ごされて、一部の人たちによって自殺した道生が偶像視されたり、残されたピエタに道生の死を悼む人たちが殺到したりする危険性があるのではないかという不安を感じていたことである。もう一つの理由は、クリスチャン、特にカトリックの人たちが、道生が自殺したことで、彼を裁き、その影響でカトリック教会もサポートしてきた聖母マリア美術館への来館者数が減少するのを食い止めるためであった。

最初の問題は、里山司教の心配をよそに一向にその気配を見せなかった。それ自体はいいことであったが、彼は、自分が思っていた以上にカトリック教会が日本ではマイナーなのだということを、このときほど思い知らされたことはなかった。

ところが第二の心配は里山司教の気配りにもかかわらず、彼が予想していた以上に現実のものとなってしまった。

里山司教が心配したとおり、自殺という大罪を犯した道生が制作したピエタをそのシンボルとしてチャペルに置き続ける聖母マリア美術館を、大多数のカトリックの人たちはこころよく思わなかったのである。他の教派のクリスチャンたちも、その点においてはおおむね同様であった。

クリスチャンたちの心情的な支えを失った聖母マリア美術館は、当然のことながら、クリスチャンたちの使用や来館が目立って減り始めた。だが、それだけにとどまらず、道生の自殺に対するマスメディアのネガティヴな報道が災いし、クリスチャン以外の人たちの来館者数も日増しに少なくなっていった。そして、やがて美術館の経営状態は危機的状況にまで追い込まれていったのである。

こうした状況に追い詰められた花山は、ある日、里山司教に助言を求めて司教館を訪れた。

「花山さん。この状況を打開するには、藤原君のピエタのレプリカを美術館のチャペルから撤去するしか方法はないでしょう」

花山がだいたいの状況を話すのを、腕組みをしながら聞いていた里山司教が、この間、花山を助けるにはどうしたらいいかと考えてきて辿りついた結論を語った。

確かに、かつては大変な名誉と栄光のシンボルであったピエタは、今は傷ものとなり、それだけではなく、美術館の存続を脅かすお荷物とさえなっていた。

「ピエタの撤去ですか？　エリカが何と言うか……」

花山は、里山司教の言葉に、あまり気乗りがしない口調でそう言った。実は彼も、その方法について考えなかったわけではない。だがエリカが、落成式後、ピエタがチャペルに置かれたときに嬉しそうにつぶやいた言葉がずっと心に残っていて、選択肢から除外していたのであった。

「この道生さんのピエタのレプリカは、このチャペルに永遠に置かれるのね」

エリカはそう言ったのだった。

「エリカさんのその言葉を私に話してくださったのを、よく覚えていますよ。でも今は状況が全く変わったのですから、一度彼女に聞いてみてはいかがですか？」

司教の言うとおりであった。あのとき、ピエタは完璧に美しかったが、今はその美は傷つけられて失われてしまった。また、あのとき道生は生きており、エリカには結婚という希望の未来が待っていたが、今彼はエリカを残して自殺してもはやこの世にはおらず、二人の未来は永遠に失われてしまっていたのだから。

だが、花山は、まだ気が進まないようで、司教の言葉に答えるのをためらっていた。

「花山さん、もしかしたら、あのピエタのレプリカに未練があるのは、エリカさんよりも、あなたのほうではないですか？　あなたにとって道生君は、きっと、聖母マリアへの信仰を人々に伝えるというあなたの夢を叶えてくれる良きパートナーであり、娘婿以上の存在だったのでしょう。そして、あのピエタのレプリカは、その夢のシンボルなのではないですか？」

司教の言葉を聞くと、突然、花山の目から涙がこぼれた。里山司教の言ったことは彼の気持ちを言い当てていたのだ。花山は、その夢をまだ諦め切れていなかったのだった。

「司教様のおっしゃるとおりです。……分かりました。その方向で考えてみたいと思います」

花山は、里山司教が彼の気持ちを理解してくれていることが嬉しかった。

(夢はまた見ればいい。今は、一旦現実の問題を解決するときなのだろう)

彼は何か吹っ切れたような気がして、見えない未来に向けて歩み出すことにした。彼はエリカさえ同意すればピエタを美術館のチャペルから撤去し、取り敢えず、のっぺらぼうのピエタが置かれている地下の倉庫に保管することにした。

「お前にとっては辛いことかもしれないが、ピエタを取り除いたほうがいいと思うのだが同意してくれるかね？」

「状況は理解していますから、私のことは心配しないで」

その日の晩、早速司教の言葉に従ってエリカに尋ねてみたが、エリカは、花山が思ったような抵抗もせず、同意してくれた。父のことを思ってくれているエリカの心が伝わってきて、それが却って花山にはいじらしく痛々しかった。


ところが、花山が美術館から道生のピエタのレプリカを、石の大きな台座ごと撤去する準備をすべて済ませ、いざ撤去を始めようとした正にそのときに、後に世間を騒がせることになる実に不思議な事件が起こったのである。それは道生の死からちょうど七ヶ月後のことであった。

「花山社長！　マリアの目から何か水のようなものが流れています！」

作業員の一人がそう叫んだのだ。

その声に驚いて、花山も皆に混じって駆け寄った。確かに、マリアの右の目から水滴がこぼれ落ちていた。あたかもマリアが泣いているかのように。

「本当だ！　マリア様の涙だ！　マリア様の涙だ！」

作業員の中にいたカトリック信者がそう大声で叫んだ。

「ここから移されるのを悲しんでいるのかなあ？」

「何言ってるんだ。ただの彫刻だぞ！　そんなことあるはずないだろ！　さあ撤去するぞ！」

作業の責任者がそう言うと、皆もそれに従うしかなかった。そのときであった。

「ちょ、ちょっと待ってくれ！」

そう叫んで、花山が、ピエタの撤去作業に取り掛かろうとしている作業員たちを止めにかかった。彼は、目の前で起こっている奇妙な現実をどう受け止めていいのか分からず、しばらく茫然としていたのだが、いざ取り除くとなると急に不安な気持ちに襲われ躊躇せざるを得なかったのである。

（もし本当にマリア様の涙だとしたら、これは大変なことだ！）

花山は、聖母マリア美術館の建設を計画したぐらいだから、聖母マリアへの信仰は人一倍深かった。また、世界各地の涙を流すマリア像についてもかなり詳しい知識を持っていた。その彼にとって、涙を流すマリア像が信仰的な意味においてどれほど尊く、また貴重なものであるかということは誰よりもよく理解できた。今回のものがまだ本当にマリアの涙かどうかは分からないにしても、結論が出る前にマリアが涙を流したかもしれない場所から撤去するのは、大きな過ちを犯してしまう可能性があった。

花山自身、一体何が起こっているのか理解できなかった。これが、聖母マリアの涙かどうかももちろん分からない。それに、自殺という大罪を犯した道生が制作し、また、何者かに悪意を持って傷つけられたピエタ像からマリアの涙の奇蹟が起こるとは到底信じられないことでもあった。

だが、人間の理解できないところで神がその業をなされるということは、それまでの彼の人生において何度も体験してきたことでもあった。今回のことも、もし何らかの神の摂理が背後にあるとするなら、それを自分の手で葬り去ってしまうような罪は犯したくなかった。それでとりあえずは、はっきりした結論が出るまで撤去作業を延期することにしたのである。
マリアの目からはまだ涙が流れ続けていた。

四章　虐められるマリア

聖母の名

聖母マリア美術館の落成式で、ペルゴレージの『スターバト・マーテル』の演奏指揮をしたのは高津真理夫であった。実は彼にも、道生と同じように聖母マリアとの特別な関係があったのである。しかし、特別な関係と言っても、彼の場合は道生とはずいぶん意味合いが違っていた。

真理夫の両親は熱心なカトリック信徒であったので、彼は、生まれて間もなく幼児洗礼を授けられ、キリスト者として育てられた。下には弟と妹がいた。

父の真悟はピアノ奏者として非常に多忙な日々を送っていたため、子供たちを育てることはもっぱら母の咲子に任されていた。

母咲子は、子供たちに信仰教育をできる限りほどこすよう努めてきた。長男の真理夫には特に心を尽した。

ところが、信仰的には順調に育った弟と妹とは違い、母の願いに反して、今の真理夫は熱心なキリスト者であるとは到底言えなかった。聖歌隊の指揮を頼まれたときなどは教会に行くが、自分からはほとんどミサにも出席せず、むしろ名前だけのクリスチャンというほうが当たっているかもしれない。

カトリック信者としての真理夫の信仰はそういう状況であったが、その一方で、作曲家、ピアノ奏者、指揮者として、彼は優れた才能を発揮していた。父親である真悟の血を受け継いだのだろう。

道生と異なっていたのは、真理夫にとって音楽はあくまでも芸術であり、仕事であったということである。彼は道生のように、音楽を通して、キリスト教の教えを伝えようなどとは考えたこともなかった。

だから、聖母マリア美術館の大ホールで、道生のスピーチに多くの人が盛大な拍手で応えていたときも彼の心は何の感動も覚えず、冷めていた。むしろ嫌悪さえ感じており、心の中では、

（ピエタの像だけ見せておけばいいものを）

などと呟いていたのである。

聖母マリアにちなんだ真理夫（マリオ）という名前を与えられながら、彼の信仰が屈折しているのにはそれなりの理由があった。

彼は今でこそかなり名の知られた作曲家であり、高校の音楽教師でもあったが、少々特殊な経歴を持っていた。彼はいわゆる、「神学生くずれ」なのだ。

カトリックでは昔よく、神父になって途中で辞めた人を「神父くずれ」などと揶揄したものだが、彼の場合は、神学校に入って一旦神学生とはなったものの、神父になる前に途中で辞めてしまったからである。

「真理夫」という名は、彼の母親咲子がどうしてもということで、夫の真悟を説得して名付けたものである。どうして彼女がその名前にこだわったのかという理由は、後に真理夫が咲子から聞かされることになるのだが、真理夫がまだお腹にいた頃に咲子が見た夢にあった。

「生まれて来る子は、私のために生涯を捧げる人になるでしょう」

夢の中で、聖母マリアが現れて、そのように言ったというのである。その夢があまりにリアルであったため、咲子にはそれが夢なのか現実なのか区別がつかないほどであった。聖母の言葉に咲子は非常に驚き戸惑ったが、すぐに彼女はそれが、生まれて来る子がカトリックの司祭になることだと直感したというのである。

咲子が、マリアの言葉を司祭になることと感じたことに確かな根拠があるわけではなかった。だがその思いは、お腹が大きくなるにつれて強くなっていった。それでも何らかの確証が欲しかったので、あるとき彼女は信頼していた神父に相談してみることにした。司祭は、次のように言った。

「私には正直よく分かりません。しかし、マリア様が人間の常識を超えて不思議な業をなさることはキリスト教の歴史にもたびたびあったことです。あなたがそのように思うことで、心に平安と希望を感じることができるなら、その可能性を信じてもいいのではないでしょうか」

咲子は神父が反対しなかったことが嬉しかった。だが、彼は、次のようなことを付け加えることも忘れなかった。

「生涯、独身を守り、神と人とに奉仕するカトリック神父の道は決してたやすいものではありません。

誰かから強制されてなることができるようなものではなく、たとえ神の願いがあるとしても、本人が自分自身で神からの召命を感じ、自分の意志で選び取らなければ決して全うすることはできないものです」

こうして咲子は、神から授かった我が子を聖母に捧げる気持ちをいつも忘れず持ち続けられるようにと、真理夫と名付けることにしたのである。夢のことは心の中に大切にしまって、真悟と真理夫以外には決して誰にも話さなかった。

一方、当の真理夫自身はどうであったかというと、実は自分に与えられた真理夫という名前が厭で厭で仕方がなかったのである。聖母マリアにちなんで付けられたものだとすぐに分かるその名前のために、幼い頃からからかわれたり、いじめに遭ったりすることがあまりにも頻繁にあったからである。

「外国の女の名前なんか付けやがって！」

「マリアさまあ、どうぞお恵みを！」

「アーメン、ソーメン、冷ソーメン、マリアソーメン！」

といった、いろいろな言葉でからかわれ、さらにひどいときにはリンチを受けて殴られたり、お金を巻き上げられたりもしたのである。

「いつか大きくなって、いろいろなことが分かってくれれば、マリア様からいただいた真理夫という名前がどれほど素晴らしいものであるか、誇りに感じるときがきっと来るわ。だから今は辛いこともあるかもしれないけれど、我慢しなさいね。必ずいいことがあるから」

いじめられて泣いて帰って来た真理夫少年を抱きしめ、涙を拭ってやりながら、咲子はいつもそのように優しく諭した。深い意味は分からなかったが、それでも母の言うことを信じようと真理夫は彼なりに努力したのである。ところが、その悲惨な状況は変わらず、母の言葉はいつまで経っても実現することはなかった。やがて真理夫はもう耐えられなくなって、学校に行くのを拒み始めたのだった。

「絶対に学校に行かない！」

そう言い張って、登校を拒否した日、咲子は、妊娠中に見たあの聖母マリアの夢の話を初めて話したのだった。真理夫は、七歳になったばかりであった。

まだ七歳の彼には、カトリックの司祭になるということがどういうことか分かるはずはなかった。だが、教会で、多くの人から尊敬されている神父たちの姿は、そのときの彼には素晴らしい人たちと感じられた。そして、瞳を輝かせて語る母の姿には普段にはない威厳があり、同時に、司祭になることが彼にとって素晴らしいことなのだと固く信じている気持ちが伝わってきた。そのとき、母は自分のことを深く愛してくれているのだと彼は感じた。

それ以来、真理夫は自分への母の愛に応えるために、彼について聖母が母に語った言葉を抱きしめながら歩もうと心に決めたのだ。

「生まれて来る子は、私のために生涯を捧げる人になるでしょう」

それまでは母にとってだけ大切であった聖母の言葉が、その日から彼にとってもかけがえのない宝物となったのである。

彼は、ロザリオの祈りなど、聖母への祈りを毎日心を込めて唱えるようになった。そして、時間が経つにつれて、少しずつ聖母マリアを近い存在と感じるようになっていったのである。

やがて真理夫は、聖母のことを考えると、今まで感じたことのない安らぎや、表現しがたい甘美な思いで満たされる気持ちを味わうようになった。それは、今までいじめに遭って傷ついた心の痛みが、少しずつ癒されていくような不思議な感覚だった。

あくまでもそれは内的な心の体験であったが、真理夫が実際に味わった実感の世界だったので、母の言ったことが本当ではないかと信じる根拠になったのであった。そして聖母は今や彼にとって、単に近い存在というだけではなく、慕わしい人になっていた。

いじめはその後も続いていたが、それでも以前のように耐え難いものではなくなっていた。そして、そのような聖母との関わりがその後もずっと続くものだと思っていた。

ところが慕わしいマリアとの関わりはそう長くは続かなかった。自分の名前にまつわる夢の話を母から聞いてちょうど一年が経過した頃、彼が最終的に聖母マリアへの慕わしさを失い、不信していくきっかけとなる最初の出来事が起こったのである。

その日、真理夫は学校からの帰り道に、五人の男の子たちに歩道をふさがれて囲まれ、いつものようにはやし立てられていた。

「マリオ、マリオ、マリアさまあ！　マリオ、マリオ、マリアさまあ！　お恵みを！」

「アーメン、ソーメン、冷ソーメン、マリアソーメン！」

そういう言葉はもう何度も聞いていたので慣れっこになり、かなり免疫性もついてきた。真理夫は聞こえないふりをして下を向き、はやし立てる同級生たちの間を、足早にすり抜けようとした。相手にしなければ、何もなく通り過ぎることができることを真理夫は経験から学んでいたからである。

ところが、その日は勝手が違っていた。一人の子が、今まで聞いたことのないようなことを大きな声で叫んだのだ。

「イエスは、マリアとローマの兵隊との間に生まれた私生児だって、父ちゃんが言ってたぞ！　うちの父ちゃん大学の先生なんだぞ！」

真理夫は最初、何のことか分からなかった。しかし、その男の子はさらに言った。

「イエスは、父なし子で、私生児だったんだ。もしかしたら、おまえもそうなんじゃないのか⁉」

その言葉を聞いた真理夫は、今まで自分から飛びかかっていったことなどなかったのに、その子に殴りかかったのだ。だが、それは彼らの思うつぼであった。五対一では真理夫に勝ち目などあるはずはなかった。彼はたちまち袋叩きにされてしまった。

彼は体中を殴られたり、蹴られたりしながら、その痛みを感じないほどに、自分の両親が冒涜されたことが悔しくて仕方がなかった。そして、なぜそういうことが自分の身に起こるのか納得がいかず、無性に悲しかった。

（もし僕が真理夫という名前でなければ、こんな厭な思いをすることはなかったはずだ！）

心の中でそう叫びながら、マリアとの関わりの故に受けたこの耐えがたい侮辱が、慕わしく感じ始めていたマリアからの裏切りのように感じられ、真理夫の心は激しく混乱した。

夢

八歳のときに高津真理夫が体験した出来事は、やがて彼の人生に決定的な影響を与える要素を秘めていたのだが、もちろん彼はそのときには気づいていなかった。

「イエスは、マリアとローマの兵隊との間に生まれた私生児だって、父ちゃんが言ってたぞ！　うちの父ちゃん大学の先生なんだぞ！」

「イエスは、父なし子で、私生児だったんだ。もしかしたら、おまえもそうなんじゃないのか⁉」

大学教授の子からそう言われ、五人の子供たちから袋叩きにされたあのとき、真理夫は殴られた痛みよりも、彼が大切にしてきた聖母マリアと両親の悪口を言われたことによる心の痛みのほうがずっと大きかった。そして彼はそのとき、いい知れない不安と恐怖を感じたのである。

そのことで、それまでの一年間、マリアとの間で築いてきたものが壊され、癒されかけていた傷のかさぶたをはがされるようなうずきを感じたのだ。そして、「聖母を信じればきっといいことがある」と語った母の言葉を本気で信じ始めていたのに、それがまた信じられなくなってしまった。

真理夫は顔や体のあちこちにあざを作って家に帰ったが、いつも虐められて帰ったときのように母を見ても泣かなかった。母の咲子は、けがをして普通ではない様子の真理夫に何があったのかを尋ねたが、彼は黙ったままでいつものようには話さなかった。彼女は不思議に思ったが、年齢的なものか、あるいは、この一年間の聖母との親しい交わりのためかもしれないと納得しようとした。しかし、次の真理夫の言葉で、それが間違いだということを知ったのである。

「イエス様は、マリア様とローマ兵の間に生まれた私生児だって。だから僕もそうなんじゃないかって」

息子が泣かないで帰って来たのは、成長したからでも、聖母との深い交わりのためでもなく、イエスと同じように真理夫も私生児ではないかとののしられたことのショックが余りにも大きかったためだったということが分かり、咲子も強い衝撃を受けた。しかし、すぐに気を取り直していつものように優しく真理夫に話し始めた。

「残念だけれど、世の中には、よく分からないでイエス様やマリア様やキリスト教のことを悪く言う人たちがいるの」

「マリア様は聖霊によってイエス様を身ごもったんだよね。イエス様のお父さんは神様なんだよね。僕は私生児なんかじゃないよね」

真理夫が、すがるような目つきで彼女に尋ねた。

「ええ、もちろんですとも！」

そう言いながら咲子は、強く息子を抱きしめてやった。真理夫は安心したのか、初めて泣きだした。

「日本ではカトリック信者はとても少ないから、マリア様のことを信じていない人がたくさんいるけれど、世界に十一億人いるカトリック信者は皆、イエス様は聖霊によって身ごもったと信じているのよ。だから安心しなさい」

真理夫を抱きしめながら、静かに彼女は諭した。

実はつい先日の教会での聖書研究会で、偶然その問題について原田神父が話していたことを思い出したのである。もしあのとき神父の話を聞いていなければ咲子はもっとうろたえていたかもしれなかった。

原田神父の説明によれば、なんでも、その中傷はキリスト教に反対する一部の人の間で古来から言われ続けてきたもので、ケルソスという二世紀のローマの哲学者が、『真の言葉』という書物の中で言及しているものだという。その書物自体は残っていないが、三世紀にオリゲネスという神学者がケルソスの間違いを逐一反論した書物の中で引用しており、そのローマ兵の名前もまことしやかに言われていて、パンテラというのだそうである。

（幸いにもいいときにぴったりの話を聞けたものだわ。今度神父様に会ったらお礼を言わなくちゃ）

咲子は内心そう思いながら、彼女の言葉に安心した顔をしている息子を見て、ほっと胸をなでおろした。

確かに真理夫は、母の言葉で、大学教授の息子が言っていたことが単なる中傷だということが分かってずいぶん不安から解放されたし、安心したのは事実だった。だが、それでもなぜか心に不安が残るのを彼は感じていた。それがどこからくる不安なのか彼自身も分からなかった。

それともう一つ、心の中で引っかかっていることがあった。それは、自分が弱い人間だと思われたくないという気持ちが邪魔して母には言えないことだった。

（もしかしたら、聖母マリアに生涯を捧げるということは、ありもしない中傷や批判を受けてもそれに耐えないといけない道なのだろうか？）

彼にはマリアについての教義など難しいことはもちろん分からなかったのだが、それでも今回の出来事を通して彼なりにそのような疑問を感じたのだ。

（お母さんは、根も葉もない噂だから気にすることはないと言ったけど、僕にはやはり気になる。どうして正しいことなのに間違っていると言われなければならないのか僕には分からない。多分お母さんの言うことが正しいのかもしれない。でももし、そういう道を行くことがマリア様に生涯を捧げるということなら、僕はそういう道を行くのは嫌だ）

そんなことを子供なりに考えながら真理夫は、自分は臆病で弱い人間だからそういうふうに感じてしまうのかもしれないとも思った。

虐めのターゲットというものは、移り変わっていくものである。そして気がつけば、いつしか真理夫ではなく、他の誰かが虐められるようになっていた。

それまで長い間虐められていたので、虐められることがどれほど孤独で辛いことであるかは誰よりも知っているはずなのに、他の子供が虐められているのを見ても、彼にはそれを止める勇気がなかった。そして、虐めを見て見ぬふりをしている自分が情けなくて嫌でたまらなかった。それはある意味では、虐められているときよりももっと辛いものだったから。

そんな思いの中で悶々としていた頃、マリアとのより近しい出会いを体験するある出来事が起こった。

その日、たまたまある小学校の近くを歩いていると、かつて自分がそうであったように、何人かの男の子に囲まれて一人の女の子が虐められていた。女の子は泣いているのに、彼らは様々に彼女をけなし、あざけっていた。今までもそういう場面に出くわすことはあった。だが、喧嘩に自信のない真理夫はいつも見て見ぬふりをして通り過ごしてきたのである。

ところがどうしてかそのときだけは違った。自分が虐められていたときの辛かった思いと、そしてそれと同時に、母が言っていた「聖母マリアがこの二千年間ずっと私生児の母だと言われ続けてきた」と言った言葉が不意に蘇ってきたのだ。そして虐められている女の子がかわいそうで見ていられなくなり、急いでそこに駆け寄った。そして、叫んだのだ。

「虐めるのはやめろよ！」

「なんだと！」

当たり前のように、女の子を虐めていた子供たちの矛先が今度は真理夫に向き、そのうちの一人が大声で怒鳴った。そして彼らは真理夫だけを殴って、去っていったのである。

殴られてとても痛かったが、それでも彼はなぜか今まで感じたことのないすがすがしさを感じていた。それは、傷の痛みよりも大きなものであった。

臆病な自分の中になぜあのような勇気が突然湧いてきたのか、真理夫にはとても不思議だった。しかし同時に、自分の中にもそのような世界があったことに驚きもした。それは嬉しい驚きであった。

そしてこのとき、彼は気づいたのだ。理由なくあることないことを言って聖母マリアを中傷する人たちがたくさんいる。もしかしたらそれは、聖母マリアが虐めに遭っているようなことなのではないか、と。そして女の子が虐められている姿を見たとき、心のどこかで彼女に重なって聖母マリアが虐められているように感じたから、自分はあのような行動をしたのではないかと。

「ありがとう」

虐めっ子たちをやっつけられずに、逆にやっつけられてしまったかっこう悪い真理夫に、女の子がにっこり笑って言ってくれたお礼の言葉を、一生忘れたくないと思った。涙に濡れた彼女の瞳の輝きが真理夫にはとてもまぶしかった。

それまでマリアに生涯を捧げること、司祭になるということが具体的にどういうことなのか、彼にはよく分からなかった。そして、あの事件以来、それは臆病で弱い自分にはできないことではないかと感じ始めていたのだ。

だが、もし、聖母マリアがあの少女のように虐められていて、それを助けることが、聖母に生涯を捧げる道であるとするなら、そして、あの少女のように、たとえ自分の力が足りなくて、助けることはできなくても、その自分の気持ちを知って「ありがとう」と言ってくれる聖母であるのなら、そういう道を歩んでもいいのではないかと彼は感じたのであった。そしてそれが、母が言うように司祭になることであるとするなら、自分も司祭になれるのかもしれないと初めて感じたのである。

（もしかしたら、これが「マリア様を信じていればきっといいことがあるわよ」とお母さんが言っていた「いいこと」の一つなんだろうか）

真理夫はこのとき、自分の聖母に出会えたような気がしたのだった。

時間が経過するに従って、この虐められている少女を助けた具体的な出来事は彼の記憶からは薄れていったが、そのときのすがすがしい気持ちだけは、心の底に残り続けた。

しかしこれらのことは、あくまでも真理夫が八歳のときに起こった出来事である。八歳の頃に持った人生の夢を実際に実現できる人が一体どれだけいるだろうか。それに、カトリック司祭になるための神学校には二十二歳以上でないと入学できないという規則があることもあって、彼の夢は、他の多くの人たちがそうであるように、年齢が進むにつれて少しずつ失われていったのだった。

やがて、彼の心の中には、作曲家になりたいというもっと魅力的で現実味のある夢が芽生え始め、その夢のほうは具体的な実現に向かって着実に育っていった。

ところが咲子は、それから後も彼が司祭になって生涯をマリアのために捧げることができるようずっと祈り続けたのである。そのことを真理夫は知らないわけではなかったが、中学、高校と進むにつれて、その母の祈りが具体的に自分の人生に影響を与えるとはもはや思わなくなっていった。

五章　喪失

失恋の向こう側

それから十二年の歳月が過ぎ、真理夫は、作曲家になるという夢を実現するために東京にある関東音楽大学の作曲科で学んでいた。カトリック教会の日曜日のミサには出来るだけ参加するようにはしていたが、大学の授業だけではなく、曲を書いたり、ピアノを弾いたり、自分なりにも勉強することもたくさんあり、それ以上の関わりはなかなか持てずにいた。

そういう忙しい大学生活を送っていた三年生が始まってまだ日が浅い頃、バロック音楽の授業でのことである。

「あのう、すみません。前回の授業出てました？」

隣に座っていた女子学生が真理夫にそう話しかけてきた。

「うん、出てたけど？」

「私、授業休んだので、あとでノートを見せてもらえると助かるんですけど」

「大丈夫だよ。あまりきれいにとれてないけど」

何気ないこの会話がきっかけで、二人は知り合うことになったのである。彼女の名前は、白川玲子。真理夫と同じ三年生で、声楽を専攻していた。色白でふっくらした顔立ち、長くて濃いまつ毛に囲まれた大きな目でまっすぐに人を見て話すのが印象的だった。

最初は、それぞれが作曲と声楽を専攻した理由とか、お互いの音楽に対する興味などについて話す程度の友達であったが、そのうち二人は、コンサートや映画や講演などにも一緒に行くようになり、徐々に親密になっていった。

四年生になる頃には、二人の関係はさらに深まり、お互いの下宿を訪れることもしばしばで、ときどき玲子が食事を作ることもあった。

秋になり、真理夫は玲子との将来について、真剣に考え始めるようになっていた。それで、自分の気持ちや自分の過去のこと、特に自分がクリスチャンであることや、将来の夢について話すことにしたのだった。あと半年で卒業だし、このままだと彼女は、実家に戻ると言っていたから、卒業する前に自分の気持ちをはっきり伝えておきたかったのである。

ところがそのことを話して数日経った頃から、玲子の態度が急によそよそしくなってしまった。

真理夫としては、相当勇気をもって今まで誰にも話したことのない心の秘密を話したつもりであった。彼女がクリスチャンではなく、家が仏教だということは知っていたが、それまで一年半付き合ってきて、彼女がキリスト教に対して閉鎖的だという印象は持たなかった。むしろ他の人よりずっと開かれた気持ちを持っていると感じていたので、想像もしていなかった彼女の反応に真理夫はひどくショックを受けた。

心を開き信頼していたので、その分余計に深く傷ついた。さらに悪いことに、この玲子の反応は、もう忘れかけていたあの遠い日の聖母マリアにまつわる虐めの苦い記憶を甦らせ、すでに癒えていたはずの傷がまだ完全には癒えていなかったことを思い出させたのである。

それでも真理夫は、何か自分が話したことで傷つけたり、誤解させたりするようなことがあったのかもしれないと思い、もしそうならその誤解を解きたいと、何度も玲子と話そうとした。だが、玲子は真理夫に会おうとはしなかった。

そして、十月になって、朝夕は徐々に空気が冷たくなってきたある日の授業のあと、例のように、真理夫が会ってほしいと頼んだが、彼女は逆に、別れ話を持ち出してきた。

「真理夫君、私たちもう会わないほうがいいと思うの。私たちは決して交わることのない道をそれぞれ進んでいるのよ。あなたは、私なんかのことは早く忘れて、マリア様に生涯を捧げる道を行ったほうがいいと思う。もうこれでおしまいにしましょう」

今まで聞いたことのない玲子の冷たい言葉に、真理夫は心が凍りついた。

「あれは、もうずっと前のことで、今では何でもないって言ったじゃないか。僕は君を愛しているし、ずっと一緒にいたいんだ」

彼が必死でそう言ったとき、彼女の心が一瞬揺れたように真理夫は感じたが、彼女の次の言葉に、それが錯覚だったことを感じざるを得なかった。

「私はそうは思わないわ。人には持って生まれた運命があると思うの。どうあがいてもあなたは、あのマリア様の言葉から逃れられないし、私は私の運命から逃れることはできないと感じたの。だから、お互いがもっと傷つく前に、別れたほうがいいのよ」

「君の運命って?」

「私が、あなたが思っているよりも敬虔な仏教徒であるということよ」

「でもそんなこと何も言ってくれなかったじゃないか」

「言っても分かってはもらえないと思ったからよ」

玲子は、じれったそうに相変わらず冷たく言い放った。真理夫はそれが自分の知っている心優しい玲子の言葉だとは信じられなかったが、しかしそれはやはり白川玲子であることに間違いはなかった。

「ゆっくり時間を取って話し合うことはできないのかい?」

大学のキャンパスでの立ち話ですませられるようなことではなかった。

「話し合ったって無駄よ。あなたがクリスチャンをやめて仏教徒になるということは信じられないし、私が仏教徒をやめてクリスチャンになるということも不可能なのだから」

「でも、クリスチャンと仏教徒が結婚している夫婦だってたくさんいるじゃないか」

「じゃあ、あなたは、クリスチャンの信仰を捨てて、仏教徒になれる?」

予期しない質問に、真理夫は答えに詰まった。

「それみてみなさい。できないでしょう」

「いや、そんなことは……」

「じゃあ、できるの？」

彼は再び黙り込んでしまった。

「でしょう？　そして、それは私も同じなのよ。したくてもできないのよ……」

真理夫は彼女がそれほど仏教徒であることにこだわっているとは思いもしなかったのでとても驚いたが、そんなことにも気づかずに彼女との結婚を夢見た自分がとても愚かに思えた。そして、彼は自分が身勝手過ぎたということに気づいたのであった。

すずかけの枯葉が、秋の夕暮れの中を舞い落ちていた。

（僕の心の中には、彼女は当然僕のキリスト教信仰を受け入れてくれるという思い込みがあったのではないだろうか？　彼女にも僕と同じように信じている大切なものがあったのに、僕はそのことにはほとんど、いや、全く配慮してこなかった）

真理夫は自分の思い上がりや独りよがりに今更のように気づいて、心が痛んだ。そして玲子も自分も、自分たちで願って仏教徒やクリスチャンの家庭に生まれたのではないということを思わざるを得なかった。

（クリスチャンであることを捨てられるのだろうか？）

玲子の質問をずっと考えていた真理夫は、何度も自問した。このことは、十数年、彼の心の底に埋もれていて、もはや単なる思い出にすぎないものとなり、具体的な人生にはそれほど大きな影響はないと感じていたことを再び意識の中に引っ張り出した。そして、最終的には、玲子が言ったことは正しいのだということが理解できるようになった。なぜなら、真理夫は自分がクリスチャンであることを辞めて仏教徒になることはできないということを悟ったからである。

真理夫は白川玲子との結婚を考え始めていたほどだったので、彼女のことをなかなか諦め切れなかったし、彼女を失った悲しみからかなり長い間抜け出すことができずにいた。そして、このような結末をどのように理解すればいいのか分からず、これから先のことも考えられなかった。ときどき、玲子と過ごした様々な場面や、彼女の仕草や表情が思い出されて、胸が張り裂けそうになった。

だがこの失恋の経験を通して、無意識下に隠れていたけれども決して完全に消滅していたわけではなかった、幼い日のもろもろの出来事、特に聖母マリアに関わる事柄が少しずつ彼の中で思い出され、やがてはっきりと、実感を持って甦ってきた。

真理夫という名前によって虐められたこと、母が慰めるために言った言葉、彼の生涯に関する聖母マリアの預言、マリアとの一年ほどの親しい交わり、虐められた女の子を助けたときに、司祭になることで、もし虐められている聖母マリアを助けることができるのならば、司祭になってもいいのではないかと感じたことなどが、次々に思い出されてきて真理夫はとても驚いたのである。

（もしかしたら、「生まれて来る子は、私に生涯を捧げる人になるでしょう」というあの聖母の預言は、単なる夢ではなく、玲子が言ったように、僕が歩まなければならない運命なのだろうか？）

過ぎ去った過去のものだと思っていた聖母マリアの言葉が、今新たな力をもって迫って来るのを、真理夫は感動をもって受け止めようとしていた。そして、そのような状況の中で、将来の方向性が大きく転換し、再び司祭への道が彼の前途に開かれていくのを感じるのだった。

（これを、召命というのだろうか？　神は自分に司祭になる道へと本当に呼んでおられるのだろうか？）

そのような疑問が急に真理夫の心を捉えるようになった。それは、とても不思議な体験だった。なぜなら、玲子との失恋にあんなにも傷つき、希望を失っていたはずなのに、彼の中には今新たな、まったく想像したこともなかった希望が湧き上がってきていたからである。

新しい年を迎え、大学生活も残り数ヶ月を残すのみとなった頃、真理夫は作曲家として歩もうとしていた自分の人生の方向を大転換して、カトリックの神父になるために神学校への道を歩む決意を固めつつあった。

ちょうどその頃、彼の元に一通の手紙が届いた。懐かしい筆跡。それは、玲子からの手紙であった。

「大切な真理夫さんへ

あのときは、本意ではないとはいえ、あなたをひどく傷つけて、本当にごめんなさい。赦してくださいね。

新しい年が明けましたね。

幼いときに抱いた夢を、もう一度自分の夢として歩み出そうとしているあなたの姿が、私には見えるような気がします。今日は、そのあなたの新しい人生の出発にあたり、私の本当の気持ちを贈りたいと、この手紙を書くことにしました。

私は今も、あなたをとても深く愛しています。こんなにも人を好きになったことは初めてです。

『じゃあ、どうして？』とあなたはきっと尋ねるでしょうね。

私は、あなたのお母様があなたを妊娠中に見られた夢の中で、マリア様が語られたという言葉を聞いたとき、とても驚きました。どうしてかというと、私もそれに似た言葉をずっと言われ続けてきたからなのです。

実は私の父は浄土真宗の由緒あるお寺の住職で、私はそこの一人娘なのです。だから、私の結婚相手は婿養子になることを受け入れ、また住職になってお寺を継いでくれる人でなければならないのです。そのことを、私は小さい頃から今に至るまで両親からずっと言われ続けてきました。

「お前の夫になる人は、お前だけではなく、このお寺と仏様に生涯を捧げる人でなければならないということを決して忘れてはいけないよ」と。

そして、私はその与えられた運命を受け入れて生きてきました。ところがそんな私が、こともあろうに、クリスチャンであるあなたを好きになってしまったのです。

だから、あなたに少しずつ惹かれていく自分が怖かったのですが、あなたと時を一緒に過ごすうちに、私はあなたと少しでも長く一緒にいたいと思うようになりました。そして、無理だとわかっていたはずなのに、やがて、ずっと一緒にいたいと思うようになっていったのです。

そしてもしかしたら、神様は、クリスチャンであるあなたでも、本当に私を愛しているなら、私のためにお寺に来るようにしてくれるかもしれないって、見てはならない夢を見始めたのでした。

ところがあの日、あなたの生い立ちや、あなたに対するマリア様の言葉を聞かされたとき、マリア様に生涯を捧げる道を歩むべき人を好きになってしまった自分の間違いに気づき、目の前が真っ暗になってしまいました。そのとき受けたショックがどれほど大きなものであったか、あなたにはきっと想像がつかないでしょう。

あまりのショックにしばらく立ち上がれなかったけれど、その悲しみの中で、私ははっきりと悟ったのです。あなたはあなたの運命に逆らうべきではないし、私がもしあなたを本当に愛しているのなら、決してあなたにあなたの運命に逆らうようなことをさせてはならないということを。

だから、あなたはとても傷ついたと思うけれど、私には、あのときあのようにするしかなかったのです。どうか分かってください。

ああ、どれほど私はあなたと一つになりたいと願ったことでしょうか。もしあのとき本当のことを言っていたら、私は自分の感情を抑えることができず、あなたと別れる決意は崩れ去り、きっとあの日取り返しのつかないことをしてしまったと思います。だから、ああするしかなかった……。下宿に帰ってからどれほど泣いたか知れません。そしてあのとき、私にとってあなたがどれほど大切な人であるかということを知ったのです。

私は、今でもあなたのことを深く愛しています。だからこそ、あなたにはあなたの夢を実現してほしいのです。

私は、あなたが幼いときに抱いた『虐められたマリア様を助ける』という大切な夢を実現する姿を見てみたい気がするのです。今までもクリスチャンの人からマリア様のことを何度か聞いたことがあります。でも、あなたが感じたような、「虐められたマリア様」や、その「虐められたマリア様を助ける司祭」というようなことを聞いたことはありませんでした。そしてあなたが話してくれたマリア様は、仏教徒である私にもとても身近な気持ちをマリア様とカトリック司祭に抱かせてくれました。

だから私には、あなたのお母様を通してあなたに与えられたマリア様の言葉は、きっと重要な意味があって、あなたには何かふつうの人にはできないかけがえのない使命があることが信じられるような気がするのです。その夢を私が壊すわけにはいかないでしょう？

あなたが夢を実現する姿をいつか必ず見られることを信じて遠くから見守っていますね。

あなたが私にくれた優しさと、共にいてくれた日々はすべて神様からのプレゼントのようです。

私を愛し、大切に思ってくれたこと、本当にありがとう。

希望の前途を祝して。

玲子」

ところどころ文字がにじんでいた。

（きっと涙をこらえながら書いてくれたのだろう）

そう思うと真理夫は、彼女の辛かった気持ちと彼への切なる想いが伝わって来て、熱いものが込み上げるのを抑えることができなかった。涙が手紙の上にこぼれ落ち、にじんだ文字をさらににじませた。

この玲子からの手紙で、真理夫の司祭への思いはさらに確かなものになっていった。

彼はすでに、音楽教師として就職することが決まっていた東京の高校に内定の取り消しを願い出て了承されており、その次の週末には、京都に司教座聖堂がある京都教区の里山司教に神学校入学に必要な推薦状を書いてもらう約束を取り付けていた。

里山司教との面接の日の朝、司教館には「お母さんの咲子さんと一緒に来るように」と、司祭養成担当司祭から連絡があった。

里山司教とは、真理夫自身は直接面識がなかったのだが、司教がまだ神父になって間もない頃、高津家が所属していた教会で働いていたので、咲子は司教のことをよく覚えていた。彼女があの聖母マリアの夢について相談をしたのは若かりし頃の里山神父だったからである。

なぜ神学校に行きたいのかという司教の質問に答える真理夫の説明を、里山司教も感慨深げに聞いていた。二十数年前に咲子が見た聖母マリアの夢が、今その実現に向かって大きな一歩を踏み出そうとしていることを目の当たりに見ながら、司教も感動を禁じ得ないようで、大きな喜びを持って彼の神学校入学の願いを祝福してくれたのであった。

やがて一連の面接が終わり、司教が推薦状に署名を終えたときの、咲子の嬉しそうな、そして大きな責任を果たしたという安堵の表情を、そこにいた司教も真理夫も養成担当の司祭も、皆美しいと感じていた。真理夫が自分の意志で司祭の道を歩み始めるのを、ひたすら祈りながらじっと待ち続けていた咲子の気持ちが伝わってきたからである。

東京の下宿に帰った真理夫は、一通の手紙をしたためた。

「懐かしい玲子へ

僕は今、カトリック神学校へ入学するためのすべての手続きを終えて、神学校での面接の日を待ちながら、この手紙をしたためています。

君のくれた手紙、何度も何度も読み返しました。そして何度も何度も君の優しさに泣きました。

僕のほうこそ、君が抱いてきた、寂しく辛い気持ちを知らずにいたことをどうか赦してください。

僕は今、君のことは、マリア様が僕に送って下さった天使のような気がしています。そして、君の優しさと深い愛に心から感謝しています。君の愛を通して、僕は自分が本当にしたいことを思い出すことができました。君との出会いなしに、それはあり得なかったのではないかと感じています。

本当にありがとう。

君のこと、そして君と一緒に過ごせた二年間のことは一生忘れません。

マリア様に生涯を捧げる道がどういう道かは、今の僕にはまだよく分からないけれど、その道を求めて、カトリックの司祭になる道を歩んで行こうと思います。

だから僕のことは心配しないで、玲子に与えられた運命の道を歩んでください。君と、仏様と、君の家のお寺に生涯を捧げる素晴らしい運命の人との出会いと、そして何よりも君の幸せを心から祈っています。

大切な人へ
言い尽くせない感謝と愛を込めて。
真理夫」

このようにして、期せずして真理夫は、住む世界は違うけれども彼と似た不思議な運命を背負って歩んで来た白川玲子という女性との出会いを通して、自分自身の本来行くべき道、司祭への道を見いだすことができたのであった。

（神様は本当に不思議なことをされるものだ）

真理夫は、そう思いながらこれまでの歩みを振り返り、神に感謝した。

幼いときに母がくれて、東京へ出てくるときも持ってきてずっと机の上に置いていた小さな額に入った聖母マリアの絵。その額の中の聖母が、今日は心なしか微笑んでいるように真理夫には感じられた。

父母の死と出生の謎

関東音楽大学を卒業した真理夫は、いよいよ神父になる道を歩み始めるため、東京練馬にある日本カトリック神学校に入学することになった。

彼が今までの下宿から神学校に移るとき、母咲子も神学校を見ておきたいと言って付いて来た。予期しなかったことだが、神学校の矢島校長がわざわざ時間を取って校内を案内してくれた。矢島校長と友人で、神学生時代の同期でもあった里山司教が気をつかってくれたのだった。聖堂、図書館、食堂、神学生たちがくつろぐ部屋、そして日本にキリスト教を最初に伝えたフランシスコ・ザビエルの像がある庭などを案内してもらいながら、母は真理夫がそれまで見たことのないような輝いた顔をしていた。

やがて時間が来たので、真理夫は母を駅まで見送りに行った。西武新宿線の武蔵関駅の改札口で別れるとき、彼は母に心を込めて、感謝の思いを伝えた。

「お母さん、これまで長い間本当にありがとう」

「大変だと思うけど、頑張るのよ」

彼女はそう言いながら、目に涙を浮かべていた。聖母マリアから与えられた大きな責任を果たせたことに安堵したためだろうか。それとも、息子との別れが辛かったからだろうか。

神学校への道を戻りながら、苦労して彼を育ててくれたこれまでの母の人生や、聖母マリアにまつわること、奇しくも神学校に入るための道を開くことになった白川玲子との出会いと別れなどが、まるで映画のスクリーンを見るように次々と真理夫の脳裏に映し出されていた。そして、神学校の門のところで彼は、これから新しい人生が本当に始まるんだという緊張感に胸をときめかせながら、深呼吸して、最初の一歩を踏み入れたのである。


神学校での生活は、真理夫が想像していたようなこの世離れしたものではなく、ずっと現実的なものであった。だがそれでも、祈りや修道の生活ももちろんあり、多くの新鮮な感動や刺激があった。一信徒として日曜日に教会に通っているだけでは知ることのできなかったことを、善きにつけ悪しきにつけ知ることができたことは貴重な体験であった。

神父になるためにはこういう大変な準備を長い期間かけてするのだということも分かった。

朝夕の祈りや、ミサ、聖歌の練習、勉学、神学生同士の語らい、食事、スポーツなど、団体生活はそれなりに楽しいものであり、真理夫は少しずつ神学校の生活に慣れていった。

人が神学校に入る目的は、神父になって、神と人々のために仕えるということである。だが、同じカトリックの信仰は持っていても、そこに導かれる背景や経緯や神との出会い方などは、それこそ千差万別で、それぞれの神学生が固有のドラマを持っている。神は、その人にあった不思議な方法で人を招くのである。

　真理夫の場合それは、母咲子が彼を妊娠中に見た夢の中で、「生まれて来る子は私のために生涯を捧げる人になるでしょう」と預言した聖母マリアの言葉と深く関わっていた。

　だから彼が神学校生活において、聖母マリアのことにことさら強い関心を持ったのは当然のことであった。

　聖母マリアにちなんだ「真理夫」という名前を与えられたことが素晴らしいことであり、また誇りに思えるようになるという母の言葉が本当だと感じたかったのである。

　最初の二年間の勉強は、主に神学を学ぶのに必要な基礎をつくるための哲学の授業が中心であった。それでも真理夫は、聖母マリアのことに人一倍強い関心を持って、自分なりにいろいろと勉強した。

　また知的理解だけではなく、聖母とのより内的な出会いを求めて、「聖母の月」である五月や、聖母への祈りを特に大切にする「ロザリオの月」の十月や、年間のカトリックの典礼暦において数多く存在する聖母に関する祝日の典礼儀式などには積極的に参加した。そうすることで、彼は聖母マリアが本当にどういう方であるのかを知りたいと思った。

　そのようにして彼が感じ得たことは、如何に多くの神学生や司祭や人々が、聖母マリアを深く愛し慕っているかということであった。そして神学を学ぶ中にあっても、何と多くの偉大な神学者たちが、聖母への愛と尊敬のゆえに、聖母の価値を知らない人々にその尊さを伝えようと教義を構築し、また、聖母に対する誤解を解き弁明するために、計り知れないほどの努力を捧げてきたかということであった。

それらのことを知ることによって、「真理夫」という名前のゆえに虐められたりしたことで傷となっていたものもずいぶん癒され、心が慰められるのを感じた。さらに彼は、母が信じ、自分が信じようとしてきたことが間違ってはいなかったと感じることができて嬉しかった。そして、少しずつ生涯を聖母に捧げる司祭になるという目標に近付いていくような気がした。

神父になるには最低六年間、修道院的な団体生活をし、宗教的・霊的な素養、信徒に対する聖書やカトリック教義の教育、カウンセリングや説教などの実践、礼拝や儀式の仕方、ラテン語や哲学や神学などの知識などを身につけなければならなかった。

そして一年ごとに、段階的に神父になるための資格を得ていくのであるが、その都度、自分は神父になるために神に呼ばれていると感じなければ、去ることが許されていた。また、ごくまれではあるが、それぞれの教区の司教や神学の指導者たちが、団体生活の適性に欠けるとか、人を指導したり教えたりする資質が不足しているとか、必要な学問的内容を履修できていないと判断した場合、留年させたり、放校することもあった。

真理夫は順調に、一年ごとに出身教区の司教から受ける段階的な資格を得ながら、哲学課程の二年間を終え、神学課程へと無事進むことができた。彼は司祭への道を順調に前進しているように見えた。

ところが、神学校に入って三年目の冬、彼の人生に決定的な影響を与える大事件が起こったのである。

ある土曜日のことであった。

真理夫は、土曜日ごとに手伝いに行っている教会で、高校生に聖書を教えて帰ってきた。食事を済ませ、当番なので、食堂の後片付けをしていたとき、京都から電話がかかってきたのだ。妹からであった。受話器の向こうで、妹ののぞみが泣いており、彼はひどく胸騒ぎを覚えた。

「お兄ちゃん、お父さんが東京に公演に行って、お母さんも一緒で、交通事故に遭ったの！」

のぞみの話は嗚咽が混じってよく聞きとれなかった。真理夫はそれでも、何度も聞き直して、両親がレンタカーでドライブに行き、その帰りに事故に遭ったことを知った。

「対向車線をはみ出してきた車を避けようとして急ハンドルを切ったのか、ガードレールを突き破って車ごと転落したらしいの！」

のぞみが泣きながらそう話すのを聞いて、真理夫は、起こったことの深刻さを悟った。

「二人とも、意識不明で緊急手術をしないといけないって！」

「助かる見込みは!?」

「とても危険な状態で、助かるかどうか分からないって！」

のぞみが、電話の向こうで泣き崩れ、彼の心も動転した。

「私と純平兄ちゃんは、新幹線がもうないから、これから夜行バスで明日の朝一番に着くように行くけど、真理夫兄ちゃん、病院にすぐ行ってくれる？　四谷救急病院だって」

「四谷救急病院だね？　分かった。すぐに行くよ。じゃ明日。気をつけて来るんだよ」

電話を切っても真理夫はまだ信じられずにいたが、急がなければならなかった。すぐ矢島校長に状況を説明し、外泊許可をもらって病院に向かった。

そして約一時間後、焦る思いで病院に到着した真理夫は、すぐに、両親の真悟と咲子がどこで手術を受けているのかを聞いて、急いでそちらに向かった。手術室がある階の詰め所にいた看護師に尋ねたが、両親とも現在手術中で、予断を許さない極めて危険な状況だと告げられた。

真理夫は、手術室に近い廊下の長椅子に座って待つしかなかった。手術の経過を気にかけながら、生きた心地がせず、思わず聖母マリアに祈っていた。

しばらくすると、少し年配の看護師が手術室から駆け出して来た。真理夫の前を通り過ぎたところで、反対側からやって来たまだ若い看護師に、早口にしゃべる声が聞こえてきた。

「血液が足りないの。すぐに追加を持って来てくれる！」

「何型をどれほどでしょうか？」

「O型を五百お願いね。分かった⁉　大至急よ！」

「了解しました！」

そう言って、若いほうの看護師が急ぎ足で去って行った。

真理夫は、看護師たちが両親の輸血用血液について話しているのだということを理解すると、あわてて、手術室に戻ろうとしていた看護師を追いかけて尋ねた。

「あのう、高津真悟の息子の真理夫といいますが、その輸血に必要な血液って、父のですか、それとも母のでしょうか？」

「お父さん、高津真悟さんの血液です」

「えっ？　父はO型じゃないはずです。何かの間違いじゃないでしょうか？」

「手術前に調べましたので、お父さんの血液型はO型で間違いありませんよ」

看護師はそう言い残して、手術室に戻って行った。真理夫は、訳が分からなくなって混乱した。

（僕はAB型だから、父はO型では絶対あり得ないはずだ。なのに、どうしてO型なんだろう？）

真理夫がAB型であることは、つい最近献血をしたときにもらった献血手帳を確認するまでもなくはっきりしていた。母がA型だということは誰かに話しているのを聞いたことがあるのでこれも間違いなかった。だから、父の血液型については確認したことはなかったが、てっきりAB型かB型だと思い込んでいた。

そんなことをあれこれ考えていたときだった。突然、彼は極度の不安に襲われた。自分の周りに真っ暗なものが迫ってくるような恐怖にも似た不安である。

（この不安、いつかどこかで感じたような気がする）

真理夫は、いつどこで感じたのかを思い出そうとした。すると、突然あるシーンがはっきりと思い出されてきたのである。もう忘れていたはずの、十五年以上前のシーンが。

そう、その不安とは、彼が八歳のとき、大学教授の息子からののしられたときに感じた、あの得体の知れない恐怖にも似た不安だったのである。顔からみるみるうちに血の気が引いていくのが自分でも分かった。

　真夜中で廊下には彼以外には誰もいなかったが、もし誰かがいれば彼が倒れてしまうのではないかと見えたに違いない。

　再び、黒いものが背後から自分を覆い尽くそうとするような、そんな不安を感じた。

「イエスは、父なし子で、私生児だったんだ。もしかしたら、おまえもそうなんじゃないのか!?」

　教授の子の言葉が耳に響き、それを聞いたときの情景がはっきりと目の前に浮かんできた。あのとき彼は、極度の不安に襲われ、それから逃れたくて、母にすがるように尋ねたのであった。

「マリア様は聖霊によってイエス様を身ごもったんだよね。イエス様のお父さんは神様なんだよね。僕は私生児なんかじゃないよね？」

　その質問に咲子は答えたのだ。

「ええ、もちろんですとも！」と。

　そして強く抱きしめてくれた。

　それで、真理夫はその不安からずいぶん解放された。その不安は、それだけでは完全には消え失せはしなかったが、それでも彼は母の胸の中で、とても安心したことを覚えている。

　やがてときが経つに従って、そのような不安を感じたことも徐々に忘れていった。そして、遂にはそんなことを感じたことさえ意識の中から消え去ってしまった。しかし、それは完全に消え去ったわけではなかったのだ。

(どうして、今になってあのときと同じ不安を覚えるのだろう? なぜあの時の状況が、急にこんなに鮮明に甦ってくるのだろうか?)

そんなことを思いながら、一方では、真理夫の脳裏には様々な思考がめまぐるしく駆け巡っていた。

(もし、父の血液型がO型だとしたら、どうして僕の血液型がAB型なのだろう? 僕はお父さんの実の子ではないというのだろうか? お母さんは言った。僕は私生児ではなく、お父さんとお母さんの子だと。でも、あの母の言葉は嘘だったのだろうか?)

それに、真悟が彼の実の父親だと信じていたことにはそれなりの理由があった。真理夫には弟と妹がいたが、彼らもまた音楽関係の道に進みたいという希望をもっていた。だが真理夫がピアノや他の楽器を弾いたり歌を歌ったりする音楽の才能が、弟や妹に比べて遥かに優れていたため、小さい頃から親戚や周りの人から、

「真理夫ちゃんは、お母さんよりも、お父さんの血を受け継いだんだねえ」

などと言われたことがよくあったのだ。このことは、彼が真悟の血を受け継いだ実子であることに全く疑いを抱かせなかった理由となっていたのである。父の自分に対する接し方がどこか弟や妹に対する接し方とは違うように感じて寂しくなったときなどには、そのことを思い出し、自分が父に一番近い存在なんだと言い聞かせることで、寂しさを紛らわせることがよくあったのである。

真理夫は信じられない不安な気持ちと必死に戦っていた。父と母が瀕死の状態で緊急手術を受けているときに、こんなことに囚われて思い悩んでいる自分がどうかしているとも思ったが、そのことが

頭から離れないのだ。だがそれでも彼は、何とか自分の心に言い聞かせようと努力した。

（二人の手術の成功をただ懸命に祈らないといけない。血液型に関する一連のことは両親が元気になってから確認すればいいことだ。今は忘れるんだ）

そう自分の心を何とか納得させて、聖母マリアに両親の手術の成功を祈った。だが、その祈りは聞き入れられなかった。真理夫と弟と妹は、この夜、両親を失ったのである。

先に母咲子が、そしてわずか四十五分後に父真悟が、妻の後を追うように息を引き取った。子供たちの誰ひとり、母の死も父の死も看取れなかった。真理夫は病院にいることはいたが、息を引き取った咲子の隣では、真悟のための手術と治療が必死で行われていたからであった。

「まことに残念です。最善を尽くしましたが、ご両親をお助けすることはできませんでした」

手術室から出てきた医師からそう知らされた真理夫は、悲しみの涙を必死でこらえながら、目の前が真っ暗になった。

両親の死に顔は比較的穏やかであったが、二人とも内臓に致命的なダメージを受けていたのだという。

両親の死から三週間が経過し、真理夫は神学校のチャペルで、一人で祈っていた。この間、京都の所属教会での両親の葬儀ミサや、様々なことがめまぐるしく過ぎて行った。父方にも母方にもクリスチャンは父と母だけで他には誰もおらず、皆キリスト教には肯定的ではなかった。そのこともあって、親戚とはあまり深い付き合いがなく、葬儀には双方の親戚とも、それほど多くは参加していなかった。葬儀はカトリック教会で行われた。両親と懇意だった教会の信徒会長や、真悟がオルガンの伴奏をしたり時々指導に当たっていた聖歌隊のメンバーたち、真理夫や弟の友人たちが、よく手伝ってくれ、葬儀や一連のことは滞りなく終わった。

すべてが終わり、神学校の生活が再び始まったが、真理夫は今までのように神学校での生活が送れなくなっている自分に気づいていた。そして、これまで、抱き始めた疑問を考えることを封印していた真理夫は、その疑問に正面から向き合い始めたのである。そうすることは一面恐ろしい気がしたが、それを避けることはできなかった。

真理夫は、両親の手術中は手術が成功して二人が助かることを信じ、そのために心を集中したかった。自分の出生に関することは、手術が終わって両親が回復してから聞けばいいと思った。そして、疑問があれば、自分の思い込みで判断しないで、本人たちに直接聞いて真相を確かめるべきだと思っていた。たとえ自分が真悟の実の子ではなかったとしても、これまで実子として育ててもらい、彼自身もそのように思って来たのだから、この背景には、きっとそれなりに深い訳があるのだと思ったのである。

しかし、真理夫の願いに反して、二人とも亡くなってしまった今となっては、両親に真相を確かめる道は断たれてしまった。真理夫は、他に真相を話してくれそうな人や相談できそうな親戚の顔を思い浮かべようとしたが、彼自身あまり深い交流もなく、心を打ち明けて相談できそうな人は思い浮かばなかった。結局自分で考えるしかなかったのだ。

だが、考えると言っても、その背後の事情や心情は分かり得ないのだから、具体的な事実だけを把握することしかできなかった。そして、既に彼の中では、事実、つまり彼が真悟の血の繋がった子でないということははっきりしていた。咲子は他の男性との間に真理夫を身ごもったが、なんらかの事情があって結婚せず、真悟と結婚した。そして、真悟は真理夫を自分の実子として籍に入れたのだ。

真理夫が真悟の実子として籍に入っていることは確かだった。彼が大学生のとき、パスポートの申請のために区役所から取り寄せた戸籍謄本を見たので記憶に残っていた。もちろんそのときは、自分が真悟の実子であることに疑いなど感じていなかったから、極めて自然にただ目を通しただけにすぎなかったのだが、それでもそのことはよく覚えていた。

しかし、それは戸籍上のことであって、状況から見て、血の繋がった真理夫の父親は別に存在していること、自分が私生児であることは間違いないようだ。

もちろん真理夫は、真悟によって実子として受け入れられ、育てられたのだから、正式な婚姻によらずに生まれ、父親の認知を得られない子が法律的な意味での私生児であるとするなら、正確な意味では私生児とは言えないかもしれなかった。

だがそれでも私生児が、一般的な意味で、夫婦の関係ではない男女の間に生まれた子の総称であるとするなら、彼はやはり私生児であった。

そのようなことをあれこれ考えていると、不意に、いくつかの幼い日の情景が思い起こされてきた。

それらはそのときは理解できないこととして、彼の心の中でクエスチョンマークがついたまま残されてきたことなのだが、自分は私生児なのだと考えれば、その疑問符は取り去ることができるものであった。

例えば咲子は、真悟がいないときには、彼に対してとても優しい母であったのに、弟や妹のいる前、特に真悟の前では、真理夫が何か過ちを犯すと、人が変わったのではないかと思うほど厳しい母に豹変した。

父に叱られる前に母に叱られ、父の手が飛んでくる前に母の手が飛んできたのだ。そして、真悟の前で咲子は決して真理夫を褒めたことがなかった。また、彼がどんなに上手にピアノを弾いても、決して真悟から褒められたことはなかった。

それらの理由が分からず、寂しく辛い思いをしたことがよくあったのだ。

だがこれらのことも、彼が真悟の実の子ではないということであれば、彼を守るために、咲子が仕方なく取ったやむを得ない行為だったのだとして納得がいった。

そう思うと、彼を叩きながら、母の心は叩かれる自分よりももっと痛かったのではないかと、母が哀れであった。また、父が彼を褒めたくなかった気持ちもそれなりに理解できるような気がした。

しかし問題は、その事実を真理夫自身がどのように受け止めるかということなのである。これが彼にとっては大変な困難を伴う作業であった。

どう考えてみても、この現実は彼の人生に甚大な影響をもたらし、下手をすれば破壊的なダメージを与えてしまう危険性があった。

一般的にも、それまでずっと自分の父親であると信じていた人が、実はそうではなかったと知ったときには、極めて重大な危機が訪れるものだが、真理夫の場合は、さらに大変であった。なぜなら、彼が今カトリックの神父になるために神学校に在籍しているのは、あくまでも、咲子が真理夫を妊娠中に見た聖母マリアの夢を出発点としているからである。そして、そこには、母に対する信頼、特に、母の聖母マリアへの信仰に対する彼の深い信頼が根底にあるのだ。

もし、その母への信頼が破壊されてしまえば、自分の根底にずっと存在してきた母が見たマリアの夢と、それに基づいて自分がマリアに生涯を捧げるべく司祭の道を歩むために神学校にいることの意味が崩壊し、彼の存在を支えている内的な土台が根底から否定されてしまうのである。それゆえ、これは彼にとってこれからの人生の方向性を決定する最重要課題なのである。両親が亡くなったということもあるが、それ以上にこの精神的な問題のために、真理夫は神学の勉強も手につかない状態にあった。

もちろん真理夫は、当時八歳だった彼に、母が嘘をついたこと、いや、本当のことを言えなかったのは、子供への親の配慮として仕方のないことだと分かっていた。またそれ以後も、そういう問題が出てこなかったので、言い出せなかったのかもしれないし、あるいは、言おうと思っていたけれども言い出しにくかった可能性もあるだろうとも思っていた。いずれにしても、今となっては本当のところは、もはや知ることはできない。

だが、真理夫にとって今問題なのは、彼の本当の父親が誰かということや、母が嘘を言ったとか、両親が本当のことを言わなかったというようなことではなかった。また母が自分のことを思い、善意でしてきたことも彼には分かっていた。彼にとって問題だったのは、たとえどのような理由があるにせよ、正式な結婚をしないで、いわば姦淫の罪によってはらまれた自分が、司祭の道を歩むことはできないと感じていることだった。

真理夫は、今回のことが起こって以来、自分が、外面的には、イエス・キリストと極めてよく似た状況の中で生まれていることに驚きと戦慄を感じていた。

新約聖書の福音書によれば、イエスもまた、ヨセフと婚約中のマリアの胎に宿られた。その子は、ヨセフとの間にできた子ではなかったので、当時の法律であったユダヤ教の律法の定めによれば、マリアは姦淫の罪を犯したことになり、石で打ち殺されて死刑にされる立場にあった。

マリアを愛しており、ユダヤの律法に忠実で、善なる人であったヨセフは、そのような状況の中で、相当悩んだであろうことが推測されるが、律法に従い、マリアを離縁しようとしていた。

ところがそんな中、ヨセフは夢で、マリアのお腹の子は聖霊によって身ごもられた子であり、やがて救い主となる子であること、それゆえ安心して受け入れるべきことを告げられるのである。

ヨセフは、法律を取るか、自分が見た夢の中の天使の言葉に従うかという非常に厳しい選択を迫られたが、結局後者を選び取った。そのようにしてヨセフは、自分の実の子ではないイエスを、自分の子であると認知し、実子として受け入れたのである。

もしヨセフがあのとき、天使のお告げに従わないで、当時の律法の規定に従ってマリアを離縁していたなら、イエスもマリアもこの世から抹殺され、キリスト教の存在などあり得なかったことになる。

そのことを考えれば、このヨセフの決断は、救い主イエスの命を救ったという意味において、実に偉大な決断と言えるものであり、もっと評価されてもいいのかもしれない。

ヨセフの通過したであろう心情の世界に思いを凝らしながら、真理夫は、自分を真悟が実子として受け入れるのにも、相当な覚悟があったのではないか、そして、もし父が彼を実子として受け入れていなければ、自分の人生はどのようなものになっていたのかと思わざるを得なかった。時代は二千年前とは異なっており、石で打ち殺されることなどはあり得ないにしても、それでも、彼の人生が今とは大きく異なって、もっと辛い人生になっていたことは間違いなかっただろう。

そのように、外面的な状況においては、確かに非常によく似てはいた。だが、イエスと自分の間において、そして聖母マリアと咲子との間において、その存在自体における違いは決定的なものであることを真理夫はもちろん分かっていたし、そのことがまさに彼に、苦しみを与えている問題であった。

イエスは救い主で神の子であったが、真理夫は一人の罪びとである。そして聖母マリアは、神の子であり救い主であるイエスの母であり、彼女自身が原罪から解き放たれた「無原罪の御宿り」であったが、咲子は罪ある女性の一人であった。そして彼は、咲子が原罪のない人ではなく、間違いや欠点もある普通の罪ある人間の一人であることをよく知っていた。だから、罪人である咲子が聖霊によって自分を身ごもったことなど決してあり得ないことであり、人間の男性との性的関係を持って真理夫を妊娠したことは明らかなことであった。

私生児でありながらそれが神の子であり得るのは、救い主イエスのみである。また、ヨセフとの性的交わりもなくマリアがはらんだ子供を、自分の子としてヨセフが受け入れることができたのは、あくまでも、そこに神自身が介入して、天使を通して、マリアを離縁しようとしていたヨセフに、マリアとお腹の中のイエスを受け入れるようにと命じられたからであった。

それは、イエスが神の子であり、救い主であったからあり得た唯一無二のことである。他の誰にもそういうことがあり得るはずはない。つまりイエスにおいては、人間の父親は存在せず、マリアはあくまでも聖霊によってイエスを身ごもったのであり、誰か人間の父親がいたのでは決してない。だからこそ、ヨセフはマリアとイエスを自分の子として受け入れられたのである。

それゆえ、マリアに大天使ガブリエルが現れ、男性との性関係なしに、聖霊によって救い主イエスを受胎すると告げたことも、ヨセフに身重のマリアを受け入れるようにと告げたことも、それらは、あくまでも救い主をこの世に誕生させるための神の計画によってなされた極めて特殊なものであった。

だから、罪ある一人の女性でありながら、誰かは分からないが、確実に男性との性的な関係があってはらまれた姦淫の罪の結果である子を、罪穢れのない聖母マリア自身が夢に現れて、「生まれて来る子は、生涯を私に捧げるようになるでしょう」などと言うとは、真理夫にはどうしても信じられない気がしたのである。

彼の中で二つの相反する心が激しく言い争っていた。

（母が見た夢は、すべての人間が一般的に見る夢の一つにすぎないのではないのだろうか。夢は、ときには抑圧された潜在意識の発露であり、ときには単なる願望の反映にすぎないのだ。このことに、どうして気がつかなかったのだろう？）

（しかし、キリスト教の歴史の中には、聖母マリアが夢や幻に現れて、啓示の言葉を与えたり、奇蹟を起こしたりしてきたこともあるじゃないか）

もう一方の心が、それに対して反論した。

（いや、それは、あくまでも神に近い清い人や聖人の場合だろう。お前は、自分が一番よく知っているんじゃないのか。自分が罪の中ではらまれた子であり、自分にはそのような清さがないということを。その出発点において罪があるのに、そんなお前が神と人のために仕える司祭になることができるはずがないということを）

そう言われて、もう一方の心は言い返すことができなかった。

このような状況の中で、自分はどうすればいいのだろうか。答えは一つしかないように真理夫には思えた。亡くなった母には申し訳ない気はしたが、母の思い込みと妄想から脱却すること、それしか彼の選択肢はないように思えた。そしてそれは、神父への道を諦め、神学校を辞めることを意味していた。

新たな道へ

そんな真理夫に、追い打ちをかけるような衝撃的な事件が起こった。

彼が入学したときから何かとよく面倒を見てくれて、少なからず信頼していた先輩の宮田春彦が、ある晩遅く真理夫の小さな個室を訪れた。

すでに十一時を回っており、真理夫は体の調子があまりよくなくて、枕元の電燈は灯っていたが、すでにベッドに横になっていた。

「最近、元気がなさそうなので、どうしたのかなと思って来たんだけど……」

宮田は、手で、ベッドから出る必要はないという仕草をしながら、ベッドの横の椅子に腰かけた。

「あまり、体の調子がよくなくて……。体の節々が痛いし……」

「そうか、じゃあ、ちょっとマッサージでもしてやろうか？」

「えっ、いいんですか？　悪いなあ」

「いや、大変なときはお互いさまだよ。神父になるまでには、みんないろんなことがあるんだよ」

そういいながら、宮田は真理夫をうつ伏せにし、毛布を取って、肩や背中をマッサージし始めた。

「宮田さん、マッサージ上手ですね」

取り留めもないことを話しながら、時間が過ぎ、宮田は今度は真理夫を仰向けにさせて腕や手や足をもみ始めた。心身ともに疲れていたこともあり、真理夫はマッサージの心地よさに、いつしかまどろみ始めた。

どれぐらい時間が経ったのだろうか、真理夫は急に何か体に違和感を覚え、目を開けた。そして、宮田の手が真理夫の股間を触っていることに気がついたのだ。驚いた真理夫は、一瞬、何が起こったのか分からずにいたが、状況が飲み込めると、体をよじって宮田の手から逃れようとした。その真理夫の耳元で宮田が、今まで聞いたことのない、背筋がぞっとするような声でささやいた。

「僕が慰めてやるから、大丈夫、安心していいんだよ。そうしてほしいんだろ？」

そして、宮田の口が真理夫の口を覆ってきた。

「ちょ、ちょっと止めてくださいよ！」

そう強い口調で言って、真理夫は激しく抵抗して、宮田から逃れた。

「いや、じょ、冗談だよ。じゃあ、ゆっくり休めよ」

真理夫が応じないことを悟ったのか、ばつが悪そうな顔をして、宮田はそそくさと部屋を出て行った。

疲れや眠気などはどこかに吹き飛んでしまった真理夫は、自分の身に起こった忌まわしい出来事を思い出し、気持ち悪さに吐き気をもよおしてトイレに駆け込んだ。その後すぐにシャワーを浴びながら、真理夫は、今自分の身に起こったことと、ここ最近ずっと悩んでいることとが重なって、涙が流れた。

（宮田さんは、僕がそれを願っていたと思っていたようだけど、どうしてそう思ったのだろう？罪の中にはらまれた自分の魔性が、宮田さんの魔性を引き寄せたのだろうか？）

宮田への怒りや裁きよりも、そんな思いが湧いてきて、真理夫は、惨めでやるせなかった。だが、数日経って冷静になって振り返ってみると、自分の問題ということもあるかもしれないが、むしろそれは宮田の問題であるように感じられて来た。というのは、いつか同級生の一人が言っていた言葉を思い出したからである。

「宮田さん、ちょっとあの傾向があるからなあ。真理夫、お前も気をつけたほうがいいんじゃないの?」

その言葉を真理夫はあくまで冗談だと思って聞いていたのだが、自分だけに起こったことではなく、すでに何人か真理夫のような犠牲者がいたから、そのような彼の同性愛的傾向は神学生の間でも知られていたのかもしれない。

真理夫は拒否したし、他にも拒否した神学生がいたので、そういう冗談が出てくるのだろうが、彼の行為を受け入れた神学生がいないという保証はなく、彼が司祭になった場合、特に相手が少年であった場合など、拒否することができずに大きな精神的な傷を負わせることになりはしないかと背筋が寒くなった。

真理夫は、神学生を密告するということは絶対にしてはならないと思っていたので、名前は言わなかったが、矢島校長がそういうことを知っているのかどうかだけは確認したいと思って、それとなく話をしに行った。

やりとりから、どうも、真理夫のように宮田のことで校長のところに相談しにいった神学生はほかにもいることが分かり、校長がすでに知っていることなのであとは任せることにした。

だが、宮田の問題がどのように解決されて行くのかは、大変難しい問題のように思われた。

これまで真理夫は、カトリック教会の聖職者による、幼児に対する性的虐待や同性愛に関するスキャンダルを、新聞やテレビやインターネットの報道を通して知ってはいた。だが、実際に見たわけではなく、そういう経験をしたこともなかった。だから、正直実感がなく、それほど深刻には受け止めてはいなかった。

またそのようなことは、欧米の教会に顕著に見られることで、日本にはそれほど存在しないのではないかとも感じていた。しかし実際に、自分が学んでいる神学校の真っただ中に、厳然として存在していたのだ。もちろんそのような司祭はごく一部に過ぎないであろう。だが、すでに逮捕されたり、訴えられた司祭や司教は決して少なくはない。世界中には約四十万人の司祭がいるが、表面に現れず隠されているものを含めれば実際どれだけの数になるか想像がつかない。そのことを思うと真理夫は恐ろしかった。

（宮田さんは、もうすぐ司祭になるのに……）

真理夫は、ことの深刻さを感じざるを得なかった。

宮田は、真理夫が絶望に苦しみ始めてから、以前よりも頻繁に真理夫の部屋を訪れるようになっていた。真理夫は宮田に対して、自分の悩みを打ち明けても理解してくれるのではないかとまで信頼し始めていたのである。そして、宮田が自分が悩んでいることを察知して、慰めようとしてくれているのをありがたいと感じていた。

だが今回の宮田の行為は、そんな信頼を逆手に取ったひどい裏切り行為であり、これまでの関わりにおける動機の純粋性も、疑わざるを得ないと真理夫には思えた。

いずれにしても、信頼していた先輩から裏切られたこの経験は、真理夫をひどく傷つけ、彼の絶望感をさらに深めていったのである。


そしてこの一件をきっかけに、真理夫には神学校やカトリック教会の今まで見えなかった問題がたくさん見えるようになってきた。それまで、ある面理想化し、自分にとって最高の職業と思えていた司祭職、そして、神の国のひな形であるべきカトリック教会の荘厳で美しかったイメージも、心の中で陳腐で色あせたものへと急激に変化して行った。

神学校に入る動機が何であれ、神学校での生活を過ごす中で、その動機がより純粋なものになり、深い神との出会いや、司祭に召されているという霊的な体験をすることはしばしば起こり得ることであった。ところが真理夫の場合は、そのようなことは起こらずに、むしろ反対のことが起こってしまったのだ。

確かに、神と人のために自分の生涯を捧げる司祭職が素晴らしい仕事であることは、神学校に入ってから、彼自身以前よりよく分かるようになった。そして、高校生に聖書を教えているときや、信者の悩みを聞き、力になったりする中で、喜びや生きがいを感じたことはあったし、素晴らしい神父たちの人格に触れ、そのような人になれればいいと思ったこともある。また、自分が神学生を辞めることで、期待してくれている高校生や、出身教会の信徒や友人、また世話になった司教や校長に対して申し訳ないような気はする。

しかしマリアの預言の根拠を失ってしまったとき、彼の中に司祭への道を歩みたいという強い願いはもはや湧いてこなかった。むしろ、魅力のないものとなってしまっていた。

これらのことは、母咲子が亡くなったとき以上に、さらに大きな喪失感を真理夫にもたらした。彼は生きる希望も力も失って、何を信じ、何を目的に生きればいいのか分からなくなっていた。

この絶望から、一体どのように抜け出せばいいのか分からないまま、苦しい日々が続いていた。神学校を辞めるべきだとは思っていても、自分の人生に希望や目的を持てないまま、そう簡単に自分の気持ちを切り替えて、新しく歩み出すことはできなかった。

だからといって、以前の状態を維持できていたわけでもなく、神学校の勉強にも身が入らなかった。聞いている授業の内容はそれまでとほとんど変わらないのに、以前のような感動はなく、味気ないものでしかなかった。そして、今まで疑問も感じずに素直に受け入れられていたことにも、様々な疑問を感じるようになっていった。深い関心を持っていたマリアの教義に関しても、興味を感じなくなった。そういうことを考えること自体がおっくうで、もうどうでもいいような気がしてきたのである。

信じていた思いが深ければ深いほど、それが信じられなくなったときのショックは大きく、本人が自覚しているかどうかは分からないが、裏切られたことに対する恨みや憎しみの思いも根底にあるのかもしれない。

（これまで、過去の神学者たちの考え方が、心の中にスーッと入って来て受け入れられていたのは、それらの教義が正しくあってほしいという願いと、カトリック教会の偉い人たちがいうのだから当然そうだろうという思い込みや先入観が前提にあったので、受け入れることができていただけなのかもしれない）

自分の心の変化に驚いてはいたが、そのように思えば納得がいった。本当の意味で、真理夫自身が自分の問題として真剣に考え悩み苦しむ中で、納得して受け入れた訳ではなかったのだ。だから失われるのも早く、未練がそれほどなかったのかもしれない。

そして、真理夫の生活にも目に見えて変化が現れるようになった。それまで比較的、模範的な神学生であったのに、授業中に教授に挑戦的な質問をしてみたり、朝夕の祈りやミサも頻繁に欠席するようになった。

また、同級生や親しい神学生同士で近くの飲み屋に行っても、それまではほとんど飲まないで食べるだけだったのに、酔っぱらうまで飲むことが多くなった。そんな真理夫を見ながら、同級生の神学生や校長をはじめとする指導司祭たちも、彼の身に一体何が起こったのかと心配し始めた。

そういう状況の中で、彼はたびたび夢を見た。後味の悪いとても嫌な夢であった。

夢には一人の女性が出てきた。その女性は清く美しそうに見えた。若いときの母に似ていたが、時々それはマリアの顔に変わった。二人の顔が交互に入れ替わった。

真理夫はその母の顔を見て、清く慕わしかった母にもう一度会えて嬉しかった。そして、その顔を見ていると、母との楽しかった思い出、母によって与えられた宝物としての聖母マリアとの交わりが思い出されてきた。

しかし次の瞬間、その美しかった母の顔は少しずつ醜くゆがみ始め、ただれ出し、そしてやがて跡かたもなく闇の中に崩れ去って行ってしまった。

それとともに、自分が大切にしてきた思い出や、宝物の一つひとつも何の価値もないがらくたへと変質し、同じように真っ暗な闇の中に消え失せて行くのが見えた。

それを見ながら真理夫は、深い悲しみを感じ、涙を流していた。

そして次の瞬間、自分もまたその闇の中に吸い込まれ、深い淵に落ちて行くのだ。それがあまりにも恐ろしいので思わず叫び声を上げるのだが、決まってその叫び声で目が覚めるのだった。

目覚めた後、いつもとても気分が悪かった。何日か続けて同じ夢を見たが、何度目かに見た夢は少し違っていた。最初の部分はほとんど同じだったが、結末だけが違っていた。

その夢は、美しい母とマリアの顔が醜く変わって行き、跡かたもなく闇の中に消え去って行くのも、真理夫がその闇の中に落ちそうになるのもいつもと同じなのだ。

だが、今にも闇の中に落ちるかと思ったとき、今まで聞いたことのない美しく清らかな旋律が、どこからともなく流れてきた。真理夫はそのメロディに魅了されて、自分が闇の中に今にも落ちようとしているのを忘れてしまうのであった。そして、その曲をもっと聞いていたいと強く思った。

すると突然、自分を包み込んでいた真っ暗な闇の向こうにかすかな光が見え始めた。その小さな光は、やがて少しずつ大きくなり、最後には、闇はすべて消え去ってしまった。

その光の向こうに何かがあるような気がするのだが、あまりにまぶしすぎて、そこに何があるのかは分からなかった。だが、透明で平安な旋律は心の中にさざ波のようにゆっくりと、そして静かに広がっていった。

夢はそこで終わっていた。

その夢を見た日の朝、目覚めたときの何と気持ちのよかったことか。

どうしてなのか分からなかったが、今まで苦しんでいたのが嘘のようで、気分はとてもすがすがしく、すっきりとしていた。

そしてそのときから、神学校を辞めて新しい人生を歩み出そうという気持ちを持つことができるようになったのである。

その夢にどういう意味があるのか、真理夫にはほとんど何も分からなかった。そして、自分が抱えている問題が解決した訳でもなく、どのような目的を持ち、何を信じて生きて行くべきかということが見えた訳でもなかった。

だが、真理夫は心の深いところで感じたのである。自分にとって最も大切なものは音楽だということを。そして誰かの人生ではなく、自分自身の人生を歩むべきなのだということを。

そして、三年目が終わったら神学校を退学し、作曲家への道を再び目指そうと決意したのである。

真理夫は二月になって、里山司教に神学校を出る許可をもらうために、京都に帰った。京都教区の神学生であった真理夫に関する決定権は、教区長である里山司教に属していたからである。詳しい事情は説明せず、ただ、自分が神父に召されているという決定的な確信がどうしても得られず、作曲家になりたいという願いが棄てられないので、一旦神学校を出て自分を見つめ直してみたいと言うに留めた。

真理夫の話をじっと聞いていた司教は、残念そうだった。そして、すぐに決断せず、もう少し考えてみたほうがいいのではないかとも言ってくれたが、いつでも戻れるようにしておくからと、許可をくれた。

神学校に帰って、矢島校長にそのことを報告した。校長もまた残念がっていたが、それが真理夫の決断であり、司教が受け入れたのなら、自分がどうこう言える問題ではないことは校長にもよく分かっていた。

「外に一旦出て、もう一度自分を見つめ直してみることも必要かもしれないな」

そう言って、寛大に受け入れてくれた。

神学校を去る日、できるだけ人目に付きたくはなかったが、校長にだけは挨拶しておかなければならなかった。

「いろいろとお世話になりました」

校長はポケットマネーから真理夫に餞別を渡しながら、

「体に気をつけるんだぞ」

と、父親のように言ってくれた。

門のところまで、何人かの同級生が彼を見送ってくれた。別に神父になる道を途中で止めたからといって恥じる必要は全くないはずなのだが、神父になることが、イエス・キリストに従う特別の尊い道だと信じている人たちが集まっているところでは、去っていく自分が敗北者に見られているような気がしてちょっと嫌な気がした。

だがこの三年間、途中で出て行った何人かの神学生たちも自分と同じような気持ちを味わったのかもしれないと思った。

また、自分が神父になることを祈ってくれていた出身教会の人たちや、今まで手伝いに行っていた教会の信徒や、彼を慕っていた中高生たちの顔がちらつき、彼らの期待を裏切ることにはとても心が痛んだ。しかしそれは、自分が神父に召されていると感じられない以上、仕方のないことであった。

矢島校長が里山司教と相談して、京都にあるミッション系スクールの音楽教師の職を紹介してくれていたので、これからの道は一応決まっていた。不安がなかったわけではないが、一旦神学校を出てみると、外にはもっと自由な世界があるような気がしてきた。

依然として彼の心の中で、何かが崩れ去ったままであったが、今はそれをどうすることもできなかった。

もともと彼は司祭になりたかったわけではない。司祭として生きていく自信はなかったが、作曲家としてなら、生きていけそうな気がしていた。

そういう意味では、回り道をして三年間を無駄にしたようにも思えたが、むしろ神学校への未練がきれいに断ち切れ、作曲家としての道に専念するためには却ってよかったのかもしれないと思えるようになった。司祭への未練は不思議なほどなかった。むしろ自分を縛り付けてきたものから解放されたような自由を感じていた。


彼は信仰を失い、心の深いところに大きな空洞を抱えたままであった。

だがそれでも、音楽教師としてミッションスクールで教えるようになってから、音楽を教え、作曲や指揮をする喜び、創造の充実感などを感じることも多かった。そして彼は、少しずつその才能を表すようになった。

やがて、彼自身の作品を次々と発表するようになり、いくつかの賞も獲得した。また、ピアノ演奏者として、さらに指揮者としても頭角を現すようになった。

彼が手がけた曲のいくつかは、テレビドラマや映画の音楽として使われ始めた。複数の楽団から、委嘱初演のための曲の依頼も受けるようになった。そして神学校を辞めて五年後には、作曲家として名が知られるようになり、あの「聖母マリア美術館」落成式における『スターバト・マーテル』の指揮を任されるまでになっていたのである。

六章　もう一つの絶望

寺の門前で

真理夫が東京の日本カトリック神学校をやめて京都に帰ってから、約七年が経過していた。この間、真理夫は非常に忙しいスケジュールの中で生きてきた。メリノール女学園で音楽教師として働きながら、作曲、ピアノの練習、そして指揮の勉強もした。

彼の作った曲がいくつかの賞を受けてからは、レコード会社やテレビ局とのやり取り、雑誌や新聞のインタビューなど、さらにハードなスケジュールをこなしてきた。

そういう状況だったので、このかなり長い年月の間、彼は自分の内面をゆっくりと見つめる余裕を持てなかった。だが少しずつ仕事にも慣れ、作曲や指揮者としての活動もある程度軌道に乗り出してきた。そして、音楽の道でやっていけそうな自信が出て来ると、相変わらず忙しくはあったが、少しは心のゆとりを持つことができるようになった。

ところがいざ心の中を覗いてみると、そこには暗い大きな穴がぽっかりと空いていることに気づくのであった。

（この期間がむしゃらに歩んで来たのは、自分の心の中を見つめるのが怖かったからなのだろうか？）

そう問いかけながら、自分の内面を見つめて行こうとするのだが、母と聖母マリアのことに関して本当の意味で向き合うことのできない自分がいることを認めざるを得なかった。その空洞をこのまま放っておくと、いつか取り返しのつかないことが起こるのではないかという不安を感じたが、それでもなかなか、直視することは難しかった。ちゃんと向き合って気持ちを整理しないといけないとは思うのだが、どうしても避けてしまうのだ。

そして、心の中にもう一つの空洞があることにも、彼は気づき始めた。それは白川玲子とのことであった。これまでも彼女のことを思い出すことはあったが、これほど強く会いたいと思ったことはなかった。もう彼女とのことは終わっているはずなのに、そのように感じる自分は、どこかおかしいのではないかと不安に感じた。

これまで脇目もふらず生きてきて、気持ちが張り詰めていたのだろうか。ある種の達成感と、生きる土台がないという空しさの中で、これまで保ってきた緊張感が急に緩み始め、長年封印してきた情の世界が、一挙に溢れ出てくるのを真理夫は感じていた。そして、玲子のことを考え始めると、無性に会いたいという抑えがたい思いに苦しんだ。

玲子からは、神学校に入って二年目に結婚の知らせが届いていた。それからすでに八年も経っており、彼女には夫も、そしてきっと子供もいるに違いなかった。だが、真理夫の中では、別れたあのときから彼女に関しての時間は止まったままで、大学時代の玲子の姿しか思い描くことができなかった。いくら会いたいと思っても、もう、気軽に会えるような立場にいないことはよく分かっていながら、それでも彼女に会いたい気持ちが湧き上がってきて、どうしようもなかった。

あのとき真理夫は、聖母マリアに生涯を捧げるために、結婚が許されていない神父の道を歩むことを決意したからこそ、玲子との別れを受け入れることができたのだ。

（もし聖母マリアの預言など自分には与えられておらず、そしてもし、神学校に入っていなかったら、彼女と別れただろうか？）

神父になるという前提で別れたのに、実際には真理夫は神父にはならなかった。それゆえ彼は、別れたことが本当に正しかったのかどうか分からなくなっていた。そして頭ではすでに終わっていることとは分かっていても、情の世界においては納得できない気持ちが日増しに強まっていくのだった。

そういう苦しい気持ちから抜け出したかった真理夫は、玲子に会うしかないのではないかと思うようになっていた。そして彼は、ある土曜日の早朝、玲子の実家の寺がある長野へと向かったのである。

季節は彼女と初めて会ったのと同じ頃で、春も終わりを告げようとしていた。ソメイヨシノはすでに散ってしまっていたが、車窓から見える山桜が美しかった。

（こんなことをして、本当に意味があるのだろうか？）

一方ではそんなことを考えながら、別の心はすでに玲子の幻を追い求めていた。

玲子の実家の寺は、ＪＲの長野駅から歩いて行ける距離にあり、かなり名の知れた由緒ある寺であったので、見つけるのにそれほど苦労はしなかった。

　だが、いざ来てはみたものの、さすがに寺の中に入るのは気がひけ、どうしたものかと思案しながら何度も立派な門の前を行ったり来たりしていた。小一時間ほど経っただろうか。一人の女性が女の子の手を引いて、寺に向かって歩いて来るのが見えた。顔ははっきりとは判別できなかったが、十年経っているにも拘らず、歩き方や身のこなしで、遠くからでも玲子だと一目で分かった。

　真理夫は物陰に隠れて玲子と女の子が近づいて来るのをじっと息をひそめて見つめていた。懐かしさが込み上げ、心が高鳴った。彼女に手を引かれて転がるように付いて来ている女の子は五歳ぐらいだろうか。その可憐な顔はどこか玲子の面影を宿しているような気がした。きっと彼女の娘に違いない。女の子は玲子に、何か一生懸命話しかけていた。散歩にでも行った帰りなのだろうか。玲子もうなずいて娘の話を熱心に聞いていた。娘の話に優しくうなずく玲子の笑みが、何と美しく輝いて見えたことか。

　それまで彼女が如何なる道を辿り、どのような心情を通過してきたのかは、彼はもちろん知るはずもなかった。だがその二人の様子を見たとき、真理夫はそこに玲子の幸せと、彼女が生涯を捧げるべき運命の中で、良き人にめぐり合えたことを直感したのである。

　懐かしくいとしい人は、今小さな声で囁いてもその声が届くほど身近にいた。だが真理夫は、呼び止めたい衝動を必死に抑えながら、広い境内の中をゆっくり遠ざかって行く彼女に、物陰から小さく手を振って見送ったのであった。

帰りの「特急しなの」の中で、真理夫の脳裏には、玲子と出会ってからの様々な場面、そしてつい先ほどの門前での情景がよぎっていた。

神父にならないのであれば、最初から神学校になど行かず、玲子と結婚していればよかったのではないかと、長野に行くまでは思ったこともあった。だが長野に行って、彼女の姿を見たとき、真理夫はやっと十年間の空白を埋められたように感じられたのである。

そして実際に寺の前に立ち、その中で生きている玲子を見たとき、彼女がかつて彼に言っていたことが納得できたような気がしたのだ。彼が寺の住職になるのは難しく、また玲子が寺を継がずに彼について来ることもやはり不可能だということが。

だから、たとえ神学校に入らず、最初から神父にならない道しかなかったとしても、二人は結婚できない運命だったのだと、吹っ切れたような気がした。そういう意味では、長野に来たことは間違いではなかった。

「さようなら」

真理夫は、車窓から遠のく長野の風景を見つめながら、その彼方にいる白川玲子に向かって、その幸せを祈りつつ、最後の別れを告げた。多分、十年前にすでに玲子が東京から長野に向かう「あさま号」の中で同じことを思い、同じように別れを告げたのであろうと感じながら。

これで、玲子が彼女の運命の道に従って生きていることははっきり分かった。そして、一抹の寂しさはあっても、それは喜ぶべきことであることを真理夫は知っていた。

だが、彼にとっては一生を捧げるはずであった運命の道は崩れ去って失われたままで、心の中の大きな穴は空いたままであった。

新たな出会い

その後、真理夫はさらに音楽活動に没頭していった。

数年が経ったある日、彼は花山エリカからの電話を受け取った。藤原道生の死からは、ほぼ一年が経過していた。

「もしもし。花山エリカですが、高津真理夫さんですか？」

「はい、そうですが」

「今晩は。突然お電話してすみません。ちょっとお願いしたいことがあるのですが、電話ではなんですので、一度お会いしてお話できないでしょうか？」

全く予期しなかったエリカの電話に、真理夫はとても戸惑っていた。

エリカは、仕事のパートナーとしてもさまざまにアドバイスを与えてくれたり、支えとなっていた道生を失って、ファッションデザイナーの仕事にも身が入らず、情熱を持てずにいた。道生が死ぬ前の彼女は、毎日曜日のミサには欠かさず出席していたし、忙しい合間を縫って、教会の奉仕もよくしていた。だが、この一年はミサも休みがちで、参加しても誰とも話さずすぐに教会を出ることが多かった。

それでも彼女は、一年経ってようやく、婚約者であった道生の自殺というショックから立ち直りつつあったのである。そして少しずつ教会活動にも参加するようになっていた。聖歌隊で歌うこともその活動の一つであった。

真理夫は花山エリカと会うことに、正直なところあまり気が進まなかった。だが、断る適当な口実も見つからず、仕方なく話を聞いてみることにした。

真理夫がエリカにあまり会いたくなかったのには、理由があった。彼は、自分が私生児であることが分かり、母咲子が信じられなくなっていた。そして、神学校に入る動機となった聖母マリアの預言「生まれて来る子は、生涯を私に捧げる人になるでしょう」も信じられなくなっている。

母への不信は、やがて、母と重なっていた聖母マリアへの不信、そして神と教会への懐疑へと拡大して行った。そしてその不信の中には、微妙に恨みや憎しみの感情も混ざっていた。そういうことで真理夫は京都に帰ってからは、音学関係以外では、カトリック教会にはあまり顔を出していなかったのである。

そんな彼が、聖母マリアをことさら崇敬していた道生を好きではなかったとしても不思議ではなかった。そして、ピエタなどの作品を通して聖母マリアの素晴らしさや、聖母にまつわる教義やキリスト教を社会に広めようとしていた道生の落成式における講演に、真理夫は激しい嫌悪を感じたのである。

だがその嫌悪の情は、道生個人に向けられたものというよりは、むしろ聖母マリアに向けられたものであったのかもしれない。

真理夫の音楽に対する関わり方も、道生とは正反対であった。教会以外からの作曲は優先的に受け入れ、教会関係の依頼は出来る限り避けた。どうしても義理などで引き受けないといけない場合でも、極力後に回していた。そして、作曲を通してキリスト教布教に貢献したいなどとはこれっぽっちも考えたことはなかった。

エリカは真理夫が嫌いな道生の婚約者で、ファッションデザイナーとしての彼女が扱っているのは、聖母マリアのモチーフを中心にしたものである。だから真理夫は、道生に対する感情と同様に、その道生を愛し尊敬し、婚約までしていたエリカに対しても、好感を持てなかった。

それに真理夫は、過去の彼女とのやり取りで、エリカが彼に対して余りいい感情を持っていないと思っていたので、彼女からお願いがあると頼まれること自体にも少々違和感を覚えていた。さらに、実はある意味ではこれが一番大きな理由だったのかもしれないが、そのときのやり取りは、彼女と関わることによって、見つめたくない世界を無理やり見つめさせられそうな、そんな嫌な予感を彼に呼び起こすからだった。

そのやり取りがあったのは、聖母マリア美術館落成式後に、真理夫が花山家に食事に招待されたときのことである。中心行事を担当し、落成式の成功に貢献した道生と真理夫に特に感謝したいという趣旨でもたれた夕食会であった。そこには、花山夫妻、道生とエリカ、そして花山の友人の里山司教がいた。

花山夫人の由布子とエリカが心を込めて準備したディナーに舌鼓を打ちながら落成式の話題で場は盛り上がった。

「高津君、これから一緒に協力して日本の人たちにマリア様の素晴らしさを、協力して伝えて行ければいいね」

デザートを食べ終わって、そろそろ落成式に関する一連の話題も尽き始めた頃、道生が、真理夫のほうを向いてそう言った。

「いえ、僕は、自分の音楽を通して聖母マリアの素晴らしさを人々に伝えたいとは思わないんです。美しい音楽を伝えたいとは思いますけどね」

真理夫は、せっかく美味しく食べた料理が台無しになったように感じた。

「でも高津君も、『スターバト・マーテル』を指揮しながら、きっとマリア様の悲しみを深く感じた体験があったんじゃないのかなあ？　私は、ピエタのレプリカを彫りながら、何度も泣きましたよ」

道生は真理夫の少し反抗的な答えにも嫌な顔をせずに話を続けた。

「いや、それほど深くは感じなかったですね。音楽自体の美しさには何度も感動しましたけどね」

真理夫の受け答えは相変わらず、つっけんどんであった。すると、今度はエリカが話しかけてきた。

「でも高津さんも、きっとマリア様との深い出会いがあったと思いますよ。そうでないと、マリア様の悲しみを美しく謳った『スターバト・マーテル』のような曲の演奏を指揮して、美しいハーモニーを引き出すのは難しいような気がしますけど」

「残念ながら、僕は藤原さんやエリカさんのようには思っていません。信仰の世界にはあまり興味がないのです。僕は純粋に音楽が好きなのだと思います。音の持つ神秘的な美しさといいますか……。それを神が創造されたという意味において、神を最高の音楽家だということは認めますけど。純粋に感じるままに作曲し、演奏し、指揮すればいいんじゃないかと思っています」

「高津さんには、道生さんのような、マリア様との個人的な出会いはないのですか？　そういう体験なしに、マリア様の曲がどうして指揮できるのか私にはよく分かりません」

「以前はありましたよ。あなたたちと同じような、マリア様を愛し慕う世界が僕にも確かにありました。だから、藤原さんやエリカさんが言っておられることは分かります。でも、僕においては、それは間違いだったんです」

　真理夫の強い口調に、一同は驚いたようだった。しかし、彼は話し続けた。本当は話したくないのに、どうしてこんなことを話さないといけないんだというような気持ちを感じながら。

「実は僕も長い間、藤原さんやエリカさんのように、聖母マリアを信じていたんですよ。でも、もうそんなふうには信じられなくなったんです。今まで信じていたものが、あるときから全く信じられなくなるということが、藤原さんやエリカさんには起こり得ないと言い切れるのですか？」

　そういう会話をしたことがあったのだ。あれから数日間、真理夫はとても気分が悪かったのを覚えている。

エリカも自分にはいい感情は持っていないと思っていたので、自分に何か頼んでくるとは思ってもみなかったのである。さらにエリカは、他のことに関してはとても配慮が見られるのに、こと聖母マリアに関しては、人の気持ちを考えないで追求してくるような面があることを真理夫はあのとき感じたのである。そして、そういう世界には二度と引きずり込まれたくなかったのである。

四条河原町の角にある和風の小さな喫茶店で待ち合わせた。喫茶店は二階にあって、一階では持ち帰り用の和菓子を売っている。

真理夫がエリカに会うのは、道生の追悼ミサ以来であった。久しぶりに見るエリカは、相変わらずきれいだった。淡いピンクのブラウスに膝丈のグレーのスカートがよく似合っていた。しかし、聖母マリア美術館の落成式や夕食会で見たときの明るい華やかな雰囲気は見られず、少しやつれて、顔の表情にはどこか憂いが漂っていた。

道生の死によるショックからまだ完全には立ち直っていないことは明らかだった。道生の死が、自殺であったことが、彼女の悲しみに更なる影を落としているのであろう。

「藤原さんがあんなことになってしまって、本当に残念です」

おうすと和菓子を注文してから真理夫が言った。

真理夫の言葉にエリカは心なしか目を赤くして、黙ってうなずいた。

「高津さんのことは、新聞などでも拝見しています。ますますご活躍されていますね」

しばらくの沈黙の後、エリカは気を取り直したように努めて明るい声でそう言った。その後お互いの近況などについて話したあと、話が一段落したので、真理夫が尋ねた。

「ところで私にお願いというのは、何でしょうか？」

「実は、うちの教会で聖歌隊の活動をもう少し充実させようということで、ふさわしい指導者を探しているんです。それで、お忙しいとは思うのですが、ぜひ高津さんにお願いしたいと思いまして。できれば週一回、火、水、木のいずれかの夜に二時間程度指導していただけると大変助かるのですが、お願いできないでしょうか？　もちろん指導料のほうは教会から払わせていただきます」

「エリカさんは、どうして僕なんかに聖歌隊の指導を頼もうと思われたのですか？」

真理夫は、ちょっと皮肉を込めて尋ねてみた。

「それは、高津さんの音楽家としての才能をよく知っているからですわ」

真理夫は以前のエリカとの会話を思い出してその答えに違和感を覚えたが、あえて詮索する気も起こらなかった。

「そうですか、じゃあ時間の都合がつくかどうか調べて、こちらから改めて返事させていただきます」

そう言って、今日の話はこれで終わりましょうと言わんばかりに、真理夫はズズズッと音を立てておうすを飲み干した。

エリカと会ってから数日が経っていたが、やはり気が進まなかった。しかし、社会で生きて行くには、自分の好き嫌いで人間関係を選択できないことぐらいは真理夫にも分かっていた。それに、里山司教や花山幸太郎に世話になったこともあり、無下に断る訳にも行かなかった。

　しかも、神学校を辞めた真理夫がスムーズにメリノール女学園に就職できたのは、里山司教だけではなく、エリカも在籍した学園に当時から経済的援助を惜しまなかった花山幸太郎の口利きがものを言ったらしいのだ。それをあとで、学園長の何げない言葉から知り、花山には少なからず恩義を感じていたのである。

　エリカと実際会うことによって、彼女に対する嫌悪の思いは少し薄まり、時間の調整も何とかできたが、それでも、できることなら引き受けたくなかった。自分が今まで避けてきたものに、エリカと会うことで直面させられてしまうような予感が強まって行くのを感じたからかもしれなかった。

　真理夫は随分悩んだ末、結局引き受けることにした。

　そして、彼がエリカの通っているカテドラルの教会で、毎水曜日の夕方聖歌隊の指導をするようになってから、三ヶ月が過ぎた。意外にも、聖歌隊の練習はなかなか楽しいものであった。エリカとの関係は、聖歌隊の指揮者と聖歌隊の一メンバー以上の何ものでもなかったが、彼はエリカに少しずつ好意を抱くようになっていた。

　ある日曜日の午後のこと。真理夫が授業に必要な楽譜を買って三条通りの十字屋から出てきたところ、ばったりエリカと出くわした。大文字の送り火も終わって、ようやくうだるように暑かった夏が終わろうとしていた頃であった。

「高津さん！」

真理夫が振り返ると、高島屋の紙袋を下げたエリカが目の前に立って微笑んでいた。しかしその微笑みは以前のような屈託のない笑みではなく、どこかに憂いが含まれていることが、彼にはずっと気になっていた。

「ああエリカさん、こんにちは。お買い物ですか？」

「はい、もう終わって、ちょっと喫茶店にでも入ろうかと思っていたところでした。高津さんはお忙しいですか？」

「いいえ、僕も用事はもう終わって、あとは家に帰るだけです」

「じゃあ、もしご迷惑じゃなかったら、お茶ご一緒していただけません？」

「いいですよ」

真理夫は、エリカの誘いを喜んでいる自分に気づき、わずか三ヶ月で彼女に対する気持ちがずいぶん変わったことに驚いていた。そして二人は近くの喫茶店に入って話したのだった。しばらく聖歌隊のことや、他の隊員のことなど取り留めもないことを話していたが、真理夫が冗談っぽく尋ねた。

「エリカさん、そろそろ僕に、どうして聖歌隊の指導を頼んだのか本当の理由を聞かせてもらえませんか？」

その問いに、急にエリカが真剣な顔になって訊き返したので真理夫のほうが驚いた。

「どうして分かったんですか？」

「い、いえ、それは何となく分かりますよ」

　そうごまかして真理夫が答えると、エリカは意外なことを言った。

「実は、道生さんが、『僕に何かあったときは、高津君に相談してみてほしい』って生前話していたんです。その訳を聞きたかったのが一番の理由なんです。どういう意味か分かりますか？　今まで言わなくてごめんなさい。いきなり聞くのもなんだと思って……。でも、高津さんの音楽的才能に惹かれていることも、もちろん嘘じゃないですよ」

　真理夫は、思いもよらなかった道生の言葉を聞いて非常に驚いたが、なぜ彼がそんなことを言ったのか、全く心当たりがなかった。

（まさか、自分があんなに嫌っていた藤原さんがそんなことを言うとは……）

　真理夫は、内心とても動揺していたが、それを態度には表さなかった。

「いいえ、残念ながら、僕にもその藤原さんの言葉の意味は全く分かりません」

「そうですか。でも、もしこれから何か気づかれたら教えてくださいね」

「ええ、もちろんそうします」

　エリカと喫茶店で話してから二週間後の夕方のことである。真理夫の携帯から、ペルゴレージの『スターバト・マーテル』の冒頭のメロディが静かに鳴り出した。あの聖母マリア美術館落成式での指揮以後、彼はこの曲を、着信メロディに使っていたのである。

　この曲を指揮したことが、彼の音学家としての大きな飛躍をもたらしたことが、主な理由であった。

神学校をやめて以来、マリアに関わる曲は避け気味だったのだが、なぜか十字架の下にたたずむマリアの悲しみを歌ったこの曲だけはそれほど抵抗がなかった。

　電話はエリカからだった。予期しない電話に驚きながらも、真理夫は嬉しかった。

「高津さん、実は来週の日曜日、私のファッションショーがあるんです。それで、もしお時間があれば、お越しいただけないかなと思って、お電話しました。ご都合はいかがでしょうか？」

　真理夫は、ファッションショーなどにはほとんど縁のない人間だったので、一瞬躊躇したが、

「は、はい、喜んでお伺いします」

と我知らず答えていた。

　招待を受けてから真理夫は、ファッションショーとはいかなるものかをインターネットで調べたり、エリカを特集したファッション雑誌を書店で見つけ、顔を赤らめながら買って読んだりした。

　この「花山エリカファッションショー」をきっかけに、二人はときどき一緒に食事をしたり、コンサートに行ったりするようになった。

　ファッションショーから三ヶ月が経過した頃、エリカは真理夫を彼女の家に招待し、両親に改めて紹介した。以前からエリカの両親は、真理夫とは何度か面識はあったが、二人が個人的に交際していることをエリカは両親に話していなかったからである。

　道生の自殺以来、エリカが悲しみに打ちひしがれ、時間が経ってもなかなか元気を取り戻さないことに心を痛めていた幸太郎と由布子にとって、娘のエリカが明るさを取り戻すのを見ることは願って

もない嬉しいことであった。

そのようにして二人の関係はさらに深まっていったが、それでも真理夫は、エリカの自分に対する気持ちを測りかねていた。エリカが自分に対して好意以上のものを持っているということに真理夫がある程度確信を持つようになったのは、エリカがその次に行うファッションショーの音楽のコーディネートを依頼してきたときであった。

花山夫妻は、真理夫の信仰が道生のそれとは違って、あまり熱心なキリスト教徒ではないということが気にかかっているようであった。しかし、エリカは、

「真理夫さんは、本当は深い信仰をもっているような気がするの。だから安心して」

と言うのだった。エリカのその言葉に、幸太郎も由布子も受け入れないわけにはいかなかった。

二人の関係は順調に進んでいた。もちろん真理夫はエリカの心の中に、依然として道生が存在していることを感じる場面に出くわすことが度々あり、寂しく思ったこともあった。そんなとき真理夫は、エリカが故意にそうしているのではないことは分かったが、道生に対する嫉妬や、露わにされるそうした自分の醜い思いのために、彼女の前から消えてしまいたい衝動に駆られもした。

しかし、婚約するほど愛していた人を、そんなに簡単に忘れることなどできないことは分かっていた。真理夫が今なすべきことはエリカの心を思いやって、ただそばにいてやることだと自分に言い聞かせた。そのような苦しい心の葛藤を幾重にも積み重ねながら、エリカに対する思いは募っていった。

時間の経過がそうさせたのか、あるいは真理夫のエリカに対する愛が徐々に彼女の心の傷を癒して

いったからなのか、エリカが道生を思い出して寂しそうな様子を見せることは少しずつ減って行った。そして、エリカへの思いがさらに深まり、もう後戻りできないことを自覚したのは、エリカがなぜ聖母マリアを愛しているのか、その理由を彼女から聞かされたときであった。

エリカと聖母マリア

エリカが、道生に優るとも劣らず、無原罪の聖母マリアを深く信じ、愛することにはそれなりの理由があったのだ。

エリカは小学六年生のときに白血病を患い、医者からあと数年しか生きられないと告げられたのである。まだ十一歳の子が背負うには重すぎる運命に、両親の幸太郎と由布子も娘の代わりになれるものならと、どんなに思ったかしれない。なぜ一人娘のエリカがそのようなむごい目に遭わなければならないのか、それまで持ち続けてきた神への信仰が大きくぐらつくほど、家族は辛い時期を通過した。

幸太郎が白血病の子供たちのために多大の寄付をするようになったのはその頃のことである。三年という月日が過ぎ、医者の言葉は間違っていたのではないかと、見てはならない夢を見続けていたい誘惑に苦しみ始めていたとき、幸太郎は担当医から電話で呼び出された。

「エリカさんに残された時間はもうそれほど長くはありません。最後の日々をできるだけ意味あるものとして過ごされるよう願っています」

医者が語った、穏やかだが非常に残酷な言葉に、心の中ではかない夢が砕け散って行く音が幸太郎には聞こえたような気がした。

エリカは、自分の置かれている状況がよく理解できているようで、周りを心配させないように明るく振る舞っているのが、幸太郎と由布子にはかえって痛々しく感じられた。

「したいことやほしいものがあれば何でも言ってみなさい。何かしたいことはないのかい？」

あの世に旅立つ前に、エリカの望むことを叶えてやりたいと願った幸太郎が、ある日の夕食後、エリカに優しく語りかけた。

「一つだけお願いがあるんだけど、私のわがままを聞いてくれる？」

エリカはためらいがちに尋ねた。

「もちろんだよ。なんでもいいから言ってごらん」

「私、ルルドに行ってみたいの」

幸太郎も由布子もその娘の言葉にハッとした。エリカが神への信仰をまだ失っていないということを感じたからである。

エリカは、自分の命がもうあとわずかであるということに気づいていた。むろん医者や看護師から直接言われた訳ではない。しかし、誰も何も言わなくても、自分を取り巻く周りの空気の変化がそれを彼女に語りかけていた。

エリカが入院した病院には、彼女と同じく白血病に侵された患者が三人いた。短い人生しか残されていないという同じ境遇のためか、すぐに心が近くなった。だが、彼らとの別れは次々と訪れた。人が死ぬということの意味はまだよくは分からなかったが、心が通い合った三人の友人たちとの別れを通して、それが辛く悲しいものであることは十四歳の彼女にもよく分かるようになっていた。

彼らが亡くなる前の空気には特別なものがあり、それと同じものを数日前から彼女も感じていたのである。彼女の入院後も五人の患者が入院してきていた。彼らもまた自分が味わった悲しみを味わうのだろうかと、エリカは自分の悲しみよりも彼らのことを思ったりした。

そんなエリカには、このところとても気にかかることがあった。同じ夢を何度か続けて見たからである。母の由布子は、エリカが幼い頃、彼女が寝る前にキリスト教の聖人伝をたびたび読み聞かせてくれた。その一場面が夢に出て来るのだ。それは聖ベルナデッタの聖人伝を読んでもらっている情景であったが、エリカにはその夢だけを頻繁に見ることが不思議に思えた。なぜならベルナデッタよりも好きな聖人たちはたくさんいたし、彼女のことはほとんど印象には残っていなかったからである。

それで、母に頼んでその本を病院に持ってきてもらって読んでみることにした。由布子は、エリカに頼まれると翌日さっそくその本を探し出して持ってきてくれた。

ベルナデッタはフランスのルルドという小さな村に住む少女で、家は貧しく、学校にも行けなかった。そのベルナデッタがちょうど今のエリカと同じ年の十四歳のある日、聖母マリアの幻を見ることによって、彼女の人生もルルドの村も大きく変わってしまう出来事が起きるのである。

聖母はベルナデッタに、地面を掘るように命じられた。聖母に言われるとおりに地面を掘ると泉が湧き出し、やがてその泉の水で不治の病気が治るという奇蹟的現象が起こるようになった。またベルナデッタの死体が腐敗しないという不思議なこともあり、わずか数千人の寒村だったルルドは、世界中から年間約五百万人とも言われる巡礼者が訪れる巨大な巡礼地へと生まれ変わった。

期せずして、ベルナデッタとルルドの物語は、エリカにある気持ちの変化をもたらした。それは、希望とでも言えばいいのだろうか。自分にももしかしたらルルドの奇蹟のようなことが起こるのではないかという気持ちが湧き始めたのである。

その一連のことについて、病院に度々見舞いにきてくれている神父に相談したとき、神父は答えた。

「奇蹟を願って信仰をしてはいけません。それは御利益信仰です。キリスト教は御利益信仰ではありません。奇蹟は信仰の結果、神様のご意志によって与えられるものです。それが与えられないからといって、信仰しないというのは間違っています。でも、そのような奇蹟を信じることは許されていますし、むしろ希望は失うべきではないでしょう」

エリカには難しいことはよく分からなかったが、治してもらうことを願って信仰するのではなく、信じるからこそ、み心であれば治ることを願うのは当然なのだということはなんとなく理解できるような気がした。

（イエス様が「あなたの信仰があなたを救ったのです」と語っておられた場面が聖書の中で、何カ所かあったような気がする。それで駄目なら私の信仰が足りなかったのか、み心ではなかったかのどちらかなのだから）

幸太郎はエリカの最後の願いを聞き入れて、三人でルルドに巡礼することにした。できるだけエリカにとって負担にならないように、最短で行ける飛行機を予約した。

ルルドに着いたのは、ちょうど十二月八日の「無原罪の聖母の祝日」の前日であった。

翌日、盛大なミサに与かり、いよいよ泉での沐浴である。十二月にしては朝から穏やかな日で、天気もよかった。だが、これまで多くの人々を奇蹟的に癒したというルルドの泉での沐浴が終わっても、エリカは自分の体に何の変化も感じなかった。それでも、彼女の心は失望ではなく、静かな平安に満たされていた。彼女は、これでもう思い残すことはないと思った。

その後、日本に帰国して、エリカが自分にはあともうわずかな日々しか残されていないのだと思いつつ家族と共に静かに過ごしていると、ある日、担当医師から電話がかかってきた。

「検査の結果、血液中の異常な白血球細胞が消えているんです！　私にとってもこんなことは、初めてです。本当におめでとうございます！」

「ちょ、ちょっと先生、どういうことですか⁉」

電話口で幸太郎が叫んでいた。

「えっ、エリカの白血病が治った⁉　本当なんですね！」

電話を置いた幸太郎が涙を流しながら、エリカと由布子のところに来て二人を抱きしめた。皆、泣いていた。しかし、それは悲しみの涙ではなく、喜びと感謝の涙であった。

そして三人で抱き合って泣いたあと、彼らは、家庭祭壇に置かれた小さなルルドのマリア像の前で、感謝の祈りを捧げたのである。

「そしてそのとき、私はマリア様に誓ったのです。『私はこれから先、自分の命をマリア様に捧げます。どうか、そのために私にふさわしい人をお与え下さい』と。そして与えられた人が道生さんだったのです。それなのに、その大切な道生さんは死んでしまいました。しかも、その死は自殺でした」

このようにして、エリカは聖母マリアとの出会いの物語を終えたのだった。

聞き終わった真理夫は、ひどく衝撃を受けていた。エリカが、どうして聖母マリアのモチーフを仕事の中心にしているのか、そしてどうして道生との婚約発表のときにあのように語ったのか、今まで霧がかかって隠れていたものが、目の前に現れてきたような気がした。

そして同時にエリカが、道生の死によって受けた痛手から立ち直ることがどれほど難しいのか、エリカが抱えている心の闇の大きさとその暗さを真理夫は理解したのだった。

七章　惹かれ合う心

接点

人はどのようにして惹かれ合い、信頼を深め、愛を育んで行くのであろうか。それは、お互いが、相手のことを大切に思っているというその気持ち、伝え合う努力を積み重ねることによって、少しずつ成し遂げられていくものなのだろう。真理夫とエリカも、そのようないくつもの努力を積み重ねながら、より深い魂と魂との出会いを求め続けていたのだった。

真理夫は、ルルドにおける奇蹟的な癒しに至る物語をエリカから聞いて、強く心を打たれた。聖母マリアによって命を救われたことを知った彼女は、感謝の思いを込めて、聖母に命を捧げることを誓った。そして、それを果たすためにふさわしい人を与えて下さいと祈って与えられた人が、正に藤原道生であった。

道生もまた、聖母マリアによって救われ、自分の芸術作品を通して聖母を人々に伝えたいと願った人であった。そのような二人が出会い、婚約をした。二人の背景を知れば、たとえ真理夫でなくとも、その背後に聖母マリアの働きがあり、出会うべくして出会ったと感じただろう。

だがこのことによって、道生とエリカとの間には、真理夫が到底入り込むことのできない、二人だけに共通する、聖母マリアとの深い関わりがあったということも、同時に思い知らされた。

それに気づいたとき、真理夫は耐え難い孤独感に襲われ、道生への嫉妬に苦しんだ。私生児であることを悟る前の真理夫ならばどうであったかは分からないが、今の真理夫には、エリカが持つ聖母マリアとの関わりの中に、自分自身との接点を見出すことはできなかった。

ところがその孤独と嫉妬による苦しみの中で、道生の自殺によって、エリカが今陥っている絶望がどれほど深いかということを感じ、そこに自分と同じような絶望があることに気づいたのである。そして、それこそがエリカと共有できるものではないかと感じて、心が震えたのだった。そしていつか機会があれば、自分の歩みをエリカに話してみたいと思った。

（エリカさんは、藤原さんの自殺によって、今までの彼との信頼関係はいったい何だったのだろうという疑問を感じたに違いない。さらに、それまで彼女が信じていたマリア様の世界やマリア様の奇蹟だと思った癒しについても、疑いが起こってきているに違いない）

真理夫は自分のことと照らし合わせながら、そのように思った。

エリカは、祈りが聞き入れられて、聖母が道生を与えて下さったと信じていた。だが道生は、聖母から託されたオリジナルのピエタを作るという使命を果たすことができずに自らの命を断ってしまった。

このことは、彼女にとって、今まで信じてきたことのすべてが崩壊してしまうような体験だったであろうことは、真理夫にはとてもよく理解できるのであった。

それはある意味で、真理夫自身も体験した世界であり、今もなお抱えている絶望でもあったからだ。だからなのだろうか、エリカのことを考えると、あたかも自分自身の問題であるかのように、心が苦しくなるのであった。

エリカにとって、道生の死だけでも大変なことなのに、彼の死は普通の死ではなく自殺なのだ。病死や他殺でも、もちろんそれは、大変な悲劇であり、悲しみであることには変わりはない。しかし、もしそうであったなら、志半ばで倒れたということで、本質的なアイデンティティにおける崩壊や喪失はなく、過去との連続性は保てたのではないだろうか。絶望感はあったとしても、今のものとは全く違ったものだっただろう。その場合には、道生の遺志を引き継いで、今度はエリカが、聖母マリアのために道生がしたかったことを成していこうと決意することもたやすかったのではないだろうか。

しかし、同じ死ではあっても、その死がキリスト教で大罪とされる自殺であったことは、全く違う状況をエリカにもたらしたのである。それは、今まで信じてきたことは間違いではなかったのかという疑問を彼女に抱かせ、あのとき聖母に祈った願いが聞かれて、道生という人を与えられたと思って婚約までしたのに、もしかしたらそれも思い込みだったのではないか？　さらに、ルルドでの癒しの奇蹟はいったい何だったのかということにまでさかのぼって疑問を抱く危険性を秘めていた。そして彼女は、その疑問を解くことができないままに、この一年数ヶ月の間、絶望の中を生きてきたに違いなかった。

真理夫の場合は、自分が私生児であるということを知ったそのときから、それまで彼を支え続けてきた「生まれて来る子は、生涯を私に捧げる人になるでしょう」という聖母の預言は、母咲子の幻想であり、決して本当のマリアの言葉ではないと直感したのだ。

以来、彼のそれまでの人生は、意味を見出すことのできないものとして凍りついてしまった。そしてそれ以後の人生は、それ以前の人生と断絶し、彼自身の存在の意味が崩壊したまま、ただ作曲家として成功する道を求めて歩んできたし、今なお彼は、その問題を直視することができずに苦しんでいた。

ところが、エリカに出会ってから真理夫は、今まで目をそらしてきた自分の問題に向き合わされるのではないかという不安を頻繁に感じるようになった。それまでは、彼自身もその存在を見ないようにして来たので、隠されていた。ところが、エリカにまつわる様々な出来事が、隠されていた彼の心のトラウマに何度も触れ、予期せぬ痛みを誘発した。そして、その頻度はエリカとの関わりが深くなるにつれて増していったのであった。

エリカと深く関わっていくことにある種の恐怖を感じて尻込みしながらも、一方において、真理夫の彼女への思いは、彼の意志を超えて深まっていった。そして、自分の傷の疼きよりも、絶望の中で苦しんでいるエリカを見ることのほうがずっと辛かったのだった。

（彼女が今の苦しみから抜け出すにはどうしたらいいのだろう。何か僕が彼女にしてあげられることはないのだろうか？）

自分の問題を解決することさえできていないのに、エリカの問題を解決する手助けなどできるはずはないと思いながらも、真理夫は我知らず、そんなことを考えてしまうのだった。

不思議のメダイ

エリカのほうも、真理夫との関係が親密になるにつれ、自分の中の絶望感に苦しみながらも、ふと彼のことを思っている自分にハッとすることがあった。そんなとき、どうして自分は彼に惹かれるのだろうかと考えざるを得なかった。

エリカの真理夫に対する第一印象は、それほど強いものではなかった。落成式でペルゴレージ作曲の『スターバト・マーテル』の演奏の指揮をしていた彼は、それなりに立派であったし、演奏にも感激した。だがそれだからと言って、指揮者の真理夫に特別な感情を抱いたわけではなかった。後に自宅での夕食会で再会したとき、真理夫が元神学生であるということで、エリカは彼から、一般信徒からは聞けない特別な話が聞けることを期待したが、残念ながらその期待は裏切られた。そしてそれ以後、真理夫のことはエリカの心の中から消えていた。

ところが、「僕に何かあったときは、高津君に相談してみてほしい」と道生が残した言葉がずっと気にかかっていたため、エリカは真理夫と会おうと思ったのだった。もしあの道生の言葉がなければ、彼女は決して、聖歌隊の指導を頼むために真理夫に電話などしなかっただろう。

そういう意味では、真理夫との出会いは道生によって与えられたと言えた。だが道生がなぜそのようなことを言ったのかは、真理夫に聞いても分からなかった。

一方、道生の言葉をきっかけとした出会いではあったが、それとは無関係に、真理夫と接する中で、彼に惹かれる心が芽生え、その思いが深まってきていた。

だが、エリカは自分がどうして真理夫のことが気になるのか、彼のどこに惹かれているのか、正直なところずっと分からず不思議に思ってきた。真理夫は、道生とは全く似ていない。道生は男性的であり、非常に意志の強い人だった。大理石を彫る作業を苦にしないほど屈強な肉体をもっていたし、声も低くて太く張りがあった。それに比べ、真理夫はほぼその正反対のようであった。

それに、聖母マリアに命を捧げるための人生を歩むために付いて行ける人という、彼女が伴侶として選ぶのにもっとも重要な要件を、今の真理夫が満たしていないことは明らかだ。しかも彼は、聖母マリアに対する愛や信仰を全く持っていないばかりか、むしろ反発さえしている。さらに、ミサにも参加しないし、イエスやマリアの話が、その口から語られるのを聞いたこともなかった。だから、なぜそんなにも道生と違う真理夫に惹かれるのか、エリカが不思議に思っても無理もないことであった。

ところが、たった一つだけ道生と真理夫には共通点があった。

それは、道生も真理夫も、携帯電話の着信メロディと呼び出し音に、ペルゴレージの『スターバト・マーテル』の冒頭部分を使っていたということである。

実は、真理夫の携帯に初めて電話したとき、『スターバト・マーテル』が電話口で鳴り出したので、エリカは道生の電話にかけたのかと錯覚して、あわてて番号を確認したほどであった。

真理夫に電話しているのに、あたかも道生に電話をしているかのような気になり、彼への慕わしい気持ちが突然甦ってきて、とても驚いたのだ。だが、もちろん道生であるはずはなく、真理夫だったのだから、あのときエリカは頭の中が混乱して、本当にあわてたのだった。

『スターバト・マーテル』は、『アヴェ・マリア』などに比べればそれほど知られていない曲で、彼女は、他に誰も着信メロディや呼び出し音に使っている人を知らなかった。だからたった一つのささやかな共通点ではあったが、彼女にはとても印象的な共通点で、真理夫の携帯に電話して、『スターバト・マーテル』が聞こえてくると、最初に真理夫の携帯に電話したときのことを思い出して、自然と笑みがこぼれるのであった。

そして、ある出来事を通して、エリカの真理夫への思いは更に深まっていった。

エリカは道生がくれた不思議のメダイをとても大切にしていた。それは、あの雪の日に無原罪の聖母マリアが道生にくれたメダイであった。彼を闇の中から救い出し、新しい人生を与えてくれた聖母マリアのシンボルとして、道生がもっとも大切にし、ネックレスにしていつも身につけていたものである。

道生がそのメダイを首から外して彼女の首にかけてくれたとき、エリカは、道生がどれほど彼女のことを大切に思ってくれているか、その愛の大きさと深さを感じて涙した。そして、道生の死後も、複雑な思いはあったが、変わらずそのメダイは彼女にとって大切なものであった。

そこには聖母マリアの道生への愛、聖母の愛を中心とした彼女と道生との美しく尊い数々の出会いと愛の思い出がすべて凝縮されているような気がしていたのだ。ところが、あろうことか彼女はその不思議のメダイをなくしてしまったのである。

そのとき彼女はどうしてそんなことが起こるのか、得体の知れない不安に襲われた。その何日も続く不安な日々、彼女はすがるようにして、聖母マリアに必死に祈り求めた。

「マリア様、私と道生さんの愛と信頼の印であり、私たちのあなたへの愛と信仰のシンボルであった不思議のメダイを失くしてしまいました。どうしたらいいのでしょう。もし何か意味があるとしたら、一体どういう意味があるのでしょうか？　どうかお教え下さい」

答えを得られないまま、日々が空しく過ぎ去っていった。ところが失くしてから十二日目、その答えは全く予想もしなかった形で与えられたのである。

「もしかして、これエリカさんのじゃなかった？」

ある日真理夫が、仕事の帰りに連絡もなしに突然エリカの家を訪ね、そう聞いたのだ。そして彼はジャケットの内ポケットから取り出した封筒を彼女に渡したのである。エリカは首をかしげながら封筒の中を覗きこんで、息を飲んだ。

「ええっ、どうして、真理夫さんがこれを⁉」

驚きの声をあげながら、エリカの顔が喜びで輝いた。だがもちろん真理夫は、そのときのエリカの驚きと喜びとそして感動の入り混じった思いを知るはずはなかった。

「何度か一緒に行った北白川の喫茶店覚えてる？」

「とても珈琲の美味しいお店よね。真理夫さんの行きつけの喫茶店でしょ？」

真理夫は自分が褒められたようで嬉しかった。

「うん。そこで昨日レジの横に落し物として置かれていたのを見つけたんだ。オーナーも君のことよく覚えていて渡してくれたんだよ」

「そうだったの。でもどうしてそれが私のものだって分かったの？」

「ときどき君がつけているのを覚えていたんだ。少し古そうだけど、趣があっていいなあって思ってたから」

「まあ、そうだったの。本当にありがとう！」

そのメダイの背景と意味を知らない真理夫は、エリカが余りにも嬉しそうなので逆に驚いたが、自分が偶然見つけて持ってきたものが予想以上にエリカにとって大切なものであったことを知って、一緒に喜んだのだった。

（真理夫さんは私にとって、もしかしたら、私が想像できないほど大切な人になるのかもしれない）

そのとき、エリカはそう感じたのだった。彼女は「僕に何かあったときは、高津君に相談してみてほしい」という道生の言葉が気になっていた。その意味は未だ分からなかったが、このメダイのことを通して、やはりこの言葉には重要な意味があるのではないかという気がしたのだった。

マリアの預言の意味

道生と真理夫との間には、ペルゴレージの『スターバト・マーテル』の着信メロディと呼び出し音以外、共通点や似ているところはほとんど無かった。にもかかわらず、彼女の歩んできた道を真理夫に話したとき、とても話しやすく感じられたことがエリカには不思議であった。そして、彼女の絶望の世界など理解できないはずなのに、話していることをよく分かってくれ、共感してくれている雰囲気が伝わって来たことが、彼女にはずっと謎であった。

ところがある日、真理夫が彼の生い立ちを話してくれたことにより、その謎が全て解けたのである。彼がなぜ、彼女の絶望的な気持ちを理解できるのかが納得できたのだ。

真理夫にもエリカに勝るとも劣らない心の闇があり、耐えられない痛みがあり、絶望があったのだ。そして真理夫自身の抱えていた絶望の体験が、同じような絶望の中にいたエリカに共感できる接点となっていたのだった。真理夫の話す一つひとつの物語を、彼女は涙なしには聞くことができなかった。

聖母マリアに因んだ名前を持つゆえに、虐められ、辱められ、殴られさえした辛かった幼い日々。それでも母咲子を通して与えられた聖母の言葉を果たすために、失恋を越えて、やがてマリアの預言と幼い日の夢を実現するために、神学校に入って司祭になるために学んだ日々。

それなのに両親を突然失い、そのことをきっかけに自分が私生児であることを知らされた衝撃。何よりもそのことのゆえに、自分が愛し信じてきた母と聖母マリアを信じることができなくなってしまった悲しみ。夢の崩壊と疑惑と不信と絶望。そして、今もそれは、真理夫の心の中で解決されることなく存在しているのだ。

（もし私だったら、自殺していたかもしれない）

エリカは話を聞きながら、そう思って真理夫を抱きしめてあげたい衝動を必死で抑えていた。私生児であることを知り、「生まれて来る子は、生涯を私に捧げるようになるでしょう」というマリアの預言が、聖母自身の言葉だとは信じられなくなった真理夫の気持ちは、エリカにもよく分かった。それが今の彼女の状況とよく似ていたからである。

それと同時に、真理夫が如何に聖母マリアと深く関わっていたのかということが分かったとき、初めてエリカは、そこに道生と真理夫の、そして自分との共通点を見出し、なぜ彼女が真理夫に惹かれるのかということが理解できたのであった。そしてあの夕食会で彼が語った言葉を思い出した。

「実は僕も長い間、藤原さんやエリカさんのように、聖母マリアを信じていたんですよ。でも、もうそんなふうには信じられなくなったんです。今まで信じていたものが、あるときから全く信じられないようになるということが、藤原さんやエリカさんには起こり得ないと言い切れるのですか？」

エリカは、あのときは、真理夫の少しいらついたような口調が気になって、彼が語った内容を深く考えなかった。だが彼の辿ってきたそれまでの歩みと当時の彼の気持ちを知った今は、なぜ真理夫がいらついていたのか、その気持ちがよく分かった。

そして、今まさに真理夫があのときほのめかした、真理夫に起こった「今まで信じていたものが、あるときから全く信じられないようになる」出来事が、藤原の自殺という現実として自分自身の身にも起こっていることを知り、どうしてこのようなことが二人に起こるのかと思わざるを得なかった。

（同じような絶望に陥った二人が出会うことに、一体どのような意味があるのだろうか？　そこに希望はあるのだろうか？）

そう、エリカは問いかけざるを得なかった。

だがしばらくして、もう一度、真理夫と自分の身に起こっていることを振り返っているとき、様々な共通点がありながら、真理夫と彼女には一つだけ大きく違っているところがあることに気づいたのである。その違いとは、その絶望の中で、真理夫は聖母マリアへの信頼を見失ってしまったけれども、彼女は依然として聖母への信仰は保ち続けているということであった。そして、そのことは決定的な違いのような気がした。

そして、エリカは突然、聖母マリアが「生まれて来る子は、私に生涯を捧げる人になるでしょう」と語った言葉は、もしかしたら母咲子の思い込みや幻想ではなく、本物の聖母の言葉なのかもしれないと感じたのだ。

そしてそのときから、真理夫がエリカの絶望を知って彼女がその苦しみから逃れ出る道はないのかと考え始めたように、エリカもまた真理夫の苦しみを自分の苦しみと感じながら、彼がそこから抜け出す道を、何とかして見つけてあげられないものかと心を砕くようになったのである。

その一週間後、エリカは心に決めたあることを真理夫に話すために会った。

「真理夫さん、この間は、今までの歩みを話してくれて、本当にありがとう。私にとって、とても貴重なお話だったわ。この一週間、何度も真理夫さんが話してくれたことを思い起こしていたんだけど、何か明るいものが、私たちの暗闇の向こうに見えかけたような気がしたわ」

「僕こそ嬉しかったよ。こんな僕の話を、涙を流して聞いてくれるなんて思わなかったから」

「お互いさまね。真理夫さんだって、とても熱心に聞いてくれたわ。真理夫さんに聞いてもらっていたとき、それだけで、少し苦しみが和らいだような気がしたのよ。人の心って不思議ね」

「そう、不思議だね。……ところで、何か話があるって電話で言ってたよね？」

「ええ、この間話してくれた中で、一つだけとても気になっていることがあるんだけど、そのことを話してみたかったの」

「そう、いいよ。どんなこと？」

真理夫はなぜか少し緊張して、身構えた。

「マリア様がお母様に語られた預言の言葉があったでしょ。あの言葉についてなの」

「どういうふうに気になるの？」

エリカは少し言い出すのをためらっていたが、勇気を持って聞いてみた。

「『マリア様に生涯を捧げる』という言葉を真理夫さんは、『司祭になって神様と人々のために生きる』という意味だと考えてきたようだけど、もしかしたら、そういう意味じゃないんじゃないかなって思ったの」

「どういうこと？」

真理夫が、少し驚いたように言った。人は誰もが、自分以外のことはある程度客観的に見えるものである。真理夫は他のことに対しては、かなり客観的にあるいは冷静に物事を見つめることができるのに、こと自分に関しては、母への恨みやさまざまな情に囚われて、客観的で建設的な見方ができなくなっている。エリカにはそう思えるのだった。

「マリア様に生涯を捧げるということは、司祭として生きることを意味するって、お母様がそのように解釈されたのは分かるような気もするの。マリア様と司祭の関わりをとても大切にする『司祭のマリア運動』などもあるから。でも、もし、それがほかのことを意味していたら、真理夫さんが絶望から脱出する道があるかもしれないって感じたのよ」

真理夫はエリカが何を言おうとしているのかがまだ理解できない。

「うまく言えないんだけど、真理夫さんが絶望に陥ったのは、私生児だから司祭なんかになれるはずはないって思ったことと関係しているでしょう？」

「うん、まあそうだけど」

「それでね、もし司祭になることを意味していなかったのなら、確かに、司祭になることだと信じてきたそれまでの人生は、悲しいものになってしまうので、それはそれで辛いものがあるんだけど……。でも、これからの真理夫さんの人生には希望が持てるんじゃないかしらって……」

「母と僕が信じてきたことが間違いだったたっていうこと⁉」

聖母の言葉は母咲子の幻想だったと思っているはずの真理夫が、少しむきになったように言った。

人が幼い日に信じてしまったことは、いいことも悪いことも、なかなか客観的に見つめにくいものではないだろうか。真理夫もそうであった。母咲子がその言葉を司祭になることと思い込み、その母を信じた真理夫もそれを信じ込んでしまったのだ。彼は母のことを否定しながら、母が信じたマリアの預言の解釈には、客観的にそれを分離して考えることができなかったのだ。それは否定しようとしても否定し切れない、母への執着の無意識の表れなのかもしれないとエリカは思った。

「それはそうなんだけど、私はお母様や真理夫さんが間違っていたと責めているんじゃなくてよ。ただ、真理夫さんの今の苦しみが少しでも軽くなる道はないかと考えていて思いついただけなの」

真理夫の険しかった顔の表情が少し和らいだようだった。

「マリア様の預言には、司祭になるという解釈とは別の解釈があると思う理由があるの。とても単純な理由なんだけどね。道生さんは彫刻家あるいは画家として、私はファッションデザイナーとして、そしてマリア様のために生きようとしていた道生さんを信じ、愛し、支えることで、マリア様に生涯を捧げる道を歩みたいと思ってきたからなの」

その言葉を聞いた真理夫は、きょとんとした表情をした。そして何か一生懸命考えようとしていた。

「僕が音楽家として、聖母マリアのために何かをすることが、『生まれて来る子は、生涯を私に捧げるようになるでしょう』という預言の意味だと言いたいの？」

「ええ、今の時点ではそういうことになるんだけど、あの時点では、音楽を通してということはお母様にもあなたにも分からなかったことだとは思うけどね」

エリカからこのことを聞いて、真理夫はどうしてそういう見方が今までできなかったのかと不思議に感じていた。そしてあることを思い出していた。それは、神学校を出る決断をするきっかけになったあの夢のことである。

夢の中で、今まで聞いたことのないような音楽が聞こえてきて、それに聞き惚れていると、それまでは暗黒の中に引きずり込まれて行っていたのに、あのときはそうはならなかった。

あの夢を見て、音楽の中にかすかな力を得て、取り敢えず前に向かって一歩を踏み出すことができたのであった。しかし、もちろん真理夫はマリアの預言は母咲子の幻想だと思っていたので、当然音楽とマリアの預言を結び付けたことはなかったし、そんな発想自体が浮かんでくるはずもなかった。そして今でもそれは変わらない。ところがその音楽とマリアの預言が関わっているとエリカは言っているのだった。

「もし君の言うことが本当なら、僕と聖母の関係は神父にならないで、音楽家としての道を歩んでいる今でも続いていることになるよね?」

「そう、そうなの。そのことが言いたかったのよ!」

エリカは、嬉しそうな声で叫んだ。

「でも僕には、君や藤原さんのように、音楽を通してマリア様を人々に伝えたいとか、マリア様のために音楽を通して一生を捧げたいというような思いは全く湧いてこないし、感じることもできないよ」

真理夫はそのエリカの喜びの声に彼女が彼のことを思ってくれていることを感じながらも、心に引っかかることを話した。

「それは仕方がないと思うのよ。私生児であると知ったそのときから、真理夫さんとマリア様との心の接点は、あなたの側からは完全に失われてしまっていたのだから。でも今からでも決して遅くはないと思うの。もう一度、あなたの人生の出発点に立ち返ってみてはどうかしら。あなたが生まれるとき、マリア様があなたに願われたことがあったということ、マリア様のために一生を捧げるようになることを願われた思いが確かにあったということに。きっとそこから道が自然に開かれていくと思うわ。一緒にそれを信じて行きましょう」

「でももしそうだとすると、私生児である僕を生むという罪を犯した母に、原罪もなく、自分で罪を犯したこともない聖母が現れて啓示の言葉を与えるということはあり得ないと僕が思ったことは、どう考えたらいいのか分からない、説明がつかなくなってしまう」

「あのとき、あなたは自分が私生児だということを知って、とっても大きなショックを受けたのだと思うわ。それで、そのように思うことで自分を守るしかなかったんじゃないかしら。でも罪人にだって神は太陽の光を与え、恵みの雨を降らせる。いいえ、むしろ病人に医者が必要なように、罪人にこそ救い主が必要だということは、あなた自身もよく分かっていることだと思うの。お母様だけが罪人であるとか、真理夫さんだけが罪人であるということではなくて、イエス様とマリア様を除くすべての人が、赦され救われなければならない罪人だということも」

確かに、クリスチャンを迫害していたパウロにもイエスは現れ、使徒として選ばれたし、アウグスティヌスだって彼の『告白』では自分が罪人だったと言っているけど、司祭に、そして司教に、さらには聖人にさえなった。

「ということは、僕が失われたと思っていたもの、マリア様との関係は、失われていなかったということなの？」

「ええ。そう思うわ。だから、もう……」

真理夫は、そのエリカの言葉が終わらないうちに、自分の心の中に湧き起こってきた激情を抑えることができず、突然嗚咽し始めた。

エリカは真理夫が泣いている間、何も言わず、ただ涙を流しながら彼を強く抱きしめていたのだった。

八章　泣き続けるマリア

取り返しのつかない罪

エリカがマリアの預言の意味について彼女の思いを話してくれたあの日から、真理夫は自分の心の中にある空白が、少しずつ埋まり始めているのを感じていた。

そして司祭として生きることではなく、音楽家して聖母の価値を人々に伝えていくことが、聖母マリアの言いたかったことではないかというエリカの助言は彼の人生に重大な影響を与えようとしていた。

（間違っていたのは母や自分の解釈であって、聖母の言葉自体ではなかったのだ）

もちろんこのことによって、彼が私生児であるという事実が変わる訳ではなかった。母との関係や私生児であることなどの問題が整理できたのでも、過去の苦しみが全て解決され癒された訳でもなかった。

だが、真理夫の心の中では、聖母マリアと母咲子とが絡み合って一つになっていたものが、切り離され、彼は初めて自分の意思で聖母マリアと向き合うことができるような気がしてきたのである。そして人生の出発点に立ち返ることができ、そこからもう一度自分の人生を見つめられるということは、彼の人生における大きな転換であった。

　確かに聖母マリアに因んだ名前のゆえに虐められたことなど、様々なことが依然として聖母とつながっていた。だが少なくとも、誕生時における聖母の預言が、もしかしたら本当にマリアからの彼へのメッセージであったのかもしれないと感じられたことで、それ以後の彼の人生を全く違ったふうに見つめ直すことができる道が開かれたこともまた事実であった。

（もう一度人生をやり直せるのかもしれない）

　絶望に沈み、闇に覆われていた心に、希望の光がどこからか射し込んでくるのを感じながら、真理夫はそのように思っていた。そして、希望のきっかけを与えてくれた花山エリカという女性が、彼にとって以前にも増して、大切で愛しい人に感じられた。

　ところが真理夫は、彼女とはずいぶん心が近づいているはずなのに、彼がまだ知らないものが彼女の心の中にはあるような気がして寂しくなることがあった。また、彼女が時折とても苦しそうな表情をすることがあり、それを見ると心がとても痛んだ。

　それで真理夫は、どうすればエリカをそのような悲しみや苦しみから解放することができるのかと、つい考え込んでしまうのであった。彼女によって、絶望の淵から這い上がる希望を与えられたのだから、今度は彼がエリカの支えになりたかった。

　しかしそうすることは、真理夫にとって決して簡単なことではなかった。なぜなら真理夫は、一方では道生の自分に対するエリカへの言葉が気になってはいたが、やはり依然として道生が嫌いであり、彼のことは考えたくなかったからである。

しかし、エリカの苦しみが道生の自殺という問題に結びついているということは彼にもよく分かっており、エリカのことを思えば、道生のこと、そして特に彼の自殺について考えることは避けて通ることのできない課題であった。それは苦しいことであったけれども、それでも真理夫はエリカへの愛ゆえに、敢えてその苦しみを引き受けようと思った。

真理夫は、エリカが絶望感に囚われ苦しい表情をするのは、道生が自殺したことに原因があるのだと思ってきた。彼個人としては、あんなに信仰深く聖母を愛していた道生が自殺したとは信じられなかった。そんな真理夫だったので、エリカを苦しみから救い出すためには、「もし道生の死が自殺でなければ、エリカの絶望はこれほど深くはないのではないか？」と考えたとしても無理のないことであった。

そしてその可能性を追求していくためには、エリカ自身が道生の自殺に疑問を感じることが何よりも必要であると真理夫は思っていた。ところが当のエリカからはそのような気配が全く感じられなかったので、彼はどうしたらいいのか大変困っていた。そして彼には、どうしてエリカが道生の自殺に疑問を抱かないのかが不思議であった。

（あれほど愛し合っていた二人なのに、なぜエリカさんは、藤原さんの自殺を疑わないのだろうか？確かに警察の下した結論は受け入れるしかなかったとしても、ある意味では、藤原さんの自殺に心情的に最も疑問を感じるのはエリカさんではないのだろうか？　愛する婚約者である彼女を一人残して死ぬはずはないと、誰よりも強く思うのではないだろうか？）

あるとき真理夫は思い切ってその疑問をエリカにぶつけてみた。

「僕は熱心なクリスチャンだった藤原さんが、オリジナルのピエタを制作できなかったことだけで自殺したとはどうしても信じられないんだけど、君は本当にそうだと信じているの？」

真理夫は、エリカは表には見せないけれど、もしかしたら心の中にはそのような疑問を持っているのではないかという期待がまだあったのだ。そしてもしエリカがそうであれば、彼女のために何か手助けできることがあるのではないかと思ったのだ。

エリカは、真理夫の質問にわずかに不快な雰囲気を漂わせた。多分この質問は今まで何度もマスメディア関係の人たちからされてきたに違いなかった。しかし、真理夫の質問には全く悪意がないことを理解したのか、彼女はすぐにもとの穏やかな表情に戻った。

「私はいまだに道生さんがもうこの世にいないことが信じられないときがあるの。手を振ってほほ笑む彼の顔が、今にも目の前に現れそうで……。でも、彼はもうこの世にはいない……」

彼女の頬を涙が伝った。道生のことをエリカの口から直接聞くのは真理夫にとって辛いことではあったが、仕方がなかった。

「でも彼の自殺は事実だと思う。とても難しいことだけど、そのことを受け入れていくしかないと思っているの」

頬を伝う涙をハンカチで拭きながら、それでも凛とした声でエリカは言った。

真理夫は、あまりにはっきりとした答えが返ってきて戸惑ったほどだった。しかしそれは、道生に一番近い人の言葉なのだ。彼は、部外者の自分の憶測などは単なる思い込みにすぎなかったのかもしれないと感じざるを得なかった。

そう思っているときだった。何かを躊躇している様子だったエリカが、あることを決意したかのような表情をして真剣な口調で話し始めた。

「真理夫さん、道生さんのことで、ずっと話したいと思っていて話せなかった、とても大切なことがあるんだけど、聞いてくれる？」

「ああ、もちろんだよ！」

真理夫は、エリカの雰囲気から、彼女が大変重要なことを話し始めようとしていることを感じ取った。

「真理夫さんが不思議に思うのも無理はないと思うわ。でも、私が道生さんが自殺したと思うのには、それなりの理由があるの」

エリカはそう言って、一呼吸置いた。

「道生さんは、オリジナルのピエタを完成させられなかったから自殺したのではなくて、良心の呵責に耐えられなくなって、自殺の道を選んでしまったような気がするの」

「でも、あんなに熱心なキリスト者だった藤原さんが、自殺がどれほど大きな罪であるかを知らなかったはずはないと思うんだけど？」

「それは、彼が抱えていた問題がどれほど深刻だったか知らないから言えることだと思うの。誰もイエス様を裏切って死に売り渡した、イスカリオテのユダが自殺するとは思わなかったでしょ？　ユダヤ教でも自殺は当然大きな罪で、禁じられていたはずよ。でも彼はイエス様を裏切るという最も大きな罪を犯した上に、なおかつ大罪である自殺の罪も重ねて犯したわ。それでも誰も、彼がユダヤ教徒だから自殺することは考えられないとは言わない。それは、自分もユダの立場であったなら、そうしたかもしれないと感じるからではないかと思うの」

エリカがあまりにも極端な例を出してきたことに戸惑いながら、真理夫は彼女が一体何を話そうとしているのか、聞くのが怖いような気がした。

「でも、同じようにイエス様を裏切ったペトロや他の弟子たちは自殺しなかった。罪に対する捉え方が違ったからで、ユダもペトロのように自分の罪を悔いて赦しを受けるべきだった、という人もいるわ。でも、ある意味では、ユダはそれほどひどい罪を犯した、ということも言えるのではないかしら」

「君は、藤原さんが、イエスを裏切ったユダと同じようなひどい罪を犯したと言いたいの？」

「それはどうか分からないけれど、少なくとも、道生さんはそのように感じていたのではないかという気がするの」

「藤原さんはそのことについて君に、何か話したのかい？」

「いいえ、残念ながら、ほとんど話してはくれなかった」

「でも、何か思い当たることがあるの？」

「はっきりとは分からないんだけれど、実はとても気になっていることがあるの。道生さんは私に、『取り返しのつかない罪を犯した』って話したことがあるのよ」

「取り返しのつかない罪!?」

真理夫はエリカの話に戦慄を覚えながら聞き返した。

「確かなことは私にも分からないんだけど、その言葉から私が思い当たることが二つあるの。一つは、彼が最も大切にしていたマリア様と何か関わっているのかもしれないって感じているの」

「マリア様に対する罪？　あんなに信じていたのに？　でも、『取り返しのつかないマリア様に対する罪』って、いったいどういう罪なの？」

真理夫は道生があれほど自信と確信を持って聖母マリアのことを聴衆に訴えていた落成式のことを思い出して、信じられない気がした。

「それは私にも分からないわ。でも、それほど深く信じていたからこそ、それが、『取り返しのつかない罪』を犯したという言葉になった可能性があるような気がするのよ」

「なるほど……。うーん。で、もう一つは？」

「もう一つは、道生さんに私以外に愛していた女性がいて、その人と過ちを犯した可能性」

「まさか！」

真理夫は彼の予想を遥かに超えたエリカの驚くべき言葉に思わず大きな声を出した。

（あんなに信仰深そうに見えた藤原さんが、しかもエリカさんという婚約者がいながら他の女性と過ちを犯すなんて……。一体そんなことがあり得るのだろうか？　しかし、もしそれが本当なら、それこそ大変な裏切りであり、確かに「取り返しのつかない罪」であるには違いない）

「でもエリカさんは、どうしてそう思うの？」

「一度、私のファッションデザインのファンだという方から電話をもらったことがあるのよ。『あなたの婚約者の藤原道生さんが、ある女性とかなり親しくしておられるところを見かけました。気をつけられたほうがいいですよ』って。最初は嫌がらせだと思ったのだけど、思い当たるようなこともあって……。それで道生さんに尋ねたことがあるの」

「藤原さんは、何て？」

「『実はある女性を助けないといけないんだ。今は詳しいことは話せないけれど、僕の人生においてとても重要な問題なんだ』とだけ話してくれたの……。私は信じようとしたんだけど……」

（やはり藤原さんには、エリカさん以外の女性がいたのかもしれない）

真理夫はエリカの説明を聞きながら、少しずつ状況がつかめてきた。そして、自分が知らない道生のもう一つの世界が存在したことを認めざるを得なかった。

「それはいつ頃のこと？」

「テレビのニュースなどでも報じられていたから、真理夫さんも覚えているんじゃないかしら。ちょうど道生さんが、オリジナルのピエタを制作することを発表して数ヶ月ほどした頃よ。その頃から、私の家にもあまり来なくなってしまったの」

「あの記者会見はテレビのニュースでも何度も流していたので、僕もよく覚えているよ」

「それからしばらくしてから、生活が乱れ始めたのよ」

「うん、そのこともかなり大きく報道されていたよね。週刊誌でも写真が載っていたのを見たことがあるよ。ここまでしなくてもいいのにと、マスメディアの横暴に憤りを覚えたぐらいだったよ」

実はあのとき真理夫は最初、「それ見たことか。いい気味だ」と思ったのだ。ところがテレビや週刊誌での道生の苦しそうな表情を何度も見るうちに、マスメディアの報道の仕方があまりにも強引で執拗すぎて、少し可哀そうに感じたことが思い出された。

「私は道生さんが制作に行き詰まって苦しんでいるのを見ているのが辛くて、何度も彼を慰め励まそうとしたんだけど、彼はなぜかそれまでのようには話してくれなくなったし、私の言うことも聞いてくれなくなったの。少し距離ができ始めたのを感じたわ」

「彼の君に対する愛が変わったっていうこと？」

「うまく言えないんだけど、私を愛さなくなったということではなくて、彼の心の中に私以外の女性の影がちらつくのを感じるようになったと言ったらいいのかしら。寂しい気持ちを味わうことが多くなったの」

真理夫にはすぐには信じられなかった。だがエリカが嘘を言っているとも思えなかった。また、嘘を言う理由もなかった。

そして自殺の理由として、聖母マリアへの不信の可能性というのは、真理夫にはあまりピンとこなかったが、女性問題の可能性は十分あり得るのではないかと感じ始めていた。

(藤原さんは、その程度の人間だったのか?)

真理夫は、道生から裏切られたような気がして、なぜかひどく幻滅を感じていた。そして彼に軽蔑の念さえ覚えたが、辛かったであろうエリカのことを思うと、彼女を裏切り悲しませた道生に対する怒りが込み上げてきた。

「さぞ辛かっただろうね」

その真理夫の言葉を聞いて、エリカの頬をさらに涙が濡らした。真理夫は、そっと彼女の手を握った。

(藤原さんは、他の女性との関係がエリカさんと彼女の両親に知られて、自分の欺瞞性が明らかになってしまうことに耐えられなかったのかもしれない)

真理夫は、エリカの手を握りながらそんなことを考えていたが、同時にエリカの力になりたいという強い気持ちが湧き上がってくるのを感じていた。

このことを通して真理夫は、エリカがどうしてあのような苦しい表情をしたのかが初めて理解できたような気がしたのだった。そして、そこにエリカの本当の絶望を見たように感じた。

(僕は、分かっていると思っていながら、結局何も分かっていなかったんだ。彼女は、僕が思っていたよりもずっと苦しんでいたんだ)

そう思うと彼は、自分が情けなくて仕方がなかった。

このことがあって以来、エリカは以前にもまして真理夫に心を許すようになった。そして二人の心は更に近くなって行った。

ジレンマ

一方、聖母マリア美術館は、ピエタを制作した道生の自殺が原因で来館者が激減し経営不振に陥っていた。

里山司教のアドバイスを受け入れた経営者の花山幸太郎は、経営不振打開の唯一の方法として、美術館からピエタを撤去する決断をした。ところが今にも取り払われようとした正にそのとき、聖母マリアの目から涙らしきものが流れていることが分かり、撤去は急きょ中止された。そして、傷つけられた聖母マリアはそれから一年近く経ってもなお、しばしば涙を流した。

それで結局、ピエタは美術館のチャペルから撤去されずに、そこに残されたままであった。というよりも、もはや取り去る必要はなくなったと言ったほうがいいかもしれない。なぜなら、一時期経営危機に陥っていた美術館は、マリアの目から涙が流れ出してから来館者や利用者の数が徐々に増え始め、やがてそれは急激な増加となり、今では経営危機などなかったかのように賑わっていたからである。

花山からマリアの涙の件で報告を受けた里山司教は撤去中止に同意し、すぐに「マリアの涙」担当司祭を任命して、万が一の事態に備えて、写真や動画なども含め、正確な記録を残すように手配した。

当初、里山司教は懐疑的であったが、一年経っても涙が流れるのが止まらなかったため、その現象に対して司教としてどのような態度を取るべきか、真剣に考えざるを得なくなっていた。

すでにカトリック信徒だけでなく、他の教派のクリスチャンやキリスト教の信仰をもっていない多くの日本人までもが、マリアの涙の噂を聞き付けて、日本全国から美術館に詰め掛けていた。そして日本だけではなく他の国々からも、マリアの涙を見ようと人々が訪れ始めていた。

そのこと自体は、日本にとっても、京都にとっても、さらにまたカトリック教会と美術館にとっても大変喜ばしいことであった。だが里山司教はなぜか胸騒ぎがし、このまま放っておけば何かよからぬことが起こるようなそんないやな予感がしていた。

もちろん里山司教は、自分の教区で起こっている「マリアの涙」現象が本物で、本当に聖母マリア自身の涙であり、そのことが公式にバチカンから認められれば、京都教区だけではなく、日本のカトリック教会にとっても大変喜ばしいことになると思っていた。

クリスチャンが人口の約三十パーセントにもなる隣の韓国などに比べて、約一パーセントの日本は、キリスト教の宣教が失敗した国と言われてきた。だからこの「マリアの涙」現象が真性の奇蹟と認められれば、このままではあまり飛躍が期待できない日本のカトリック宣教において、大きな起爆剤となる可能性は十分あると感じていたのである。

だがそのためには越え難いと思われる障害が横たわっていた。それは言うまでもなく、道生が自殺したという厳然とした事実である。

　その事実が存在する限り、いくら多くの人々が涙を流すマリアを見ようとして聖母マリア美術館に押し寄せたとしても、自殺を大罪と定めるカトリック教会が正式に聖母マリアの涙として認める可能性はないだろう。そしてこのままだと、いつかはまやかしもの、あるいは悪魔的なものとして排斥され、潰されて行く運命を辿るしかないと彼には思えた。

　もちろん里山司教は、全知全能の神はときには人間の理解を遥かに超えた信じ難いことをされるということは分かっているつもりであった。そして従来のキリスト教の救済観が、「神は全ての人を救うために救い主をこの世に遣わした」という聖書の教えと矛盾する要素を含んでいるということを、彼自身は個人的に感じてはいた。例えば、大罪を犯した人は、地獄に落とされて永遠に救われないというような教えは、神が全ての人を愛されていると説いたイエスの教えと相容れないような気がしていた。

　そういう意味では、自殺者の道生が制作し、何者かによって悪意を持って傷つけられた聖母の顔から涙を流れさせる奇蹟を起こすことによって、神がそのような問題を人類に、あるいはカトリック教会に告げようとしておられるという可能性を、全く否定することはできないかもしれないとは思っていた。

　だがもしそうであるならば、教区の責任者としてそれをバチカンに報告し、その信ぴょう性を訴えることなど、彼にとってはあまりにも厄介なことで、考えたくないことであった。それこそ、世界的規模でのカトリック教会の反対を覚悟しなければならない無謀な行為で、到底太刀打ちできるものではないと思えたからである。それに、彼にはそのような挑戦をする勇気もなかったし、そんな面倒なことは、できれば避けたいというのが本音であった。

だから、そんな彼が、

（どちらもあってはならないことだが、もし、藤原君の死が自殺でなく他殺であれば、どんなによかっただろう）

と思ったとしても無理はなかった。

実際、もし道生の死が自殺ではなく他殺であれば、問題はなくなる。そうであれば、聖母マリアのことを誰よりも熱心に人々に伝えようとしていた道生は、マリアへの愛と信仰のゆえに殉教とも言える死を遂げたからこそ、聖母マリアの涙の奇蹟が起こったのだと解釈することは非常に理にかなったことであったからだ。そして、それならば、この「マリアの涙」現象をバチカンに報告し、本物の聖母マリアによるものかどうか検証してくれるよう申請することは、すぐにでもできそうだった。

しかしこの道生の自殺という事実がある限り、自殺者の制作したものから本物のマリアの涙が流れることは、彼自身にも、また多くの人たちにとっても、やはり信じられないものであった。だから、検証の申請をすること自体、考えられなかったのである。

（この障害を取り除く方法があるとするなら、それは唯一、藤原君の死が自殺ではないという新たな証拠が見つかり、再捜査がなされること以外にはあり得ない）

いくら里山司教がそのように思っても、当初から事件性が一切取りざたされなかった道生の自殺に、新たな証拠が提出されることはほぼ期待できないであろう。だがそれにも拘らず、里山司教には諦め切れないものがあり、最終的にどう対処するのか結論を出すのを先延ばしにしていたのである。

他方では、一度は道生に託した夢を捨てようとピエタの撤去を決断した花山は、どうしているのであろうか？

彼は、「マリアの涙」現象により、奇蹟的に瀕死の状態であった美術館の経営が黒字に転ずるのを目の当たりにして、もしかしたらその夢は本当はまだ潰えてはいなかったのではないかと感じ始めていた。だが彼もまた里山司教同様に、その夢を本当の夢とするためには道生の自殺問題が邪魔をしていて、それ以上に進むことのできないジレンマの中で、どうしていいか分からずにいたのである。

九章　ピエタ破壊犯

犯人は女性

道生に他の女性がいて、その女性との間に「取り返しのつかない」罪を犯したことが彼の自殺の理由ではないかとエリカが言っていたことが、真理夫にはとても気になっていた。そして数日後、その女性についてのさらに重要なことをエリカから聞かされた。

「道生さんに『誰にも言わない』って約束していたから、この間は言わなかったんだけど、聞いてくれる？　あなたに相談してほしいと彼が言ったということは、きっと真理夫さんには何でも話してもいいということだと思うから」

「もちろんいいよ」

「時間が前後するんだけど、実はこの間話した道生さんと関わりのあった女性というのが、ピエタを破壊した犯人なの」

「えーっ！」

真理夫は、一瞬口がきけないほど驚いた。

「ええ、それが本当なのよ。私もまさか犯人が女性だとは考えもしなかったから、すごくびっくりしたわ」

真理夫は、エリカの顔を見つめながら尋ねた。

「でもどうして、その女性が犯人だって分かったの?」

「彼女から、私が犯人ですって、道生さんに手紙が来たの」

「警察に捕まるかもしれない危険を冒して、犯人は、よくそんな手紙を書いて来たね。いたずらじゃないの?」

しかし、エリカは真剣なまなざしで首を横に振った。

「覚えているかしら? 道生さんがマリア様との新たな出会いを体験して、それであのオリジナルのピエタを制作するという発表をしたこと」

「ああ、覚えているよ。僕もテレビのニュースで見ていたから。確か藤原さんは、ピエタが破壊されるという事件を通して、オリジナルのピエタを彫ってほしいと願っておられるマリア様の願いを知ることができたので、今は犯人に感謝していると言っていたよね」

「そう。だからあの時点で、すでに道生さんはどこの誰かも分からない犯人を赦していて、警察にも被害届を取り下げていたの。ピエタは聖母マリア美術館の所有物だから、一応父の許可を取ってから手続きしたんだけどね。犯人は多分そんなことは知らなかったと思うけれど、犯人から手紙が届いたのは、そのすぐあとだったわ。父には手紙のことは話していないけど」

「なるほど。それで、犯人からの手紙には何て書いてあったの？」

「直接読んでないから、詳しくは分からないわ。でもその手紙がきっかけで、道生さんは彼女と会うようになったの」

「彼女と何度か会って行くうちに、君との間に距離が生じてきたというんだね？」

「ええ、そのとおりよ。最初はいろいろ話してくれていたけれど、少しずつ口数が少なくなっていったの」

エリカの話を聞きながら真理夫は、道生の女性問題が自殺の背後にあることがかなり真実味を帯びて来たような気がしてきた。それと同時に、彼女が味わったであろう寂しさや苦しみを思うと、心が痛んだ。道生から裏切られたというような怨み言を、エリカは口にすることはなかったが、彼女が深く傷ついていることは真理夫にも分かった。できることなら、そのエリカの心の傷を癒すのはほかの誰かではなく、自分自身でありたかった。

真理夫は忙しいスケジュールをやり繰りして、できるだけエリカと過ごす時間を持とうとし、同じように忙しかったエリカもまたそのようにした。だが、無理をしてそうしているのでなく、喜んでそうしたいと思っていることを互いに感じ合っていた。

エリカの表情にも少しずつ明るい笑みが見られるようになり、真理夫は全ての問題が解決していないことは分かってはいたが、彼女との結婚を意識し始めていた。このまま問題がなければ結ばれていくことを、二人だけではなく、エリカの両親や周りの人たちも感じ始めていた。

ピエタの謎を訪ねて

ピエタを壊した犯人が、道生と関係があったらしい女性だとエリカから知らされてからしばらくして、真理夫は三月最初の二週間、日本を離れることになった。

彼が作曲した曲がイタリア映画に採用されたため、ローマで開かれる映画祭に招かれたのである。真理夫はいい機会だと思ってエリカも一緒に行かないかと誘った。彼女は行きたがったが、以前から決まっていたファッションショーがあって、どうしても都合がつかなかった。

「せっかくの初めてのイタリアだから、少しゆっくりしてきたらいいわね。そして次は絶対一緒に連れて行ってね」

招待は一週間だったが、そうエリカから勧められたこともあり、真理夫は校長に許可を取り、もう一週間延長して、一人でイタリアを旅行することにした。

（いつか一緒に行けたらいいのになあ）

そんな思いを抱きながら、集めてきた旅行案内のパンフレットを何気なくめくっていたとき、真理夫の目に「ピエタの謎を訪ねて」というキャッチコピーが飛び込んできた。要はローマ、フィレンツェ、ミラノの三つの街に存在するミケランジェロ（一四七五―一五六四年）が生涯に手がけた四つのピエタを紹介した観光案内なのだが、道生のこともあり、真理夫は興味を持ってその案内に目を通した。

それを読みながら、真理夫は以前、何かの雑誌で、道生がオリジナルのピエタを制作する前にヨーロッパを旅行したという記事を読んだことを思い出した。

（だとしたら、藤原さんもきっとミケランジェロの四つのピエタを見たに違いない。もしかしたら、このミケランジェロのピエタのことを探る旅行の中で、藤原さんのことについても何か分かることがあるかもしれない）

真理夫はミケランジェロのピエタの謎と道生の自殺が直接関わっているなどとはもちろん思っていなかった。ただ、エリカが苦しみから解放されるためにできるだけのことをしたいと思っていた彼は、少なくともこの旅行をすることで、その問題を真剣に考える機会になるのではないかと思ったのだ。

今回の招待で訪問するのはローマだけだったこともあり、「ピエタの謎を訪ねて」というテーマでその三都市を巡ってみることにした。

そう決めてから、真理夫は今回訪れる三都市、そしてミケランジェロのピエタに関する本や美術誌などを何冊か読んでみた。

（なかなか面白いな）

ピエタに関する本を読んでいくうちに、ミケランジェロのピエタの謎ということがどういうことなのかが少しずつ摑めてきて、真理夫は個人的にも興味を覚えた。

ミケランジェロは生涯に四つのピエタを手がけている。その第一が、バチカンのサン・ピエトロ大聖堂にあるピエタで、ミケランジェロが二十五歳の若さで制作したものである。

一般的にミケランジェロのピエタという場合には、美の極致と評される、この「サン・ピエトロのピエタ」（一四九八年から一五〇〇年にかけて制作）を指す場合が多く、専門家でなくとも多くの人が知っているものである。道生が、聖母マリア美術館の顔として制作を依頼され、多くの人の心を魅了し、後に傷つけられ、今は涙を流し続けている『ピエタ』はこのピエタのレプリカである。

第二、第三のピエタはフィレンツェにあり、ドゥオーモ博物館の「フィレンツェのピエタ」（一五四七年頃制作開始）と、アカデミア美術館にある「パレストリーナのピエタ」（一五五五年頃制作開始）である。そして第四のピエタが、ミラノのスフォルツァ城博物館にある「ロンダニーニのピエタ」（一五五九年制作開始）だ。

だが興味深いのは、このうち完成されたのは「サン・ピエトロのピエタ」のみで、他は全て未完成だということである。

そしてなぜ「謎」と言われるのかということも、他の三作のピエタが全て未完成であることと深く関わっていた。完成された姿が明確ではないため、ミケランジェロが本当は何をどのように彫りたかったのか、なぜ完成できなかったのかなど、美術や歴史の専門家だけではなく、多くの人々のロマンと好奇心を掻き立てる様々な要素がそこに秘められているのだ。

実際、真理夫もミケランジェロの四つのピエタを見て、疑問に感じたことがあった。

（ミケランジェロは、「サン・ピエトロのピエタ」によって最高の評価を得たのに、なぜ第二、第三、第四のピエタを彫ろうとしたのだろうか？　どうして、あとの三つは完成することができなかったのか？　彼はどのようなピエタを彫りたかったのだろう？　そしてそれらを通して彼は何を伝えようとしたのだろうか？）

多分このような疑問は、真理夫だけではなく、多くの人々が感じてきたものであろう。そして、オリジナルのピエタを彫ろうとしていた道生にとっては、それらの疑問は、真理夫などとは比べられないほどもっと真剣で切実な問いとして問われていたのではないかと彼は感じた。


ローマ、フィレンツェ、ミラノ、そして再びローマへと、三月のイタリアを旅しながら、初めて見る風景や生活、そして建造物や芸術作品に真理夫は大きな感動を覚えていた。そこには日本にはない様々な美しさと異なった文化があった。写真や映像では何度も見たことがあるが、自分の目で直接見るのとでは大違いであった。

異質な文化であることに対する違和感と共に、真理夫は、どこに行っても出くわす教会、ホテルにいても聞こえて来る鐘の音などに懐かしさを感じる自分がいることに気づいた。それは日本では意識していたわけではなかったが、日本の文化には異質であり、ずっと心の底に埋められてきた自分の中の幼き日の純粋なキリスト者としての部分が、イタリアの至るところに自然に息づくキリスト教の香りに触れて、呼び起こされたのかもしれなかった。

（エリカさんが一緒だったらどれほどよかっただろう）

一人旅もまんざらではなかったが、次は絶対二人で来たいと、日本にいるエリカに真理夫は思いを馳せた。美しい景色や素晴らしい芸術作品を眺めていると、それを自分だけではなくエリカにも見せてあげたいという切ない気持ちが自然と湧き上がってきている自分を発見して、真理夫は、エリカをどれほど愛おしく思っているかを感じるのであった。

　一週間の一人旅を終えてその日の夜の便で日本に発つ日、真理夫はローマのホテルのベランダで、澄んだ朝の空気が心地よく頬をなで、何とも言えないすがすがしさを感じながら朝食を取っていた。忙しい日本での日常から解放され、久しぶりに味わうゆったりとした時間。それを惜しみながらも、再びエリカに会えると思うと日本に早く帰りたくもあった。そんな相反する気持ちを抱きながら、真理夫は今回の旅行を振り返っていた。

　彼には、四つのピエタのうち、ミケランジェロが最初に彫った「サン・ピエトロのピエタ」と、死の直前に彫って未完成のまま残されたミラノの「ロンダニーニのピエタ」が特に印象に残っていた。

　バチカンのサン・ピエトロ大聖堂に入って右側に、「サン・ピエトロのピエタ」はあった。残念ながらこのピエタは、今は防弾ガラスで囲まれていて、直接そばで見ることはできない。それは一人の暴徒によって壊されたからである。

　ところが防弾ガラス越しにではあっても、真理夫はその美しさに圧倒された。古典的な調和、美、抑制というルネサンスの理想の極致ともいうべき完璧さを保ち、ミケランジェロのあまたの作品の中でもひときわ上品な優しさに溢れ、しかも精密さを極めたピエタ。それが完成された美と評されることが、真理夫にも何となく分かるような気がした。

　その本物のピエタを見ていると、ふと、聖母マリア美術館の落成式のときに、道生のピエタのレプリカを見たことが思い出されてきた。あのとき真理夫は「きれいだなあ」とは思ったが、それほど深く感動した訳ではなかった。しかしピエタについて少し知識が深まったためか、あるいはこのバチカンのピエタのレプリカを紹介した写真集で他のレプリカと見比べたためなのか、それとも直接そのオリジナルを見ているからなのか定かには分からなかったが、道生のピエタに対して今までとは違う思いが湧いてきた。

（もしかしたら、藤原さんのピエタのレプリカは大変優れたものだったのかもしれない）

ピエタ破壊の惨劇は、一九七二年五月二十一日に起こった。犯人は、ハンガリー生まれのオーストラリア人、ラズロ・トート。犯行当時彼は、イエスが死んだ年齢とされている三十三歳であった。ハンマーを隠し持ったラズロ・トートは、警備網を潜り抜けてミケランジェロのピエタに襲いかかった。そして「私は復活したイエス・キリストである」と何度も叫びながら十五回もハンマーを振り下ろしたのである。聖母マリアの鼻がそぎ落とされ、腕も傷つけられ、完成した美は破壊された。

（この防弾ガラスに囲まれたピエタを見ながら、藤原さんもまた、自分のピエタが壊されたときの苦しみを思い出していたのだろうか？）

本で読んだ本物のピエタの破壊の場面が妙にリアルに甦って来たこともあって、真理夫はそんなことを思っていた。そして、あのときは全く傍観者としてしか捉えられず、道生の心の痛みなどは全く察することができなかったピエタの破壊事件が、なぜかそのとき真理夫に、とても身近なものとして感じられてきたのだった。

ミラノのスフォルツァ城博物館にある「ロンダニーニのピエタ」には、「サン・ピエトロのピエタ」とは全く違った印象で、別の意味で大きな衝撃を受けた。

そのピエタは、年老いて視力を失ったミケランジェロが、病に倒れる前日までのみを握り続けたのだが、遂に完成できずに残されたものである。「サン・ピエトロのピエタ」とは構図もまったく違い、座ったマリアが横たわったイエスの屍を抱くというのではなく、立ったイエスがマリアを背負っているかのようにさえ見えた。

また美の極致と称された「サン・ピエトロのピエタ」の面影はそこには全く見られず、年老いて痩せたみすぼらしいマリアと弱々しそうで痩せ細ったイエスの姿が彫られており、そのあまりの違いに、これが同じ作者の作品なのかと驚愕した。

だが、真理夫にとって最も印象深かったのは、このロンダニーニのピエタに、不思議な魅力と、そして言葉では表現しがたいある種の美しさを感じたということであった。

この最初のとは全く違う四つ目のピエタを見たときの衝撃の中で、真理夫は道生のミケランジェロのピエタのレプリカと、のっぺらぼうのピエタとのあまりの違いに驚いたときのことを思い出していた。そして真理夫は、あののっぺらぼうのまま残されたピエタに、道生は本当はどのような聖母マリアの姿を彫ろうとしたのだろうかという疑問を、初めて抱いたのであった。

（もしかしたら、藤原さんが彫れなかったということは、最後まで彼には、自分が彫りたいピエタの姿を掴み取ることができなかったということなのだろうか？）

ミラノからローマへ戻る列車の中で、真理夫はそんなことを考えていたのだった。音楽家である真理夫には絵画や彫刻の専門的なことはよく分からなかったけれど、それでもこの四つのミケランジェロのピエタを見ることができただけでも、少し高い金を払って一週間の旅行をした価値は十分あったと思えた。本物から感じる感動がそこにはあり、それは金では買えない尊いものであった。

ピエタに惹かれていくのを感じながら、真理夫は最近、自分の心の反応が聖母マリアに対してだけではなく、あらゆるものに対してずいぶん変わってきていることを感じた。一言で言えば、自分の心に情的なものが息づき始めたとでも言えばいいのだろうか。

この内面の変化は、聖母マリアの、「生まれて来る子は、私に生涯を捧げる人になるでしょう」という預言が司祭として生きることではなく、音楽家として生きることにおいてなされていくことなのではないかとエリカが言ってくれたことから始まっていた。

音楽家として、どのように聖母に生涯を捧げていくのか彼にはまだよく分からなかった。だがそれでもこうして、ミケランジェロの四つのピエタを見る旅をする中で、聖母マリアとも少しずつ心情的に関わり始めていることは、神学校を去ってからエリカに出会うまでの長い絶望の期間からは考えられない画期的な変化であった。

そういえば最近彼の作品や指揮に対して、好意的な評価が増えてきているような気がする。これまでも彼の音楽家としての才能自体にはそれなりの高い評価が与えられてはいたが、作曲家や指揮者としての感性については、あまりいい評価を聞いたことがなかった。「心が感じられない」などという厳しい批判をする人もいた。だが最近はそういう声はあまり聞かれなくなり、むしろ彼の音楽家としての感性のみずみずしさや繊細さを評価する声が出始めていた。

音楽家の表現する曲の美しさは、その内面と深く関わっているということは頭では分かっていても、それまでは、自己の内面と自分の音楽というものを真剣に結び付けて考えてはこなかった。いや、自分の内面に大問題を抱えていたため、それができなかったのだ。

しかし、こうして多くの優れた芸術作品に触れ、特にミケランジェロのピエタを見ながら、真理夫はそれらを制作した作者ミケランジェロの内的世界がその作品に大きな、いや決定的な影響を与えていることを認めざるを得なかったし、その内面を知りたいという欲求のようなものが湧いて来ているのを感じていた。そして彼自身もまた、純粋に自分の心の底から湧き上がってくる創作への衝動から生まれる本物の作品を生み出してみたいと思った。

今はもうこの世にはいない道生の「聖母マリア美術館」落成式の日のことが思い出されてきた。

（厭な奴だ）

彼の説教調のスピーチを聞きながら、真理夫は道生に対してそう感じたのだ。その後も彼は道生に対してあまりいい感情を持ってこなかった。道生がマスコミからいじめられ始めてから少しだけその嫌悪の気持ちが和らいだのだが、エリカから彼女に対する裏切り行為のことを聞かされて以来、以前にもまして彼のことが嫌いになった。

（そんな自分が、イタリアまで来て、藤原さんのことを思い出しているのだから、人生とは本当に分からないものだ）

真理夫はそう心の中でつぶやいた。

そのときだった。ホテルのベランダから見覚えのある女性がすぐ下の道を歩いているのが目に入った。実はこの一週間に、真理夫は奇妙な体験をしていた。それは四つのピエタを見たそれぞれの場所で、四回とも同じ日本人女性と出会ったことである。四度目にミラノで会ったとき、まさか今度は会わないだろうと思っていたのにまた会ったので、その出会い方のほぼあり得ない偶然性に、驚きだけではなく感動さえ覚えたほどであった。

その女性が、今またホテルの下を歩いているのだ。

彼女は真理夫より少し若そうで、丸いフレームのめがねをかけていた。その影響もあるのかどちらかというと微笑ましい顔つきというか人を優しい気持ちにさせるような、それでいてどこか愁いを含んだ表情をしており、エリカとはまた違った魅力的な顔立ちをしていた。そのコントラストがかえって彼女の不思議な魅力を醸し出しているようでもあった。

偶然がこれほど重なるとは、この女性との出会いには何らかの意味があるのではないかと真理夫は感じた。そして会ってどうするのか自分でも見当がつかなかったが、食事もそのままに、衝動的に、彼女を追いかけた。

しかし彼がホテルの玄関を出たときには、彼女の姿はすでに見えなかった。真理夫は女性が向かったと思われる方向に走って行って、ほうぼう探してみたが結局見つけることはできなかった。

そしてその日の夕方、真理夫は少し未練のような後味の悪さを感じながらも、エリカに会える希望を胸に、ローマのレオナルド・ダ・ヴィンチ空港から日本に向けて飛び立ったのであった。


離れていたのは短い期間だったが、日本に帰って再会したエリカは、前よりもずっときれいに見え、愛おしく思えた。そしてエリカとの日々が再び始まり、お互いが一つの目標に向かって進んでいることを感じながら、それなりに充実した日々を送っていた。

イタリアで五度も会って、その偶然とは思えない出会いに驚いた女性のことは、日本に帰ってからもしばらくは気にかかっていた。しかしエリカとの関わりを中心とした生活が戻ってくると、どこの誰かも知れず、会えるあてもない彼女のことは少しずつ真理夫の意識からも遠のき、やがて旅の思い出としてかすかな懐かしさを彼の心の片隅に留めるのみとなっていった。そして、真理夫はエリカとの穏やかな日々に幸せを見出していた。

(愛というものは、こうも人の心を変えることができるのか)

真理夫はエリカと接し始めてから自分の心の中に起こっている変化に非常に驚いていた。

あれほどニヒルで冷めていた自分の心が何か大きな力で揺り動かされているような、そんな気がした。自分の中にイエスやマリアに対する素直な気持ちが存在しているのだということにも気づくようになった。そして一度は忘れていたが、かつてそのような世界を自分が持っていたことが徐々に思い出されてきた。それはエリカの彼への愛なしにはあり得なかったことを思うと、彼女への感謝の思いが自然に湧き上がってくるのだった。

再会

ところが真理夫がイタリアから日本に帰国してから間もなく思わぬ出来事が起こった。それは沈丁花の香りがどこからともなく漂ってくる土曜日の午後のことであった。

真理夫は、大ホールでの演奏会の打ち合わせのために聖母マリア美術館を訪れ、次の音楽会社との約束に遅れないために道を急いでいた。

真理夫は一人の女性とすれ違って、ハッとして振り返った。

真理夫が振り返ると、ちょうどその女性も立ち止まって後ろを振り向いたところだった。二人の目と目が合った。あのイタリアで五度も偶然に会った女性に間違いなかった。

この京都での再会は、イタリアで会ったとき以上の衝撃だった。

彼は勇気を奮い起こして声をかけた。

「あのう、失礼ですが、イタリアで何度かお会いしたことがあるのを覚えておられますか？」

「はい、覚えています。ミケランジェロのピエタを見るときいつもお目にかかりましたわね」

女性も真理夫のことを覚えていた。

「あの時は本当にびっくりしました。五度も違う場所で行き合わせましたからね」

「はい、私もとても驚きました」

真理夫は軽くお辞儀をした。

「僕は高津真理夫といいます。音楽の教師をしています」

「谷川美香子です。図書館で働いています」

「あのう、今はちょっと急いでいますが、もしよろしければ日を改めて、一緒にお茶でもいかがでしょうか？」

真理夫は、変な奴だと誤解されるかもしれないと思いながらも、とっさにそう訊ねていた。

「そうですね……。いいですよ。なぜこんなに度々お会いするのか、私も不思議な御縁を感じますし」

厭な顔もしないで美香子がそう答えたので、真理夫はほっとして、次に会う時間と場所を決め、その場を離れた。


次の週の水曜日の夕方、真理夫と谷川美香子の二人は円山公園に隣接する長楽館という喫茶店で会っていた。公園は、人影も意外にまばらで、店内も静かだった。

近くでよく見ると、美香子の顔はかなり魅力的であった。ただ、初めて気がついたが、左の頬にかすかに傷跡のようなものがあった。

「高津さんは、どうしてミケランジェロのピエタを見に行かれたのですか？」

彼女の口調は単なる話の切り出しとしての質問というよりは、何か真剣な響きを伴っていた。

「いいえ、せっかく初めてイタリアに行くのに、公式行事の後、何も見ないまま帰るのはもったいないなと思ったんです。それで、集めたパンフレットの中に、『ピエタの謎を訪ねて』というのを見つけて、面白そうだったので気紛れで、ピエタを見て回るコースを組んだのです」

「ミケランジェロのピエタには、それまでも関心をお持ちだったのですか？」

「いいえ、それほどは……」

真理夫は、彼女が何者かまだよく分からないこともあり、本当のことを話すのをためらっていた。

「谷川さんは？」

今度は真理夫が、尋ねてみた。

「ええ、まあ……。以前お世話になった方から、ミケランジェロが生涯に四つのピエタを制作したというお話をうかがったことがあって、それ以来、一度見てみたいと思っていたんです」

「そうですか。ミケランジェロのピエタが引き合わせてくれた出会いなのですね」

それから二人は、ピエタやイタリアの印象などについて語り合った。共通の懐かしい場面が甦ってきた。それは、真理夫にとって、楽しいひとときであった。美香子もそのように感じているように真理夫には思えたが、ときたま寂しそうな表情が彼女の顔をよぎるのが気になった。

それ以来、真理夫は美香子とときどき会うようになった。エリカの苦しみを解放するためという思いを持って選んだミケランジェロのピエタの謎を訪ねた旅であり、その旅であまりにも頻繁に出会ったため、その意味を求めて美香子に会うことが、エリカへの愛に反しているとは思えなかった。

だが、その理由は自分でもよく分からなかったが、美香子に惹かれるものを感じていたことも事実であった。それはエリカに対するものとは全く違う感情であったが、何らかの感情であることには変わりなく、明確に区別がつけられない面も感じないわけではなかった。

誤解

美香子と知りあって一ヶ月ほど経った頃のことである。ある日真理夫は久しぶりに古い雑誌を整理していて、たまたまその中の一冊が目に止まった。それは日本の彫刻家を特集したもので、在りし日の道生も含まれていた。真理夫はその雑誌をソファに座って読み始めたのだが、ある写真を見てびっくりして、思わず声をあげてしまった。そこには道生と美香子が一緒に写っていたのだ。

（もしかしたら、谷川美香子さんがエリカさんの言っていた、藤原さんが「取り返しのつかない罪」を犯したかもしれない相手の女性なのだろうか⁉）

そんな思いが、瞬間的に頭をよぎった。

（もしそうなら、どうして彼女が、藤原さんの絵や彫刻が展示され、彼との思い出もあるであろう「聖母マリア美術館」近くを歩いていたかということも理解できる）

真理夫は自分の中にあった大切なものが失われて行くような気がして、呆然としていた。同時に彼はかなりショックを受けている自分自身の反応に驚いていた。それは意識してはいなかったが、彼にとってすでに美香子という存在が、自分が思っていた以上に大きな存在となっていることを示していたからである。

そしてその出会いに何らかの意味があるのではないかと感じ、大切に思い始めていた人が、道生を誘惑し、エリカの幸せを破壊した張本人かもしれないと思うと、彼の心は大きく乱れた。

(今僕が感じているような思いを、もしかしたら藤原さんもまた美香子さんに感じたのだろうか?)

そう思うと真理夫は、エリカを裏切った道生と同じような気がして、自分がとても嫌な人間に思えた。

(美香子さんには、そのような男性を惹きつける魔性のようなものがあるのだろうか?)

だが惹かれているとはいっても、もちろんエリカの存在のほうが真理夫にとっては大切だったし、異なった感情ではあった。しかし、もしそれがまったく見も知らない人であれば、こんな気持ちは味わわずに済んだかと思うと、美香子と出会ったことが、今では却って恨めしかった。

そして、あの雑誌の写真を見たときから、真理夫は美香子に対して以前のように自然に接することができなくなっていた。たった一枚の写真によって、彼女のイメージは彼の中で大きく変わってしまった。そのことについて何か話をした訳ではない。だが、美香子も真理夫の心の変化を敏感に感じるのか、二人の関係は少しずつぎくしゃくし始めた。

エリカの言葉をすべて信じれば、美香子はエリカと婚約までしていた道生を誘惑し、「取り返しのつかない罪」を犯させて二人の関係を破壊し、道生を自殺に追いやったとんでもない女性ということになる。もしそれが本当なら、真理夫が美香子と関わり続けることは、エリカの苦しみを解放したいと願った彼の思いとは全く逆のもので、彼女への背信行為であり、彼女をさらに深く傷つけ悲しませること以外の何物でもなかった。

美香子が本当にそういう人であるのなら、真理夫は少なくとも美香子とは会うべきではないのではないかと感じた。だが今まで彼が接してきた美香子の印象はエリカから聞いたものとは全く違っており、正直なところ真理夫はどうしていいか分からなかった。

エリカの言葉を信じようとすると、美香子と別れるべきだという思いが強くなった。そして、そう決意しようとすると、急に美香子がエリカから聞いたイメージの女性とは全く違う女性のような気がしてきて、彼女を疑った自分が冷たくひどい人間に思えて苦しくなった。逆に、ではエリカの言ったことが間違いなのかと考え出すと、エリカを信じていないような気がして心が痛んだ。そんな葛藤の中で、しばらくはとても苦しいときを送ったのであった。

だが美香子と会わないようにするにしても、真理夫は何らかの形で彼女に直接話を聞いてからにすべきではないかと思った。

そうは思っても、彼の質問に美香子が素直に答えてくれるかどうか不安だったことと、またその話を切り出すことで美香子を深く傷つけ、彼女との関わりが悲劇的な結末となってしまうかもしれないという恐れから、真理夫は何度も話を切り出そうとしては、なかなか言い出せずにいた。それでも、ようやく彼は決意をして、ある日、美香子に直接尋ねてみたのであった。

「今日はちょっと聞いておきたいことがあるんだけど」

真理夫は、緊張で少し上ずった声で切り出した。

「実は、先日ある雑誌を見ていたら、藤原道生さんと一緒に写っている君の写真を見つけて驚いたんだけど、以前から彼と親しかったの？」

顔を少しこわばらせながら、美香子はゆっくりうなずいた。

（やはり、美香子さんが、藤原さんと何らかの関わりのあった女性であり、ピエタを破壊した犯人だったんだ）

真理夫はそう思いながら、全身の力が抜けて行くのを感じていた。だがそれだけでは、「取り返しのつかない罪」を道生に犯させた人であるということには直接つながらないように彼には思えた。それで気を取り直して美香子が傷つかないように慎重に言葉を選びながら、

「君は、藤原さんにとって婚約者のエリカさんはどういう人だと思っていたの？」

と尋ねてみた。

「どうしてそんなこと聞くの？」

「い、いや、別に深い意味はないんだけど。答えたくなければいいんだよ。ちょっと気になっただけだから」

「別に答えたくないわけじゃないけど……。まあいいわ。どういう人って、エリカさんは藤原さんの婚約者で、藤原さんはエリカさんのことをとても大切にしていたわよ。少ししか話は聞かなかったけ

ど、そのわずかの言葉から彼がそう思っていることが伝わってきたわ」

真理夫はこの言葉を聞いて、美香子が道生と恋愛関係にあり、「取り返しのつかないような罪」を彼に犯させるような人ではないことが明らかになったように感じられた。そして彼女がそういう人ではなかったということが分かって、なぜか嬉しく、とても救われたような気がした。

「どうかしたの？」

「いや、何でもないよ。……最後に一つだけ聞いてもいい？」

そう言って彼は、もしかしたら美香子が心を閉ざして答えてくれないかもしれない質問をした。そのために、声が緊張のあまり少しふるえてしまった。

「藤原道生さんのピエタのレプリカを傷つけた犯人というのは、君のことだったの？」

真理夫はじっと相手の目を見た。表情の少しの変化も見逃さないように。

美香子は真理夫の言葉を聞いて、驚愕して大きく目を見張った。なんで、この人はそのことを知っているのだろうというように。美香子は、心を落ち着かせるようにテーブルの上の紅茶のカップを手に取った。カップが無機質な音をたてた。

「ええ、そうよ。……でも、それは藤原さんと婚約者の花山エリカさんしか知らないはずなのに……。どうして高津さんが知っているの？　まさか……」

迷っているかのように口にはこんでいたカップを急に止めた。美香子は、何かを必死で考えようとしているようだった。そしてしばらく逡巡して紅茶のカップを皿に戻した。それから何か思い当たったように、突然、澄んだ瞳を輝かせた。

「もしかして、あなたは花山エリカさんを知っているの？」

少し嬉しそうに美香子がそう聞いてきたものだから、真理夫はちょっと戸惑ってしまった。

「私に近づいたのはそのことがあったからなのね」と、美香子が騙されていたと誤解して激昂するかもしれないと思っていたのだ。場合によっては、罵倒され紅茶を浴びせかけられるかもしれないとさえ覚悟していたので、彼は美香子の嬉しそうな顔が信じられずに口ごもった。

「う、うん、そうなんだ。黙っていて悪かったけど、僕はエリカさんのお父さんが経営をしている聖母マリア美術館で演奏の指揮をしたことなどがきっかけで、エリカさんと知り合って、付き合うようになったんだ」

「そうだったの。じゃ、もしかして、聖母マリア美術館の落成式のときに、ペルゴレージの『スターバト・マーテル』を指揮した音楽家というのは高津さんのことだったの？」

美香子が、また嬉しそうにそう尋ねた。

「それは、僕だったんだけど、それがどうかしたの？」

「とても若くて優秀な音楽家が、ペルゴレージの『スターバト・マーテル』を完璧に指揮したって藤原さんが言っていたの。だから、一度会いたいと思っていたのよ。そして、もしかしたら、イタリアで会ったのもそんな私の願いを神様が叶えて下さったのかもしれないという気がして……。それで嬉しかったの」

真理夫は美香子のその言葉に大きなショックを受けた。それは自分が道生に対してあまりいい感情を持っていなかったので、当然彼も真理夫のことを好きではないと思っていたからである。そしてエリカからも言われて、気になっていた言葉を思い出した。

「僕に何かあったときは、高津君に相談してみてほしい」

未だにその意味は分からなかったが、美香子の言葉を聞いて、道生の彼に対する気持ちを全く誤解していたことを改めて認めざるを得なかった。

（藤原さんは僕のことをそんなふうに思ってくれていたのか）

この一連のやり取りで、真理夫には美香子が道生と男女関係にあったとはもはや考えられなくなっていた。たとえ愛するエリカの言うことであったとしても、それはあり得ないと思った。そしてむしろ、この美香子との出会いには、何かもっと別の深い意味があるようなそんな気持ちがしてきたのであった。

エリカへの想い

美香子と話をしてから、真理夫は美香子から聞いた話とエリカから聞いた話の間に矛盾があることをどのように理解したらいいのかと考えていた。

（もし美香子さんが言っていたことを素直に信じれば、藤原さんはエリカさんを愛し続けていたことになる。そして藤原さんと美香子さんは恋愛関係でも何でもなく、藤原さんはエリカさんを裏切っていなかったということになってしまう)

これは、エリカが言っていたことと完全に矛盾することであった。

(藤原さんと美香子さんとの間が恋愛関係でなかったのだとすれば、今まで僕が信じてきたエリカさんの言葉は偽りだということなのだろうか?)

だが、どう考えてもエリカが真理夫に嘘をついていたとは考えられなかった。そうかと言って美香子が偽りを語ったようにも思えなくなっていた。どちらも本当のことを言っているのだとすれば、そこには一つの可能性しかなかった。

(もし美香子さんの言うことが本当だとして、また、エリカさんが嘘を言っていないとすれば、エリカさんは藤原さんと美香子さんの関係を誤解していたということになる。でも考えてみれば、こういう誤解はごく当たり前に起こることで珍しいことではないのではないだろうか?)

そして、もしエリカが道生のことを誤解しているのなら、それはエリカにとって極めて深刻な誤解と言えた。

エリカにとってそれが誤解であったということを認めることは、一旦道生を疑った立場からは大変辛く困難なことであるのかもしれない。しかし、もしそれが誤解であれば、それは解かれなければならない誤りであった。このままエリカが誤解したままでは、彼女があまりにも可哀そうな気がしたし、また自殺した道生も浮かばれないような気がして、真理夫の心は痛んだ。

道生はすでにこの世の人ではなく、二人が和解して関わりを取り戻すということはすでに叶わなかった。だが誤解が解けて、道生が彼女のことを変わらず愛していたことを知ることは、これからのエリカの人生を左右するほど重要なことであるように真理夫には思えた。

（藤原さんと美香子さんは恋愛関係にはなく、藤原さんのエリカさんに対する愛に変化はなかったのだから、ずっと二人が男女関係にあったと思い込んでいるエリカさんの誤解を解いてあげなければならない。いや解いてあげたい）

真理夫はそう強く思い始めていた。だがある意味でそれは、彼にとって辛いことでもあった。なぜなら、エリカは道生が彼女のことを裏切ったと思って、彼のことを忘れようとし、また真理夫との関係に新たな希望を見出そうとしていることは確かなことだったからである。

（もし、今、エリカさんの藤原さんに対する誤解を解き、藤原さんが彼女を愛し続けていたことを知ったとするなら、エリカさんは僕のことを今までと変わらずに愛し続けることができるだろうか？）

そう思うと真理夫の心は揺れるのだった。だが彼は、

（それでもいいのではないか）

と思った。そしてそのように思える自分が嬉しかった。それは彼のエリカへの愛が純粋なものであると感じることができたからかもしれない。

（藤原さんがエリカさんを愛し続けていたという事実を知らせてあげたい）

真理夫は心の底からそう思った。しかし真理夫はエリカに話す前にもっとよく状況を知っておく必

要があると思った。というのは、新たな疑問が彼の中に湧いて来ていたからである。

（もし、エリカさんが誤解していて、藤原さんが美香子さんとは恋愛関係ではなかったのだとしたら、じゃあ一体、藤原さんの自殺の理由は何だったのだろう？）

エリカに話すのは、そのような疑問がある程度解けてからにしたほうがいいと感じた。そして、その疑問に対して何らかのヒントを与えてくれそうなのは、道生と関わりのあった美香子しかいないように真理夫には思えた。

十章　贈り物

マリアへの憎しみ

次の週の日曜日の午後、真理夫は、道生の自殺の原因を探るために美香子に会い、彼女がどうして道生のピエタを破壊したのかを尋ねた。美香子はその問いに答えるために、まず、自分の生い立ちについて話してくれた。

彼女はクリスチャンではなかったし、両親も多くの日本人がそうであるようにこれと言って宗教は信じておらず、ごく一般のサラリーマン家庭に育った。だが、彼女もまた不思議な運命の糸で聖母マリアと結び付けられていたのだ。

美香子は幼い頃、母がよく行き来していた近所の市木家の二歳年上の男の子、耀介ととても仲がよく、近くにあったカトリック教会の敷地でたびたび遊んでいた。教会の裏庭にはカトリックの教会や修道院などによく見られる洞窟のようなものがあり、その入口の上には、小柄な女性の背丈ほどのマリアの石像が立っていた。その場所は、「私は無原罪の御宿りです」と聖母マリアが出現したことで知られているフランスのルルドに因んで「ルルド」と呼ばれていた。

美香子が五歳のときのことであった。「ルルド」の近くでは遊んではいけないと言われていたので、普段は他のところで遊ぶようにしていたのだが、その日に限って年上の子供たちに混じって彼女もそこで遊んでいた。ところがそのとき、運悪く強い地震が起こった。地面が突然激しく揺れて、その洞窟が崩れ始めた。子供たちは驚いてすぐに逃げたが、石につまずいて倒れ、逃げ遅れてしまった美香子の上に、マリア像が倒れ落ちてきたのだ。

上から落ちてくる石の塊を美香子はとっさによけようとしたがよけきれず、それに当たって死ぬかもしれないと諦めて目をつむった瞬間、何かが彼女の上に覆いかぶさってきた。マリアの像が美香子の体を潰そうというその瞬間に、耀介が彼女を庇おうとして自分の体を投げ出したのである。

美香子は左頬に鋭い痛みを感じると同時にゴンという鈍い音を聞いた。壊れたマリア像の右腕が当たって頬が切れ、赤いものが飛び散っていた。周りに飛び散った自らの血と、手の上にぬるぬるした赤いものが流れ落ちてくるのを見て驚いた彼女は恐ろしくなり、声をあげて泣き出した。

「こらーっ！　ここで遊んではいかんと言っただろう！」

教会の滝本昭神父が美香子の泣き声と子供たちの騒ぐ声を聞きつけあわてて飛んできた。

「な、なんということだ！」

マリア像が片腕を失って地面にころがっており、そのマリア像の近くに、頭から血を流して倒れている男の子と、彼に守られるようにしてその下敷きになって顔から血を流して泣いている女の子を見て、神父は起こった出来事の深刻さを悟った。すぐに子供たちを助け起こそうとしたが、男の子は意識を失っていて動かなかった。

耀介の下から助け出された美香子は、そのとき初めて自分が聞いたゴンという音が何を意味していたのかを理解した。美香子は自分が顔から血を流していることも忘れて耀介の体にしがみついて、大声をあげて泣いた。

神父は急いで司祭館に駆け込んで電話で救急車を呼んで戻り、持っていたハンカチで彼女の傷口から流れる血を止めてやろうと、美香子を耀介の体から引き離そうとした。しかし彼女は、耀介から離れようとしなかった。

泣きながら彼女は、マリアに対する激しい憎しみの思いが自分の心に沸き上がるのを感じていた。これが美香子とマリアとの初めての出会いであった。

「マリア様のせいだ！　マリア様のせいで耀介ちゃんは死んだんだ！　マリア様が耀介ちゃんを殺したんだ！」

美香子が泣きじゃくりながらそう叫んだとき、神父は心が凍り付くような気持ちがした。

「耀介君は、意識を失ってはいるけれどまだ生きているよ」

その神父の言葉に美香子は救われたように我に返ったが、すぐに訊ねた。

「でも、死ぬかもしれないんでしょ？」

「それはなんとも言えないけど、きっと大丈夫だよ」

（一体何が起こっているのだろう。よりによって、我々を守って下さるはずのマリア様の御像によって、一人の子供が意識不明になるような悲惨な事故が起こるなんて）

神父は心が暗くなるのだった。

（思えば、こんな幼い子が、自分のために友達が犠牲になったことをまともに受け止められるはずはないのかもしれない。マリア様のせいにしなければ、きっとその矛先は自分に向かって来て耐えられないのだろう）

そう思うと、少女が哀れであった。

「耀介君がこうなったのは、決してあんたのせいじゃないよ」

神父は優しい声でそう語りかけた。

だが美香子は、神父が何を言っているのか理解できないらしく、

「マリア様のせいよ！　マリア様のせいで、耀介ちゃんは死にそうなんだ！」

と何かにとりつかれた様に繰り返すだけであった。

救急車で病院に運ばれた耀介は、命は取り留めたものの、それ以後意識が回復することはなかった。

美香子の頬の傷はやがて時の経過とともに癒えて行ったが、かなり深かったこともあり跡が残った。その傷跡のため、彼女はずっと虐められ続けたのである。醜い奴と罵られ、お化けのようだと嘲られ、気持ち悪いと笑われた。まだ小学一年生の女の子にとって、拷問のような残酷で辛く悲しい日々が続

いた。

ある日の午後、学校からの帰り道、美香子はまた上級生の男の子たち三人から虐められていた。

(こんなとき、耀介ちゃんがいてくれたら、守ってくれたのに……)

そう思いながら、美香子は無性に悲しかった。

ところがそのとき突然、耀介と同じ年頃の男の子が、

「その子を虐めるのはやめろよ！」

と美香子を助けようとして飛び出してきたのだ。

「何だとー！　お前、代わりにやられたいのか!?」

相手は三人だったこともあり、美香子を助けようとした男の子は、たちまち、ボコボコに殴られてしまった。虐めていた三人の男の子が去った後、倒れていた男の子は起きあがると、ばつが悪そうに美香子にニコッと笑った。見かけない顔であったが、美香子は、その見知らぬ男の子が彼女のためにしてくれたことがとても嬉しかった。

「ありがとう。血が出てるよ。これで拭いて」

と言ってハンカチを渡した。男の子はハンカチを受け取るのをためらっていたが、美香子が、

「返さなくていいから」

と言うと、黙って受け取って唇の血を拭き、

「じゃあね」

と言って去って行った。

その後二度と彼の顔を見ることはなかったし、やがてその男の子の顔も忘れてしまった。だがこの場面だけは、悲しく暗かった幼い日々の中でさわやかな思い出として残っていた。

顔の傷は時間が経つに従って少しずつその跡は目立たなくなっていった。だがそれとは逆に、心につけられた傷は時間が経つにつれて彼女の心の奥を更に深くえぐり続けた。そして市木耀介を死んだも同然の状態にし、自分をこのような苦しい目に遭わせたマリアに対して、憎しみと恨みの感情が、ときには激しく彼女の心の中に燃え上がった。

「あの像さえ落ちてこなければ」

それが聖母マリアのせいでないことは年齢が進むにつれて、頭では分かり始めていたが、そう思うしか自分を責める苦しみから逃れる道がなかったのだ。

あの像が単なる石の塊であったなら、そうは思わなかったのかもしれない。だが多くの人が慕って敬い、その前で祈り、願い事をしている聖母マリアの像であったため、それは像というよりは何か人格的な存在のように感じられたのだ。

成長するに従って傷跡も少しずつ目立たなくなり、虐められる回数も減って行ったが、このマリアに対する恨みと憎しみの思いだけは、小学校を終えて中学生になっても、美香子の心の底に残り続けた。

醜いマリア

ところが、高校に入って間もなく、それほどひどくマリアを嫌っていた美香子に、聖母マリアが現れて語りかけたのである。

その声は美香子にだけ聞こえて、他の人には聞こえなかった。最初はおぼろげにしか聞こえず、その音が何か分からなかった。それが人の声だとは思わなかったし、気のせいだと思っていた。だが、何度も聞いて慣れてくると、その声は少しずつ言葉となって聞こえてきた。そしてその声は確かに自分をマリアと言っていたのだ。

それは美香子がいつものように学校から帰って来たときのことだった。彼女は着替えもせずにベッドに身を投げ出した。無性に悔しかった。授業にも慣れてきた頃だったが、その日、自分の傷跡について噂する生徒たちの声を偶然聞いてしまったのだ。それは美香子の心の傷を激しくえぐり出した。

「ねえ、谷川美香子っていうネクラの子の顔見たでしょう？　あの子、子供のときにケガをして顔に傷つけたのよ。一緒にいた男の子は今でも意識が戻らないんだって。それなのに、あの子って平気な顔をして学校に通って来るんだね。私だったら辛くてできないわ」

煮えくりかえるような怒りと恥ずかしさの中で、美香子は人知れず悔し涙を流した。

（これもすべて、あのマリアのせいだ！）

美香子はくちびるを噛みしめながら、天井の木目を見つめ、それがマリアの顔であるかのように激しく睨んだ。

あの声を彼女が聞いたのはちょうどそのときであった。

「美香子、私はイエスの母マリアです」

優しい口調だった。だがマリアという名前がはっきりと聞き分けられるや否や、彼女の心にいくつもの辛かった場面が甦り、憎しみの思いが湧き上がってきた。

「私があんたのためにどれほど苦しめられてきたか分かっているの⁉」

「ええ、分かっています」

「嘘よ！　あんたになんか分かるはずがないわ！　一体、私に何の用があるのよ⁉」

美香子は如何にも忌々しそうに言った。そう言いながら、自分の中にそんなに激しい感情があったことに自分でも驚いた。

「あなたに贈り物をしたいのです」

女性の声は、美香子の憎しみに満ちた声が聞こえていないかのように、優しくそう言うのだった。

「贈り物ですって⁉　そんなものいらないから、耀介ちゃんを返してよ！　私の顔をもとに戻して！　そして、失われた私の時間を返して！」

声の主は黙っていた。

「それはできないって言うのね。きれいなあんたに、こんな醜い私の気持ちなんて分かる訳ない！　そんなあんたからの贈り物なんていらないわ！」

「私の贈り物を、あなたはきっと気に入ります」

（私が気にいる贈り物って何だろう？　私は何も欲しくなんかないのに）

「あなたは何も欲しくないと思っているでしょ。でもこれはあなたが欲しいものです。その贈り物を受け取れば、私があなたのことを分かっていることが理解できるでしょう」

美香子はマリアが自分の心の動きが分かっているような気がしてちょっとあわてたが、そのマリアの言葉がとても気になった。

「分かったわ。でもその贈り物を私が気にいらなかったら、美しいあなたに、醜い私の気持ちなど理解できないということをあなたは認めることになるのよ」

「きっと気に入ります」

「じゃあ、言ってみなさいよ。私が気にいる贈り物って何なのか言ってみなさいよ」

「それは、『醜い私、醜いマリア』です。私も醜いからあなたの苦しみが分かるのです」

マリアの声が美香子の心に静かにこだました。思ってもみなかったマリアの言葉に美香子は一瞬とても驚いた。だがすぐに美しいマリアの絵や像がいくつも心に浮かんできた。そしてかえって自分を馬鹿にされたような気がして腹が立った。

「『醜い私、醜いマリア』……。あんたが醜いですって！　いい加減にしてよ！　世界中のどこに、あんたを醜いって思う人がいるの！　それに、どうしてそれが私への贈り物になるのよ！　……あんた私を馬鹿にしてるの⁉　あんたなんか大嫌いなんだから、私の前から消えてよ！」

そう叫ぶと彼女は、少し仕返しができたような気分になって、悪い気持ちはしなかった。

「いつか分かるときが来るでしょう」

その言葉を最後にマリアの声は、聞こえなくなった。

「誰なのだろう？　イエスの母マリアとは言ってたけど……。一体何が分かるというのかしら？」

声は確かに聞こえたのだが、美香子は自分に語りかけた声の主が、本当の聖母マリアとは信じられなかった。そのことが現実に起こったのかどうかも半信半疑であった。

そして何もなかったかのように時は過ぎていき、やがてそのことは美香子の記憶からも消えようとしていた。だが、二年ほど経ってからのことである。美香子はマリアがそのとき語った言葉が嘘ではなかったことを知らされることになるのだった。

それは高校の修学旅行で長崎に行く少し前のことで、美香子は友達の中川奈津子の家に遊びに行っていた。

「見て、見て！　これすごく気持ち悪いと思わない？」

奈津子が如何にも気持ち悪そうに見せてくれたその雑誌の写真には、確かに「醜いマリア」が写っていたのである。その不気味なマリアは「被爆マリア」と呼ばれるもので、原爆によって焼けただれた、顔だけのマリア像であった。それまで美しい聖母マリアの絵や像しか見たことのなかった美香子には、初めて見たその醜く焼けただれた「被爆マリア」は、大きな衝撃であった。

（あったんだ。……醜いマリア像。本当にあったんだ……）

あれから二年間、何事もなく、マリアの声を聞くこともなかった。そして美香子はすでにそんなことがあったことも忘れかけていたのだ。だが彼女は「被爆マリア」の醜い異様な顔の写真を見た瞬間、二年前に自分に現れたイエスの母マリアと名乗った女性が語った言葉が嘘ではなかったことを感じて背筋がゾクッとした。

（「私も醜いのです」とあの女の人が言ったことは本当だった……）

やがて修学旅行の日が来た。生徒たちは少人数のグループに分かれて、それぞれ長崎の観光名所のいくつかを巡っていた。美香子は、彼女のグループのみんなと一緒に訪れた浦上天主堂で、実物の「被爆マリア」と出会ったのである。

今でこそ、浦上のカトリック教会は、日曜日のミサに参加する人の数が日本で一番多い大きな教会であり、またローマ教皇ヨハネ・パウロ二世が一九八一年に来日の折に訪問した教会としても知られている。しかしこの教会の信徒たちが辿った道のりは、決して平坦なものではなく、苦難に満ちたものであった。

浦上は、長い間隠れキリシタンたちが潜伏していたところである。彼ら隠れキリシタンたちは、二百五十年間、七代にわたって宣教師の指導も受けず、信徒たちだけで信仰を保ち続けてきたのだ。

毎年、年初めには、イエス・キリストや聖母マリアの絵や版画を踏ませてキリシタンを見つける絵踏が行われた。絵踏は最初は転びキリシタンに転びの証明として、またはキリシタンを転ばせるために行われたが、次第にキリシタン摘発の手段となっていった。絵踏の効果は踏んだことで極度の挫折感を与え、キリシタンに立ち返ることができないようにすることにあった。もし踏み絵を踏まなければ、捕らえられ、過酷な拷問と死が待っていた。

隠れキリシタンたちは、生き残るために仕方なく、イエスを裏切る苦しみと痛みを感じ、心の中で申し訳なさに泣きながら、イエスやマリアが描かれた絵や版画を、踏まざるを得なかった。

それはキリスト教を信じない者たちにとっては、単なる絵や版画にすぎなかった。しかしキリシタンたちにとっては、彼らが踏んだのはイエスとマリアそのものだったのだ。それゆえ、家に帰ってから彼らは、イエスを裏切り再び十字架に磔にした自らの罪に対する悔い改めの祈りを涙ながらに唱えたのである。

やがて鎖国が解かれ、一八五八年に安政五ヶ国条約が結ばれると、日本国内における外国人居留地とそこでの外国人に限ってのみキリスト教信仰が認められるようになり、一八六五年にはパリ外国宣教会によって長崎の大浦に教会が建てられた。

この最も新しい国宝で、国宝の中で唯一の西洋建築である大浦天主堂は、正式名を日本二十六聖殉教者聖堂という。長崎の人たちはその教会をフランス寺と呼び、珍しがって見物に訪れた。

大浦天主堂には、フランスから持ってこられたマリア像が安置されていたが、このマリア像が二百五十年のときを越えて、世界中をあっと驚かせる感動的な出会いを仲介することになるのだった。

「ここにおります私達はみな貴方様と同じ心でございます。……サンタ・マリアのお像はどこ？」

浦上から大浦天主堂を訪れていた十五人の中の一人の婦人が、フランス人神父にそう囁いた。一八六五年三月十七日のことであった。

マリアについて浦上の杉本ゆりが、プチジャン神父に質問したのには深い理由があった。厳しい迫害下で信仰を守るために浦上の人々はある言い伝えを信仰の支えとしてきた。それは「七代経ったら独身のパードレ（神父）様が、サンタ・マリアの像を持ってローマから船に乗ってやってくる」という伝承であった。

日本人には依然としてキリスト教信仰は禁止され、見つかれば命の危険があった。そのため、杉本ゆりは大変な覚悟と、先祖たちが代々言い伝えてきたその伝承が今まさに実現するかもしれないという期待の入り混じった心で恐る恐る尋ねたのであった。

正月ごとの絵踏、キリシタン密告者への懸賞金の授与、治安維持と年貢徴収のための連帯責任制度をキリシタン摘発の相互監視と密告のために利用したりするなど、極めて厳しい監視の中、二百五十年という長い期間にわたって彼らがキリスト教の信仰を保ち得るなどということは常識では考えられない不可能なことであった。

開国後、禁教下にある日本で、キリスト教の再布教と隠れキリシタンの発見という使命を与えられて日本に入国したパリ外国宣教会のほとんどの宣教師たちにとっても、かすかな希望は持っていたかもしれないが、キリシタンが残っていると本当に信じていた人は少なかったに違いない。

だからこそ他に例を見ないこの出来事は、当時の教皇ピウス九世をして「東洋の奇蹟」と言わしめ、世界中のクリスチャンたちに衝撃と感動を与えたのである。

だがこの信徒発見の奇蹟は、日本という国が国家的にイエス・キリストを拒み、キリスト教を迫害してきたその迫害の仕方が世界に例を見ないほど長期にわたるものであり、また残虐で過酷なものであったということと表裏をなしていることを忘れてはならないであろう。

日本はクリスチャンが人口の一パーセントしかいない、非キリスト教国である。だがそれは、このような背景を知ってみたとき、キリスト教と関わりがないということを意味するものではなく、そのような厳しい迫害の結果そうなったということなのだ。そういう意味では、その迫害の原因が、キリスト教の教理や宣教の仕方に問題があったのか、あるいは当時の日本の為政者の不理解のためであったのかは別にして、逆に負の意味において、日本はキリスト教と深く関わっていると言えるのかもしれない。

喜びも束の間。皮肉なことに、このマリア像が仲介した「信徒発見」の出来事は、キリシタンの再弾圧へとつながっていった。そして弾圧は以前よりもさらに過酷さを極め、明治維新以後も続いた。

一八六八年から七三年にかけて、浦上の三千四百十四人のキリシタンが名古屋や富山以西二十カ所に流罪にされた。彼らは流刑先でおびただしい拷問や刑罰を加えられ続けた。火責め、水責め、雪責め、氷責め、箱詰め、飢餓拷問、磔、親の目前でその子を拷問するなどその陰湿さと残虐さは江戸時代に優るとも劣らないものであった。そしてついには三千四百十四人のうち六百六十四人が帰らぬ人となった。これがいわゆる「浦上四番崩れ」と呼ばれる幕末から明治にかけての大迫害である。

日本政府のこの残虐なキリシタン迫害は西欧諸国から非人道的だと激しく非難されるようになった。このまま非難を放置すれば、不平等条約改正の致命的な妨げになることを思い知らされた明治政府は、ついに一八七三年、キリシタン禁令の高札を撤去し、信徒は釈放され帰還した。ここに日本におけるキリスト教の信教の自由が認められるようになったのである。その背後に、浦上の名もないキリシタンたちの苦難と犠牲、そして忍耐と信仰があったことはほとんど知られてはいない。

だが、そのような苦難の道を歩んできた長崎浦上のクリスチャンたちは、浦上地区上空に投下された原爆によって、更なる受難をこうむった。原爆投下の第一目標は当時の小倉市であった。しかし天候不順など様々な要因が偶発的に重なって、第二目標の長崎市に落とされたのである。

一万二千人の信徒のうち、実に八千五百人が原爆によって亡くなった。この苦難を彼らは「浦上五番崩れ」と呼ぶ。「被爆マリア」はまさに、そのような浦上のクリスチャンたちが辿ってきた受難と悲しみの姿を映し出すかのように、その焼けただれた痛々しい顔を人々の前に晒している。

（なんて醜く気持ち悪いのだろう）

被爆マリアの写真を初めて目にしたとき、美香子はそう思った。そしてそれは、自分自身が醜いと言われ気持ち悪いと怖がられた過去のトラウマと重なったため、忘れていた悲しみをえぐり出されるようで、見るのが怖くなって目をそらせたのだった。できればもう過去のことは思い出したくなかったし、関わりたくなかった。

だがそれと同時に、美香子はなぜかその「被爆マリア」に不思議な親しみを感じた。それは、自分よりも醜い「被爆マリア」に優越感を感じたためなのか、それとも自分と同じ悲しみを背負った共通の運命をそこに感じ取ったからか、彼女にも定かではなかった。見たくないのに、それでいて見たいような奇妙な感覚であった。それで、避けようと思えば避けられたのだが、あえて「被爆マリア」の見学が含まれたコースを選んだのである。

「被爆マリア」はもともと、スペインの画家モリーニョが描いた『無原罪の御宿り』の絵をもとに彫られた木彫りの美しい像であり、イタリアから輸入され、破壊される前の浦上天主堂の祭壇に安置されていたものである。だが原爆被災によってそのマリア像も破壊され、廃墟となった天主堂の瓦礫の下に首から上だけが焼け焦げて埋もれていた。幼い頃をその天主堂で過ごした復員兵で、北海道の修道院に帰る途中の野口嘉右ェ門神父がその場所を訪れたのは、その年の十月のことであった。

野口神父は原爆で廃墟と化した故郷の浦上の焼け跡で祈りを捧げているとき、瓦礫の下から自分を見つめている焼けただれた顔に気づいたのだった。それは天主堂の祭壇に置かれていた懐かしい聖母の変わり果てた姿であった。彼はその顔だけのマリア像を北海道の修道院の自室に持ち帰り、ずっと毎日その前で祈り続けてきた。しかし一九七五年、原爆投下三十周年にあたり、このような尊いものを自分だけのものにしておくことに心が痛み、浦上天主堂に返還したのである。今では世界遺産登録を目指し、平和のシンボルとして世界のあちこちを旅することも多いが、普段は浦上天主堂の「被爆マリア」聖堂に安置されている。

初めて「被爆マリア」の写真を見たとき、なぜ美しいマリアではなく、この醜いマリアを見るために多くの人々が訪れるのか美香子には理解できなかった。ところが「被爆マリア」を実際に初めて自分の目で見たとき、彼女は最初写真で見たときのような醜さや恐ろしさをほとんど感じなかった。どう表現していいか分からなかったが、むしろそれを見つめていると心が落ち着いてくるのを感じたのである。

美香子は他の生徒たちが天主堂の他の場所を見学するために立ち去ってからも、「被爆マリア」が安置されているその小さなチャペルに留まって、ただじっとマリアの顔を見つめていた。

（なぜ、ここにいると心が落ち着くのだろう？）

その場を離れたくない思いさえ感じていた美香子は、時間が来たので仲間に合流するために、その気持ちを振り切るようにして、浦上天主堂の坂を足早に下ったのであった。

実際に「被爆マリア」に出会ってからしばらく経ったある日、美香子は鏡に顔を映すたびに感じていたあのマリアへの憎しみと恨みの思いが以前よりも心なしか薄れていることに気づいた。もちろん憎しみが全く消えたという訳ではない。ただ少しだけ軽くなったような気がしただけのことである。

だがそれでもこのことは彼女にとって非常に大きな出来事であった。

（これがあの人が言っていた「贈り物」なのだろうか？）

美香子は、「醜い私、醜いマリア」を彼女への贈り物として与えたいと言った女性の言葉を思い出していた。

（彼女が贈りたいと言った「醜いマリア」こそ、この「被爆マリア」のことだったんだ……）

その後、美香子はいろいろな聖母マリアの絵や像について調べてみた。中にはその頬に回教徒が攻めてきたときに剣で傷をつけられたポーランドのチェンストホヴァの聖母マリアなどがあることも知った。またそれぞれの国には様々なマリア、中には黒いマリアなども存在することが分かった。それは、今まで知っていた西洋的な白人の顔をしたマリアとはまた違う美しさを持っていた。

（多様な美しさがあるんだ）

美香子は外面的には醜いあの「被爆マリア」の前にいながら、その内側から放たれる目には見えない美の輝きに触れ、その場を離れたくない思いを感じた経験から、そのことを教えられたような気がした。そう思うと、最初はその醜さに気味悪さを感じた「被爆マリア」が、聖母マリアからの贈り物だという思いが一層強まっていくのを感じるのだった。

そして、聖母マリアがくれた贈り物は、彼女が長い間背負い続けてきた苦しみを少しずつ癒していた。それにつれて美香子は、マリアへの否定的な気持ちが徐々に和らいでいくのを感じていた。そしてあれほど恨み憎んでいたマリアという存在に対して、慕わしさとでもいうのだろうか、そのような思いが芽生え始めていた。

（もしかして、本当のマリア様なの？）

この「イエスの母マリア」という声の主が、もしかしたら本当の聖母マリアかもしれないという気持ちは、彼女の心の中で日を追うごとに深くなっていった。

（マリア様がクリスチャンでもないこんな私に現れ、贈り物を下さった）

そう思うと美香子は嬉しくなった。そして、呪われているように感じていた自分の人生が、そうではなかったのかもしれないという思いがし始めてきた。

誰も信じてくれない

聖母マリアが現れて語りかけたことは、幻や夢ではなく、実際にあったことだと美香子は信じつつあった。長い間苦しめられてきたトラウマから彼女が解き放たれつつあること、さらに長い間ずっと彼女の中に存在し続けてきた、激しいマリアへの憎しみや恨みの思いが和らいで来ていることは、彼女の身に現実に起こっている確かな出来事であった。そしていつも絶望の闇に覆われていた彼女の心に、希望の光が射し始めたのではないかと感じさせてくれたことは、聖母マリアからの贈り物以外にはあり得ないと思えたのだ。

美香子は、自分の身に起こったこの不思議な体験を両親に話してみたかった。彼女の両親は宗教は信じていなかったが善良な人たちで、美香子にも優しく、家族はマリア像が倒れるあの事件が起こるまではそれなりに幸せであった。

あの事件以後、家庭の状況は内外共に一変してしまった。美香子の心が暗い闇に覆われてしまったように、谷川家にも暗い影が入り込んできた。両親はできるだけ明るく振る舞おうとしたが、市木耀介が意識を失ったまま治る見込みのない状態がずっと続いていることが、余計に彼らの心を重く圧していた。美香子のせいでないことは分かっていたし、耀介の両親からも繰り返しそう言われてはいたが、気にしないことなどできるはずがなかった。母の祐美子は、あのとき、美香子をどうして遊びに行かせてしまったのかと自分を責め続けてきた。それは谷川家にとってどこまで続くのか出口が見えない暗くて長いトンネルの日々であった。

ところが祐美子はここ最近、娘の美香子が少し明るくなったような気がしていた。その元気そうに見える美香子の姿を見つめながら、彼女はとても嬉しかった。だが嬉しい半面、もう一方では、美香子だけが元気になっていくことに申し訳ない気持ちを感じたりもするのだった。さまざまな思いが心の中に渦巻いてはいたが、しかしそれでも、長い間笑顔らしい笑顔を見せたことのなかった美香子の顔に、自然な笑みがこぼれるのは、何もなかった荒れ地に美しい花が咲いたかのような明るさを家の中にもたらすものであった。

美香子の自然な微笑みを忘れかけ、それはもう二度と見られないかもしれないと諦めにも似た気持ちでいた両親にとって、美香子の身に何が起こったのか知りたくないはずはなかった。時の流れだけが、彼女の心の傷を癒したのだとは到底思えなかったからである。

当の美香子も両親に、自分に起こったことを話したかったのだから、その機会は極自然な流れである日の夕食時に訪れた。

「最近、少し明るい顔をしてるけど、何かいいことでもあったのかい？」

父親の雄介が、祐美子のまなざしに促されて、恐る恐る尋ねてみた。

「うん、ある人が私にとても素晴らしい贈り物をくれたんだ。その話聞きたい？」

美香子は少し間をおいてから、これまでにない元気な声で答えた。

「ええ、もちろんよ。聞かせて」

祐美子が少し身を乗り出してそう言うと、美香子は聖母マリアとの出会いを、順を追って話し始めた。こんなに美香子が生き生きとして話す姿を初めて見た雄介と祐美子は、娘の言葉に熱心に耳を傾けた。両親が自分の言っていることを熱心に聴いてくれていることが美香子にはとても嬉しかった。

ところが、美香子の喜びに反して、両親は彼女の話を聞きながら少しずつ胸騒ぎを感じ始めていた。それは美香子が語っていることが現実に起こったことだとは到底信じられなかったからである。むしろ彼らは、美香子の話していることは、彼女の精神が何らかの異常をきたし始めた徴候なのではないかと感じていたのだ。美香子はそのような両親の憂いを知るはずもなく、自分の言っていることを受け入れてくれているものだとばかり思って話していた。

「そういうことがあったのよ。とても素晴らしい贈り物だと思わない？」

両親は嬉しそうに同意を求める美香子に止むを得ず相槌を打ちながら、彼女が哀れで仕方がなかった。

「その女の人、本当のマリア様だと思う？」

「それはどうかなあ。ちょっとお父さんには判断しかねるね」

雄介は、どう答えていいか分からず心が痛んだ。

「お母さんはどう思う?」

「私にも分からないわ」

両親のあまり気のない反応は、それまで自分の話を受け入れてくれているものとばかり思っていた美香子に不安を与えはしたが、彼女には両親が実はどう感じていたかなど想像がつかないことだった。

その夜、雄介と祐美子は久し振りに話し合った。

「あなた、ずいぶん以前に何度か家にも来られたことのある精神科医のお友達がいらっしゃったわよね」

祐美子が言っているのは、雄介の高校の同級生で京都市立医科大学の精神神経科の科長をしている北村修二のことである。あの事件が起こったあと、美香子のことで少し相談したことがあったのである。

「あの方に、美香子のこと一度聞いていただけません?」

「そうだね、彼なら信頼できるし……」

雄介も祐美子と同じ考えだった。雄介は北村に相談してみることにした。

「ちょっと言いにくいんだが、幻聴は一般的には統合失調症の典型的な症状の一つだね。まあそれが極度のストレスの中で一時的に現れることもあるので、何とも言えないけれどもねえ。美香子ちゃんの場合、そういうことが起こり得る極度のストレスを感じる精神状態がずっと長く続いていたわけだから、一時的に現れた可能性も十分考えられると思うよ。一度検査してみようか？」

「統合失調症って、従来精神分裂病って言われてきた病気だよね？」

「ああ、そうだよ」

「検査と言うと受け入れるかどうか分からないので、家に遊びに来てそれとなく様子を見てくれないか」

　北村の返事に、暗い気持ちを抱きながら雄介が言った。

「そうだなあ。もうずいぶん君の家にも行ってないしな」

「ありがとう。助かるよ」

　北村が家に夕食に訪れたのは、それから二週間ほどたった土曜日のことであった。夕食を一緒にしながら、やがて美香子の「贈り物」の話になっていった。北村は美香子に気づかれないように会話の中にそれとなく訊いておきたいことをいくつか織り込んでみた。

　美香子はこの間と同じように、自分の身に起こった不思議な出来事を質問にも積極的に答えながら北村にも話して聞かせ、夕食はそれなりに和やかに終わった。

「どうだった？」

　美香子が自分の部屋に行ってから、雄介は北村に尋ねた。

「詳しい検査をしてみないといけないけど、やはり幻聴だと思う」

「そうだよなあ。マリアが現れて贈り物をくれるなんてあり得ないことだよなあ」

雄介はわずかに残っていた希望がついえて失望したが、現実を受け入れるしか仕方なかった。

「美香子ちゃんの症状が一時的なものか、統合失調症の症状なのかは今の時点では分からないけどね」

「どうしたらいい？」

「何とも言えないけど、少しずつ精神的に余裕ができてくれば、自然に治まってくることもあるから、少し様子を見てみよう。幻聴に効果のある薬があるから、それを飲ませてみたらいいよ」

「しかし、美香子が薬を飲むのを承諾するかな」

「栄養剤だとでも言って、何とか飲ませてあげたほうがいいと思うよ」

「そうだな」

雄介から北村の見解を聞かされた祐美子はやはりとは思ったが、宗教を全く信じない無神論者の精神科医である北村の見解だけでは、何となく一面的な気がした。それで念のために、地震で聖母マリアの像が倒れて美香子がけがをし、耀介が意識不明になった事件があった、あのカトリック教会の滝本神父に相談してみることにした。美香子の身に起こっていることが本当のことであったらいいのにと、まだ心のどこかに諦めきれない想いがあったのである。

滝本神父も、現代の精神医学からすれば、宗教体験としての啓示なども幻視や幻聴という統合失調症の症状であると判断されてしまう危険性があるので、精神科医の判断だけに頼るのは危険であると思うと言った。

「まれに、本当のマリア様が現れることだってあるのですから。私はマリア様の出現を信じますし、カトリック教会もそれを信じています」

少し安心した祐美子は、心を開いて、美香子から聞いた話を伝えた。だが、祐美子の話を聞いているうちに、神父の顔が険しくなっていくのが、彼女には分かった。

「娘さんに現れたのは、本当のマリア様ではないと私は思います」

「どうしてそう思われるのですか？」

「本当のマリア様なら、カトリック教会がこの二千年間信じてきた教義と矛盾するようなことを語られるはずはないからです。そして、娘さんに現れたという女性が語った、マリア様が『醜い』というようなことは今まで聞いたことがありません。明らかにカトリックの教えとは相容れないように感じます。

カトリック教会は、マリア様の『無原罪の御宿り』という教義を信じています。それはマリア様は原罪を持たずにお生まれになったという教えです。だからマリア様は清いお方だと私たちは信じてきたのです。

そして清いことは美しいことでもあります。『醜い』という言葉は、そのような私たちが長い間信じてきたマリア様のイメージに全く反する冒涜的なイメージを与えかねません。だからそのようなことをマリア様ご自身が語られるとは、私には到底信じられないのです。残念ですが、もしそれが統合失調症からくる幻覚ではないとしたら、悪霊の仕業かもしれません」

「私は、キリスト教の信者ではありませんし、マリア様についての教義についても何も分かりません。

ただ娘が可愛いと思う一人の母親にすぎません。そんな私には『醜いマリア』という言葉は、娘の心の苦しみを和らげ癒すためにマリア様が語って下さった娘に対する愛と優しさから出た言葉であって、別にそれでマリア様の価値が下がる訳でも何でもないように思えるのですが……。

娘がマリア様の声を聞いてからずいぶん明るくなったのは嘘でも偽りでもなく、現実に確かに起こった本当のことなのです。十年間も真っ暗だった我が家が、娘の微笑みでぱっと明るくなったんです。神父さんには分かりますか、そのときの私たちの気持ちが。もしそれがマリア様だとしたら、マリア様という方は本当に素晴らしい方なのではないかと私は感じたのです。悪霊にそんな素晴らしいことができるものなのでしょうか？　それが悪霊の仕業だとしたら、それは娘にとってあまりにもむごいことではないでしょうか？」

「美香子ちゃんのお母さんとしてのあなたのお気持ちはよく分かります。そして私もそれがマリア様だったらいいのにという気持ちがないわけではありません。しかし、やはり私には、本当のマリア様がそのようなことを語られるとは思えないのです。そしてときに悪魔は、美しい天使の衣を着て現れることもあるということもまた事実なのですよ」

祐美子は滝本神父の厳しい言葉をどのように受け止めるべきかとても悩んだが、専門家の話でもあるし、美香子はやはりどこかおかしいと考えるしか仕方がないような気がした。統合失調症であれ、悪霊のもたらす現象であれ、どちらにしても心が重くなることであった。美香子にどう告げていいか分からなかったが、正直に言うしかなかった。

母から、精神科医の北村とカトリックの滝本神父の見解を告げられた美香子は、両親が彼らの言葉を信じて、自分の言うことを信じてくれなかったことが、無性に悲しく寂しかった。

美香子は市木家を訪れ、耀介の枕元で、眠っている彼に起こった出来事を語りかけた。なにも返事は返ってこなかったが、少なくとも否定はされなかったから、それが彼女の慰めになったのかもしれない。考えてみれば、よく傾の傷のことで虐められて泣きながら耀介の枕元で、悲しい出来事を話したものである。

返事は返ってこないのに、美香子はいつも心が少し楽になるのを感じた。自分のせいで、耀介がこんな体になってしまった負い目はいつもあったが、それでも、耀介だけが彼女の味方のように思えたのである。

十一章　ピエタ破壊の真相

マリアの願い

　だが、それから長い間、美香子が聖母マリアの声を聞くことはなかった。美香子の両親は、北村修二が処方した薬が効いたのだと思った。そして、美香子が聖母マリアの声を聞いたというのは、長い期間にわたって蓄積されてきた極度のストレスによって引き起こされた一時的な幻聴であり、精神に異常をきたしたのでも、悪霊の仕業でもなかったのだと思い、安堵したのであった。

　美香子は傍目には順調に高校と大学を卒業し、市の図書館で働くようになっていた。だが美香子には友達も少なく、また男性との付き合いにはほとんど関心を示さなかった。美香子が見合いの話を断り続け、相変わらず市木耀介を見舞い続けているので、両親は彼女のことがとても気がかりであった。当の美香子は、両親も周りにいた人たちも誰一人としてマリアのことを信じてくれなかったので深く傷つき、人を信じることができないままずっと心を閉ざしていた。

　聖母マリアが自分に現れたことを信じ続けることで、かすかな希望を保って生きてはいたが、それを信じてくれる人がいないために、その信念がぐらつき、自分でも起こったことが本当なのかどうか分からなくなってしまうこともあった。

　また彼女は自分のトラウマから解放されることによって、今度は自分のせいで市木耀介が意識が戻らないままになってしまったことに対する罪の意識に、以前よりも強くさいなまれるようになっていた。頭の中では、耀介がそのような状態になったのは自分の責任ではないということは分かったが、それでも自分だけが幸せになることが彼女には許せない気がしていた。だがときには、耀介の存在が煩わしくなる思いが湧き上がってくることもあり、そんなときほど辛いことはなく、自分がたまらなく嫌になるのであった。

（赦されたい！）

　逃れようのない苦しみの中で美香子は、赦しを求める切なる希求が存在することを感じ始めていた。そのような思いを感じるのは自分だけなのか、それとも全ての人間がそうなのかは分からなかったが、自分の中には確かにそのような思いが存在し、その思いは日増しに強まっていた。自分が存在しているだけで、自分の心の中には罪深さ、あるいは業といったものが存在しているのを感じざるを得なかった。その罪や業からどのようにすれば解放されるのか、彼女には分からなかった。

（もし耀介ちゃんが赦すと言ってくれれば、この苦しみから解放されるのだろうか？）

　それも美香子には分からなかった。

　自分の存在の罪深さの根源を赦し受け入れてくれるものがあるとするなら、そこに救いというものはあるのかもしれないと彼女は思った。最近読むようになった聖書やキリスト教の本には、イエス・

キリストが人類の罪の赦しのために死んだということが書いてあるのを知り、興味を抱き始めたが、あの滝本神父がいる教会に行く気にはなれなかった。

聖母マリアが長い沈黙の後に再び美香子に現れて語りかけたのは、そういう内面の課題を抱えている美香子が図書館で働き始めてからずいぶん経ったときのことであった。そしてこのマリアとの出会いこそが、道生のピエタ像を美香子が傷つける事件を引き起こすきっかけとなった。

「美香子、イエスの母マリアです」

長い間聞かなかった聖母マリアの声が美香子の心にこだました。あの優しく澄んだ声だ。

(マリア様の声を聞いても嫌な気持ちがしない。むしろ懐かしく慕わしい思いさえする)

マリアに対する自分の内面の変化に美香子は驚いていた。

そして、聖母マリアが彼女の前に再び現れたら必ず言おうと、ずっと心の中で温めてきたお礼の言葉を伝えた。

「マリア様、あなたは私に素晴らしい贈り物を下さいました。そのことでどれだけ私の心が癒されたかしれません。本当にありがとうございました」

「私の贈り物は、あれがすべてではありません。あなたの心の苦しみはまだ続いているではありませんか。だから私の贈り物もまだ終わってはいないのですよ。あなたのお父さんやお母さんがあなたを異常ではないかと思ったように、私もイエスを気が違ったのではないかと誤解したことがあるのです。本当に申し訳ないことをしました。でも、イエスはそのような私をも赦してくれたのです」

美香子は、彼女の内面の苦しみをマリアが知っていることを感じ、とても驚いた。それと同時に、マリアがイエスのことを気が違ったと誤解したことがあると語ったことを不思議に思った。だが多分この言葉も「醜いマリア」のときと同じように、彼女を慰めるために聖母が語ってくれたものであり、親子であれば当然そういうこともあったに違いないと思って自分を納得させた。そして、贈り物が終わっていないというのはどういう意味なのだろうと考えていた。

「今は分からなくても、いつか分かるようになるでしょう。……美香子、今日はあなたにお願いがあるのです。訊いてくれますか？」

美香子は聖母マリアから彼女に願いがあると言われてびっくりしたが、同時にまた嬉しくもあった。

「こんな私にできることでしたら、なんでもします」

そう言いながら、美香子は聖母マリアへの自分の口調が自然に変わっていることが不思議だった。

「ありがとう。私の頼みというのは、一週間後の深夜二時に聖母マリア美術館に行き、藤原道生さんという人が創作したピエタ像のレプリカの私の顔に傷をつけることです」

美香子は一瞬自分が聞き間違えたのではないかと思った。

「もう一度、言って下さい」

「藤原道生さんのピエタの私の顔に傷をつけてほしいのです」

聞き間違いではなかった。そうと分かった美香子は、その言葉だけを考えれば、聖母マリアが頼むこととはとても信じ難い内容であったので、一瞬、母から聞いていた滝本神父の「悪霊の仕業」という言葉が思い浮かんで、「なんでもします」と言ってしまったのにもかかわらず、受け入れるべきなのかどうか躊躇した。

人がその精魂を傾けて何年もかかって創作した芸術作品を傷つけることが、その作者に対してどれほどひどいことであるかということぐらい彼女にも分かっていた。

(「私の顔」とマリア様は言ったけれど、確かにそれはマリア様の顔を彫ったものだけれども、マリア様の所有物ではなく、藤原道生さんが作ったもので、所有者がいるはずだ。それに傷をつけるなんて、そんな犯罪ともとれる行為をマリア様は本当に願うのだろうか？)

そんなことを思っていると、今度は精神科医の北村修二が彼女に語った言葉が頭をかすめた。

「統合失調症の症状の一つである幻覚症状がエスカレートしてくると、命令する声が聞こえてきたりすることもあるんです。それが道徳的なことを逸脱するようなことも多いのです」

それで美香子は尚も躊躇していた。するとまるで美香子の心の中を見透かすかのように聖母マリアの声が響いた。

「警察との間であなたに迷惑になることにはならないし、藤原道生さんは、私がすることの意味を理解してくれます。私のこの言葉が間違いでないことは、すぐに分かるようになるでしょう。だから信じて、恐れずに私の願いを果たしてください」

美香子はマリアの「分かるようになるでしょう」という言葉を聞いたとき、ふと以前の聖母マリアとのやり取りが思い出されてきた。

（あのとき、私は「醜いマリア様などあり得るはずがない」と言い張って、頭から信じようとしなかった。でも醜いマリアは存在し、自分が間違っていたことが分かった。……今度もそうなのだろうか？）

美香子は、急に自信がなくなり、自分の既成概念で決めつけてしまってはいけないような気がしてきた。

（私のトラウマを癒してくれたその方が私に願っているのだ。それに応えてあげたい）

そう思って、美香子は勇気を絞り出してマリアの言葉を受け入れることに決めた。しかしいざ実行しようとすると、マリアの願いを果たすことは、彼女にとって非常に大変なことであった。

一週間が経ち、深夜二時少し前に、美香子は聖母マリア美術館の裏口の前に立っていた。

雨が激しく降っており、稲妻が走り、しばらくしてから雷が遠くで鳴った。

美香子は、フードがほとんど目の上まで覆い隠すような男性用の青いレインコートを着て、顔にはマスクを着け、ビニールのシューズカバーを靴の上に履いていた。聖母マリアに大丈夫だと言われてもやはり不安で、彼女なりに一生懸命考えて自分を守ろうとしたのだった。

両のポケットはのみとかなづちで膨らんでおり、やけに重く感じられた。手には懐中電灯を持っていた。

（警備員もいることだし、あまり長くここにいることはできない。でも、どうやって中に入ることができるというのかしら？）

扉には鍵もかかり、また貴重な美術品には自動警報装置などの防犯機器がついているのに違いない。

そんな中で、どうやって聖母マリアのお願いを実行するのか彼女には想像がつかなかった。

美香子はみるみる勇気がくじけてしまい、美術館の中に入ることを躊躇していた。彼女が後戻りしようとしたとき、また稲光が走りあたりを照らした。

ときを置かず、耳をつんざく雷鳴が激しくとどろき、美香子は思わず目をつぶって身を縮めた。

恐る恐る目を開けると、近くの街灯や、美術館の中に少しだけ残っていた明かりはなく、辺りは闇に覆われていた。降り続く激しい雨に打たれながら、美香子はますます恐怖に震えおののくのだった。

するとそのとき、聖母マリアの声がした。

「安心して行きなさい」

優しいけれども威厳のあるその声に背中を押されるようにして、美香子はもう一度、入口に立った。

半分は開かないことを願って恐る恐る扉のノブを回して押すと、不思議なことに、最初から鍵がかかっていなかったかのように扉がゆっくりと開いた。

(きっと誰かが鍵をかけ忘れたのにちがいない)

美香子は、強いてそう思うことにした。

あとでこの前後のことを思い出そうとしても、夢のようで現実であったのかどうかさえよく分からなかった。ただ美香子は、前もって美術館の見取り図をインターネットで調べており、どのようにして非常口からチャペルに行くかは知っていた。

夢遊病者のように歩きながらチャペルに辿り着いた美香子は、ドアをそっと押した。ドアはなぜかまた開いた。

ピエタ像はすぐ目の前であった。

懐中電灯の光に照らされたピエタ像のマリアの顔は、はっきりとは見えていないのに、想像していたよりもずっと美しかった。美香子は思わず見とれてしまい、かつて広隆寺の弥勒菩薩を見たときのような感動を覚えた。

見れば見るほど完璧に美しい。この慈しみと優しさに満ちた美しいマリアの顔をのみとかなづちで自分が破壊するのかと思うと、美香子はとても心が痛んで身がすくんだ。

そのようなことを聖母マリアがなぜ自分に願うのか、そして自分がどうしてそんなことをしないといけないのか、美香子には理解できなかった。

だがそれでも美香子はマリアとの約束を守るために、ふるえる手でのみとかなづちを握りしめた。のみの歯をマリアの顔の左頬にあて、のみの尻に幾重にも折ったハンカチを当て、かなづちを頭上に振り上げた。後はのみの背にただかなづちを打ち付ければいい。

だがそう思っても、頭上に上げた右手はしびれたかのように動かなかった。

（私にはやはりできない）

そう思ったとき、再び聖母マリアの声がした。

「打ちなさい」

その言葉を聞いて、美香子は目をつぶってかなづちを振り下ろした。

道生がその真心と愛を込めて彫り続けた美しいマリアの顔が、無残に破壊され醜いものとなっていった。それを見て美香子は、自分自身の顔が飛んできたマリアの腕によって傷つけられて血が飛び散ったことや、自分がその傷のために虐められたトラウマが一挙に甦って来るのを感じた。

(どうしてマリア様は一旦癒されたはずの傷を掘り起こすようなことを私に願われるのだろう？そしてどうして自分で自分を傷つけるようなことをされるのだろうか？)

美香子には全く分からなかった。

道生のピエタのレプリカが破壊されたというニュースは、テレビや新聞やインターネットで連日大々的に流された。美香子は、警察が犯人を捜しているというニュースが報じられるたびに、どうなることかと生きた心地もせず不安におののいていた。ところが、不思議なことに警察は犯人を見つけることができなかったのである。

美香子は、「警察との間であなたに迷惑になるようなことにはならないことが、すぐに分かるようになるでしょう」というマリアの言葉が嘘ではなかったことを驚きをもって思い出すのだった。

しかし一方、美香子は、テレビや週刊誌が道生を偉大な芸術家から傲慢で鼻持ちならない人間へとその評価を変えていくのを見て心痛く感じていた。自分のやったことがこのように激しいバッシングを招くとは思いもしなかった。本当に自分がしたことに意味があったのだろうか？　マリアにその答えを求めて、祈りとも問いかけともつかない想いを抱いて日々を送っていた。

そしてマリアは半年後、また美香子に語りかけた。

「藤原道生さんに手紙を書いて彼に会ってください」

「えっ、私がですか⁉」

もうこれ以上、道生を傷つけたくなかったし、心臓に悪いことには関わりたくないと思っていた美香子は、尻ごみをした。

「そうです。私が頼れるのはあなたしかいないではないですか」

（私しか頼る人がいないなんて。そんなことが……）

「どうしてマリア様は、クリスチャンではなく、マリア様のこともよく知らない、何の信仰も持たない私を頼られるのですか？」

「それは、私がカトリック信徒やキリスト教徒だけの母ではなく、全ての人々の母だからです。そしてあなたには、クリスチャンたちが感じられない私の心が感じられると思うからです」

そのマリアの言葉に、またしても美香子はマリアが自分の思いをすべて見通していることを感じ、信じて従うしかないと思った。

「分かりました。……それではその手紙にはなんと書けばいいのですか？」

「あなたが彼のピエタを破壊した犯人であると。謝る必要はありません」

「ええっ！　ど、どうしてですか？　そんなことをすれば、私は警察に逮捕されてしまうではないですか？」

「いいえ、決してそんなことはありません。だから安心しなさい。私から頼まれたからそうしたと正直に書けば大丈夫です」

「でももし藤原道生さんが、あなたが本当のマリア様かどうか信じなかったらどうすればいいのでしょうか？」

「そのときは、『あの雪の日に温かい手袋をありがとう』と言いなさい。そうすれば彼は私がイエスの母マリアであることが必ず分かるでしょう」

美香子はマリアの願いを受け入れた。

「藤原道生様
突然お手紙を差し上げます御無礼をお許しください。

誠に申し上げにくいことですが、実は私が貴方の制作されたピエタ像のマリア様の顔を傷つけた犯人なのです。

ただ、それを行ったのは、貴方に対して個人的な恨みがあるからでも、悪意があるからでもありません。

信じがたいことであるとは思いますが、私がそれをなした理由はただ一つです。それは私がお慕いしており、あなたもまた愛しお慕いしておられる聖母マリア様がそうするようにと、私に願われたからなのです。

マリア様は、私にあなたにお会いするようにと願っておられます。

詳しいことはお会いした折にお話しますので、来週の土曜日の午後二時、京都国際ホテルの一階ラウンジにお越しくださいますようにお願い致します。


谷川美香子」

信じてくれた人

奇しくも美香子が道生への手紙を投函した日の夕方、彼は彼自身のオリジナルのピエタを制作するという記者会見を開いたのであった。

そして記者会見の中で道生は、彼が犯人を赦すこと、犯人が自分のオリジナルのピエタを彫ることを決意するきっかけを与えてくれたことに感謝の思いさえ感じていることを語ったのである。

会見では破壊されたピエタの修復を決意したことを発表するものと思われており、道生がそのような声明を発表しようとは誰一人予測しなかったことであった。彼のピエタのレプリカが破壊されたとき、道生がどれほど悲しみ、犯人に憎しみさえ覚えるとインタビューで答えていたのを多くの人々は鮮明に覚えていたからである。

そのニュースをテレビで見ていた美香子は、偶然にしてはあまりのタイミングのよさに身震いを覚え、聖母マリアがこうなることをあらかじめ知っていて「安心しなさい」と語ったのだと思うしかなかった。だがそれでも、道生と会うのが怖いという気持ちは彼女の心から完全に消えた訳ではなかった。

約束の日が来た。

（記者会見ではあのように言っていても、面と向かって犯人である私に会えば、またいろいろな思いが湧いてくるのではないかしら？）

美香子は道生に実際に会うまでは、そういう可能性も十分あり得ると不安を抱き、びくびくしながら約束の場所に出向いたのであった。だが、その不安は杞憂であった。彼は記者会見で話したこととほぼ同じことを美香子にも話したからである。

「私は、あなたが私のピエタのレプリカのマリア様の顔を傷つけたことを赦します。すでに警察には、提出した被害届は取り下げましたし、警察もそれを受け入れてくれました。また決してあなたが犯人であることを警察に告げるとか、他の人に話すということもしません。だからどうか安心してください」

道生はゆっくりと言葉を選びながら話した。

美香子の心配そうな顔を見て道生は真っ先にそう言ったのだ。彼から直接そう言われて、やっと美香子の不安は取り除かれたのだった。

（こんな展開になるとは予想もしていなかった。だって藤原さんは犯行直後、あたかも愛する人を殺されたかのような悲嘆の中にいて、犯人に憎しみさえ感じていると言っていたのだから。マリア様はこのようなことのすべてを最初からご存じで、あのとき私に、ピエタ像のマリア様の顔を傷つけることを願われたのだろうか？）

「私のこの言葉が間違いでないことは、すぐに分かるようになるでしょう」と語ったマリアの言葉を再度思い出しながら、聖母への信頼がさらに深まっていくのを感じていた。

運命のいたずらなのだろうか。常識を超えた不可思議な聖母マリアとの出会いによって、それまで全く別世界の人で、将来も関わりを持つことなど考えられなかった有名な彫刻家の藤原道生という人と親しく話している自分が美香子には不思議であった。同時に、そのような道へと誘い込まれていくことが自分にとって一体何を意味するのか皆目見当もつかず、戸惑っていた。そこには不安というよりは、これらの出来事のかなたに何があるのか見てみたいという好奇の思いが芽生えてもいたのである。

聖母マリアの顔に傷をつけるというマリア自身の願いを果たしてから、美香子は毎日が心配で、恐る恐るテレビのスイッチを入れたり新聞を開いたりしていた。自分がしたことで世間が騒いで大変になっていること、道生が悲しんでいること、警察が犯人を捜していることなど、一つひとつのニュース報道が、どれほど彼女の心の不安をかきたてたことか。

ところがそれも今は逆に、マリアの言葉が間違いでなかったということをより強く確信させるものとなっていたのである。一連のニュース報道ではからずも知ることになった道生と聖母マリアとの出会いの物語は、自らの体験と通ずるものを感じさせ、直接会ってみてさらに親近感が深まった。

道生の言葉を聞き、犯人である彼女のことを気遣ってくれた彼の誠実な態度に接しながら、美香子はとても強く心を打たれていた。

(もしかしたらこの人なら、自分に起こった不思議な出来事を理解してくれるのではないかしら?)

そのように感じた彼女は、過去の悲しい出来事と聖母マリアとの出会いによって救われた不思議な話、またそれを誰も信じてくれなかった悲しい出来事を、それから何度か会う中で少しずつ道生に話していったのであった。

道生はときには眼に涙を浮かべて美香子の話をじっと聴いてくれた。彼はほとんど語らなかったが、美香子には彼が自分の言ったことが本当に起こったことであると信じてくれていることが伝わってきた。それは精神科医の北村修二からも、母を通して聞いた滝本神父の言葉からも、また両親からも感じられなかったものであったが、美香子は道生との出会いを通して自分が何を求めていたのかを知らされたような気がした。

「美香子さん、よく話してくれましたね。誰にも信じてもらえないと、自分でも自分が信じられなくなってしまうのに、よくここまで一人で頑張ってきましたね。その上、私に手紙を書いてくれたり、会いに来てくれたりすることは、それこそ大変な勇気がいったことだと思います。本当にありがとう」

美香子が彼女のマリアにまつわる物語をすべて話し終えたとき、道生は美香子にそう言って深く頭を下げた。その言葉と態度に、今まで抑えてきた感情がどっと溢れ出てきて、美香子は涙をこらえきれなかった。

道生は何も言わず、美香子が泣き止むのを待って再び静かに語り始めた。

「あなたにとっては、私のピエタを傷つけることも、私に手紙を書いて会うことも、本当に大変なことだったと思います。でも私はあなたの短い手紙を読んで、何よりも私にオリジナルのピエタを彫ってほしいと願っておられるマリア様の声を聞いたということが、単に私の思い込みではなく、本当にマリア様の願いなのだということを実感できてとても嬉しかったのです。

そして、ピエタが私の創作物であると思っていましたが、よく考えてみればそれはマリア様のものであるということをあなたの話を伺いながら感じました。どのようなピエタを彫るかは私にはまだ何も分かりません。でも私がオリジナルのピエタを彫ることをマリア様が願っておられ、それこそが、マリア様の価値を人々に伝えることのできる最高の道であり、私に与えられた使命であるということを、私は深い感謝と感動の思いを持って受け入れることができました。

そういう意味ではそのきっかけを与えてくれた美香子さんとの出会いは、私にとってもマリア様が私に与えて下さった尊いものだと感じています」

美香子はその道生の言葉を聞いて、ピエタを傷つけたことに深い意味があったことを知り、マリアがなぜ「安心しなさい」と言ったのかが理解できたような気がした。

（自分のことを信じてくれる人が、たった一人でもいるということが、こんなにも人生に光を投げかけるものとは知らなかった。「贈り物はまだ終わっていない」というマリア様の言葉は、このことを意味していたのかしら？）

そう思いながら美香子は、聖母マリアが自分のことを大切にしてくれているように感じたのだった。

甦る過去

「これが、今までの私とマリア様との関わり、そして私がどうして藤原さんのピエタを傷つけたかの理由の大まかな話よ。長い間じっと聴いてくれてありがとう。どうしてか分からないけど、こんなに自然に高津さんに話せるなんて思わなかったわ」

真理夫は美香子の物語を聞き終わって、しばらく衝撃に打たれたままであった。エリカの話を聞いたときも非常に感動はしたが、今回はまた違った意味でそれ以上に心を揺り動かされていた。

そこに出て来る聖母マリアは、どちらもリアルであったが、真理夫が驚いたのはそれだけではなかった。美香子自身は全く気づいてはいないようだったが、美香子の話には真理夫の過去の記憶を呼び覚ます思いがけない話があったのだ。

それは彼が少年時代、上級生たちから虐められていた美香子を助けようとして逆に殴られてしまったあの事件だった。だからその話を聞いたときは本当に驚いた。そのことだけでも、美香子と五度もイタリアで偶然とは思えない形で出会い、さらに京都でも出会ったことには深い意味があるのではないかと思わざるを得なかった。

話を聞きながら、思わずそれは自分だったんだよ、と言いたい気持ちになった。が、なぜかは分からないが、話すのは今ではないという思いも同時に湧いてきて、言いそびれてしまった。

だが彼の心を打ったのはそれだけではなく、彼女の話してくれた内容そのものであった。幼い日の聖母マリアとの関わりにおけるトラウマや虐め、耀介に対する罪の意識、聖母マリアが自らを「醜いマリア」と言って美香子をその苦しみから癒そうとして被爆のマリアに出会うように導いたこと、道生のピエタを傷つけさせることを通して却って美香子に道生という彼女を信じてくれる唯一の人と出会わせたこと。それら彼女が話してくれたすべてのことは、常識や従来の伝統的なカトリックのマリア観とはずいぶんかけ離れているようで不可思議なものがあるにしても、あまりにも現実味があった。そして、彼女が真実を語っているということは真理夫には疑うことができなかった。

「こちらこそ、話してくれてありがとう」

そのありきたりの言葉に込められた真理夫の言葉に表現できない思いを美香子は感じたのだろうか。その言葉を聞いて美香子は初めて涙を流した。

(あのとき君を助けようとして逆に殴られてしまった少年は僕だったんだよ)

真理夫は今にもそう口に出したい衝動をこらえていた。それは今自分の心の中に湧き上がっている様々な思いを整理して、相応しいときを見てから話したほうがいいと感じたからであった。そこには彼自身がずっとしまいこんできたものが隠されており、今それを言ってしまうと自分でもどうなってしまうか分からないという不安があったからである。

ずっと忘れていた自分と聖母マリアの世界が今、美香子の話をきっかけとして彼の心の中に甦り、渦巻いていた。

あのとき真理夫は虐められたマリアを自分が助けるというイメージを与えられたのであり、司祭になることがそのようなことをすることであるのなら、自分にも司祭になれる可能性があるのかもしれないし、聖母マリアに生涯を捧げて行くことができるのかもしれないと感じたのであった。

(このような思いがまだ残っているとは思ってもいなかった)

真理夫は自分が私生児であるということが分かって以来、断絶していた聖母マリアとの約二十五年も前の幼い日の心情の世界が甦ってきたことに驚いた。そしてそれが一体何を意味しているのか分からないままに、それでも美香子と道生に現れた同じ聖母マリアが彼にも決して無関係ではなく、いやむしろ深い関わりがあることに戦慄を覚えていた。

十二章　取り返しのつかない罪

エリカと美香子

美香子から彼女の生い立ちとマリアとの関わり、ピエタ破壊の真相、道生との出会いなどの一連の話を聞き終わって三日後、真理夫はエリカに会った。

彼女に話さなければならないことで最も大切だと思われたのは、道生と美香子は男女関係はなく、彼は変わらずにエリカを愛し続けていたということであった。

道生が彼女を愛し続けていたことを知ることは、エリカにとって救いになると真理夫はそれまで単純に考えていた。だがいざエリカに話す段になって、道生を一旦信じられなくなっていた彼女がそのことを素直に受け止められるかどうか不安を感じていた。

真理夫が美香子を信じたのと同じように美香子の話をそのまま素直に受け入れるのは、彼女にとっては難しいのではないかと思ったのだ。

また、真理夫がエリカに言わないで、ピエタを傷つけた犯人である美香子と会っていたことを知って、彼女がどのように感じるかということも心配であった。だがそれでも真理夫は、正直に自分が思っていることを伝えることにした。

「エリカさん、君は、藤原さんが『取り返しのつかない罪』を犯したことが、自殺の原因だと思うって言っていたよね」

「ええ」

「そして、その『取り返しのつかない罪』というのには、二つの可能性があった。一つは、藤原さんがピエタを破壊した犯人の女性と恋愛関係になって君を裏切ったこと、そしてもう一つは、マリア様に対して何か『取り返しのつかない罪』を犯した可能性があるのではないかということだったよね」

「ええ、今でもそう思っているけど」

「一番目の理由なんだけど、僕はそれはなかったと思うんだ」

「どうしてそう言えるの？」

「君には言ってなかったんだけど、実は僕は、ピエタを破壊した犯人の谷川美香子さんに会って話を聞いたんだ」

案の定、その言葉を聞いたエリカの顔から見る見る血の気が失せていった。

「以前から彼女のことを知っていたの？」

それでも関心はあるようであった。

「いいや、もちろん全く知らなかったよ。それがね、イタリアで、彼女ととても偶然とは思えない不思議な出会い方をしたんだよ。ミケランジェロの制作した四つのピエタを見に行った場所でことごとく出会ったんだ。そしておまけに京都でも。そこで、ミケランジェロのピエタと藤原さんは密接に関わっているから、もしかしたら彼女を通して、藤原さんの自殺の理由が何か分かるかもしれないと思って何度か会ったんだよ。黙っていて悪かったけど、ちゃんとしたことが分かってから君に話そうと思っていたんだ」

「別に私に悪く思う必要はないと思うけど。それで何か分かったの？」

エリカは美香子という女性が再び自分と大切な人との間に割り込んできそうな気配を感じて不安だった。真理夫には美香子に近づいてほしくはないのに、それでもやはり本当のことを知りたいという気持ちもあり、そう聞かずにはいられなかった。

「彼女の話をいろいろ聞いてみたんだけど、藤原さんとは男女の関係ではなかったし、藤原さんの君に対する愛は変わってはいなかったって言っていたよ。僕の印象では、彼女が嘘を言っているとは思えなかった。それで、もしそれが本当なら、このことは君にとっても知っておくべき重要なことではないかと思って……」

エリカは真理夫のその言葉にさらに衝撃を受けたようで、しばらく黙ったままだった。湧き上がる感情を必死でこらえようとしているのが伝わってきた。真理夫はしばらくおいて彼女が少し落ち着いてから言葉を続けた。

「ということは、藤原さんが犯した『取り返しのつかない罪』というのは、藤原さんが谷川さんとの間で、恋愛関係になったということを意味してはいなかったということで、彼女は藤原さんの自殺とは何の関係もなかったということになるんだよね」

「必ずしもそうとは言えないんじゃないかしら。たとえ彼女の言っていることが本当だとしても、谷川美香子さんと出会ってから、道生さんのマリア様への考えが変わったのは事実なのよ。だから、たとえ恋愛関係にはなかったとしても、彼女に影響され、心を奪われたことは変わらないんじゃないかしら？」

　エリカの強い反応に接した真理夫は、彼女の心の中に美香子に対する嫉妬と恨みの混ざった複雑な感情が渦巻いているのを感じた。

「藤原さんが、谷川さんに会ってから、マリア様に対する考えが変わったって言ったけど、どういうふうに変わったの？」

「ごめんなさい。今はそういう話あまりしたくないの。……とにかく道生さんが、ピエタを破壊した犯人の谷川美香子さんと会うようになってから、人が変わってしまったのは事実なのよ。マリア様に対して取り返しのつかない罪を犯してしまったのもきっと彼女のせいだわ。道生さんが私の言うことよりも、彼女のことを信じるようになったことは確かなの。そういう意味では、彼女に誘惑されたと言えるんじゃないのかしら？　真理夫さんも私の言うことよりも、彼女の言うことを信じるかもしれないけど」

　そのエリカの言葉に真理夫は、それ以上この話題を続けないほうがいいと感じ、またの機会を待つことにした。

（確かに美香子と聖母マリアとの関わりを知らなければ、あるいは聞いても信じられなければ、そういうふうに受け取れるのかもしれない）

エリカの言葉の中には、単に美香子への否定的で攻撃的な感情だけではなく、自分に対しても何かそれに似た感情が向けられているように真理夫は感じた。エリカのことを思ってしているつもりであったが、どうも彼女にはその気持ちは伝わっていないような気がして真理夫は悲しかった。そしてこのままでは何かよくないことが起こりそうな不安を感じたが、どうしたらいいのかは彼にも分からなかった。

（エリカさんが今、美香子さんに会って話を聞いても、彼女が言っていることを信じるのは難しいだろうなあ）

エリカが美香子に直接会って話を聞けば、いろいろなことが解けていくのではないか。真理夫は実はそう思っていたのだがそれは甘かった。

精神科医やカトリックの司祭、そして両親さえも、実際に聖母マリアが美香子に現れたこととは信じられなかった。幻聴であり、悪霊の仕業だと思ったのだ。真理夫はどちらかと言えばまだ中立的な立場ではあったが、たった一人道生だけは、美香子が語る聖母マリアは本当の聖母マリアだと信じたのだ。けれども道生や真理夫のような受け止め方は、極めて特殊な部類に属するのかもしれない。気をつけて慎重にしなければならないだろう。

エリカは、美香子に対して否定的なイメージをすでに抱いていた。そして彼女自身、極めて伝統的なマリア観を持っており、それは単なる信仰観という次元に留まらず、実際の体験によって裏打ちされたものであった。無原罪の聖母が現れたルルドの泉で沐浴することにより奇蹟的に白血病を癒された命を救われたエリカ自身の生きた体験こそが、彼女が伝統的な聖母マリアの教義を信じる根拠になっている。

だから、エリカにとっては無原罪のマリアの教義を否定するようなことを美香子に語ったり、マリア自身の像を傷つけろというような自虐的なことをさせたりする女性を、聖母マリアであると信じることは、他の人以上に難しいのは当然であった。愛するエリカと心が通じないことは心の痛む辛いことではあったが、今は自分の考えを言い張っても意味がないように真理夫には思えた。

道生について言えば、彼自身もエリカと同じように、伝統的な聖母マリアの「無原罪の御宿り」の教義を信じてきた人である。そういう意味ではエリカと似ていた。

だが道生がエリカと違っていたのは、彼のオリジナルのピエタを制作することと、美香子が彼のピエタを傷つけ、そのことを通してさらにオリジナルのピエタを彫ることが聖母の願いであることを彼に確信させてくれたという、極めて特殊な関わりを美香子との間で持っていたということであった。

では真理夫自身はどうであろうか？　彼の場合は、聖母マリアとの伝統的な関わりが一旦情的に断絶して以来、聖母マリアの問題に関してはそれほどカトリックの教義に縛られてはいなかったし、どちらかというと覚めた立場で見ることができた。またイタリアと日本で合わせて六度も美香子に出会っていることや、幼いときに彼女を助けようとしたという非常に特殊で具体的な関わりを持っていたため、それが彼女の言うことを無下に否定できない根拠のようになっていたのである。

だが道生や真理夫の美香子に対する反応はむしろ例外的であり、美香子の言葉を信じることができる人のほうが、ずっとまれなのは当然のことかもしれなかった。

（もし僕も、私生児だということを知らずにいたなら、そのまま神父になり、伝統的なマリア観を持ち続けていたかもしれない。そして美香子さんの話を聞いて「それは悪霊の仕業」と滝本神父と同じようなことを言っていただろう）

エリカが今、美香子に会い、彼女に起こった不思議な出来事が悪霊の業であるとか幻聴であるなどと思ってしまったら、それこそ彼女がその絶望感と心の苦しみから脱して問題が解決することはますます難しくなる。それだけは避けたかった。そして、今の段階で彼がすべきことは、美香子に現れた聖母のことを自分なりにもう少しよく理解し、エリカが納得して受け入れることができるような道生の自殺の真因を見つけることであろう。

（美香子さんに現れた女性が本当に聖母マリアなら、いつかきっとエリカさんにもそれが分かるようになるはずだ）

そう思った真理夫は、エリカが挙げた道生の自殺のもう一つの理由について真剣に考え始めた。

（聖母マリアに対して「取り返しのつかない罪」とは一体どんな罪なのだろう？）

美香子に現れたマリアは、「醜いマリア」とか、「私はイエスが気が違ったのではないかと誤解したことがあった」とか、「イエスは私も赦して下さったのです」などという言葉を語っていた。

道生がいったんその言葉を聖母マリアの本当の啓示であると信じ、後にそれが間違いだったと考えを変えたとするなら、確かに彼の中にマリアに対して取り返しのつかない罪を犯したという思いが湧いてきたに違いない。

そして自殺を大罪であると知っているクリスチャンであっても中には自殺する人もいるのだから、あの熱心なマリア崇拝者であった道生であれば、その罪の意識にさいなまれて自殺するということもあり得るかもしれない。

（もしそうなら、エリカさんの言っていることはあながち間違っていないことになる。美香子さんが意図しなかったにせよ、そのような罪を藤原さんに犯させた原因が美香子さんとの出会いにあったことは事実であり、エリカさんが美香子さんを赦せない気持ちを持つのは当然かもしれない）

ところがエリカの言ったことを正しいこととして受け入れてしまうと、美香子に現れた聖母の現象は、それこそ悪霊の仕業か幻覚症状ということになってしまう。

もし美香子とそれまで何の関係もなく、ただ第三者として彼女の話を聞いただけの立場であるなら、そのように受け取っていたかもしれない。

だが、イタリアと日本で偶然とは思えないほど何度も美香子と出会ったことや、彼女が、幼い頃に彼が助けようとした少女であったというつながりが、彼をもはや第三者の立場に立たせることを許さなくしていた。

真理夫はジレンマに陥っていた。

美香子に現れた女性が聖母マリアであるというはっきりとした確証がある訳ではなかったが、それが、悪霊の仕業や幻覚症状と考えることも、真理夫には難しかった。

それで真理夫は何かそのジレンマから抜け出す糸口が見つかりはしないかと、美香子に「取り返しのつかない罪を犯した」という言葉を道生が話したことがなかったか尋ねてみようと思った。

他殺の可能性

美香子と待ち合わせをした四条のからふね屋はいつものように混雑していた。

「私がどうして高津さんに会いたいと思っていたか分かる?」

「取り返しのつかない罪を犯してしまった」という道生の言葉について尋ねようとしていたら、真理夫より先にそう訊いてきたので、彼は仕方なく美香子の問いに答えるしかなかった。

「『スターバト・マーテル』を上手に指揮したと藤原さんが言っていたから?」

真理夫はカフェラテを一口飲んでそう答えた。

「もちろんそれもあるんだけど、本当はもっと違う目的があったの」

「どんな?」

「実は私には藤原さんが自殺したとは絶対に信じられないの」

「えっ!」

真理夫の大きな声に、周りに座っていた他の客たちが一斉に二人のほうを見た。

「どうすればそれを証明できるか私には分からないの。でも、もしかしたら、藤原さんが『スターバト・マーテル』の演奏の指揮を褒めていた高津さんに会えば何か道が見えるかもしれないという予感がしていたからなの。そしてその予感は当たっていたような気がするの。だって高津さんは私の言ったことを信じてくれたんでしょう？　……だから藤原さんが自殺ではないということを証明するために、高津さんに手伝ってほしいの」

「信じていないわけじゃないけど……。警察が一旦自殺として処理してしまっているのを覆すのは、とても大変なことだからねえ。他殺を証明する具体的な証拠とかが提示できないと再捜査はしてくれないんじゃないかなあ」

美香子の言葉にさらに驚きながら、真理夫はそう言った。

「ところで、他殺を証明する具体的な証拠はあるの？」

「それはないんだけど……。でも、私は、藤原さんが自殺したなんて絶対に信じられないの。私は、両親からも信じてもらえなくて、そして自分でも自分が正常なのか異常なのか分からなくなって、死んでしまいたいと思ったこともあったのよ。でも藤原さんは、誰も信じてくれなかったそんな私を、信じてくれた。精神に異常があったり、悪霊にとりつかれたりしている人としてではなく、むしろ誰にもない素晴らしいマリア様との関わりを持つ大切な人として接してくれたの。

彼が私に現れたマリア様を疑わないで、オリジナルのピエタを作る使命をそこに見出してくれたからこそ、私は自分に現れたマリア様と自分自身を本当の意味で信じることができるようになったし、初めて人生に希望を感じられるようになったの。

それなのに、藤原さんが私に言ったことはみな嘘だったというの？　週刊誌に書かれているように、彼はオリジナルのピエタを制作することのできなかった無能な芸術家で、そのことのゆえに自殺してしまうような弱虫で、婚約者や私のことを放っておいて自分だけ死んでしまうような無責任で自己中心的な人だったっていうの？　そんなこと絶対にあるはずがないわ！」

美香子の真剣な訴えに、真理夫は心を動かされた。

そして彼も以前、道生の自殺を疑ったことがあるのを思い出した。あのとき彼は、道生の死がもし自殺ではなく他殺であることが分かれば、それはエリカが苦しみから解放されることにつながるのではないかと思って彼女に尋ねたのであった。だが道生が自殺したことは間違いないことだとエリカが答えたので、それ以後は彼も道生の自殺を疑わず、エリカのためにその理由を探ることに心を注いできたのだ。

だが今、美香子の切実な心の叫びを聞きながら、彼女の気持ちが急に痛いほど伝わってきて、真理夫ははっとしたのである。そして道生が自殺してしまうということは、エリカにとってだけではなく、美香子にとっても苦しみと絶望をもたらしたのだということを初めて痛切に感じた。

道生の死が他殺かどうかということはエリカの救いとも関わっていることもあったので、真理夫はその美香子の気持ちを真剣に受け止めようと思った。

「ありがとう。君の気持ちはよく分かったよ。僕にできることであれば、協力したいと思う。でも、自殺だという立場で今まで僕は考えてきたので、その立場からいくつか質問してもいいかな？　もしかしたら、君が傷つくようなことも尋ねることになるかもしれないけど」

美香子は真理夫が彼女の気持ちを理解し受け入れてくれたことが分かり、少し安心したようだった。

「もちろんいいわよ。私で答えられることであれば何でも答えるわ」

「君は、藤原さんが、君に現れたマリア様のことを疑ってなかったって言ったよね。でも、一度はそう信じたけれど、あとでやはりそれは間違いだったと思い直したとは考えられない？　そうだったとしたら、最初に藤原さんが、君に現れたマリア様のことを本当のマリア様だと言ったということとも矛盾しないことになるし、彼が今まで信じてきたマリア様を裏切ったという良心の呵責にさいなまれて自殺したということとも矛盾しないと思うんだけど？」

美香子の表情が険しくなった。

「というのは、藤原さんは、『僕は取り返しのつかない罪を犯してしまった』ってエリカさんに言っていたらしいんだ。僕はその言葉の意味が彼の死と関わっていると思ってずっと考えていたんだよ。藤原さんは君には何か言っていなかった？」

その真理夫の説明を聞いて美香子の表情が少し和らいだ。

「ええ、その言葉は私もよく覚えているわ」

「もし、できれば、どういう状況でその言葉を藤原さんが語ったのか教えてもらえる？」

「藤原さんは、最初の頃、『私はイエス様のことを気が違ったと誤解したことがあるのです』というマリア様の言葉が、本当のマリア様の言葉とは信じられなかったようなの」

「確かに、聖母マリアには、原罪も個人で犯した罪もないと信じている藤原さんにとって、そのことをマリア様の言われた言葉として受け入れるのはとても難しかったというのは僕にも想像できるよ」

「そうなのね。マリア様の教義なんかよく知らない私には分からないけど、高津さんには分かるのね」

美香子は少し寂しそうに言った。

「僕自身は、このところずっと熱心にマリア様を信じていたわけではないけれど、そうではないときもあったんだ。それに、マリア様の教義についても学んだことがあるからね。でもそれでどうなったの？」

「それで私は、彼がその言葉がマリア様が言った言葉だと信じられるように、マリア様から教えてもらったことを彼に言ったの」

「『あの雪の日に温かい手袋をありがとう』という例のあの言葉だね？」

「ええ、そう。よく覚えていてくれたわね！」

美香子は嬉しそうに言った。真理夫はこの言葉を覚えていてくれた。それは彼が関心を持って美香子の話を聞いていたからだと感じたのだ。

「それで、その言葉を言ったら？」

「そしたら、藤原さん、とても苦しそうな顔をしたの」

真理夫にはその道生の苦しむ気持ちがよく分かるような気がした。もし美香子に現れたマリアの言葉を否定すれば、自分が高校生のときに現れたマリアを否定することになり、もしそれを受け入れれば、自分が今まで信じてきてそれを広めようとしてきた伝統的なカトリックの、マリアには罪がないという教えを否定することになるのだから、道生が葛藤し苦しむのは無理もないことであった。

「それで、『取り返しのつかない罪を犯した』っていう言葉が出たんだね？」

「ええ、そう」

「じゃあ、やはり藤原さんは、一旦は受け入れたけれど、最終的には、君に現れたマリア様を否定したということになるんじゃないの？　君に現れたマリア様が、藤原さんに言いなさいといった言葉を聞いても、それでも信じられないで、罪の意識にさいなまれて自殺したんだ」

「それが、違うのよ。その言葉は、それとは全く逆の状況で語られた言葉だったのよ」

「えっ！　一体それはどういうこと？」

「藤原さんは、逆の決断をしたということなの。つまり、『あの雪の日に温かい手袋をありがとう』という言葉を信じることにしたということなのよ」

「そんなことが……」

真理夫は大きなショックを受けていた。彼には、カトリックの伝統的なマリアの教義を広めようとしていたあの道生が、その教えを否定するような大それた決断を下したということがまだ信じられなかった。エリカもきっと道生が伝統的なマリアの教義を捨てるなどということは考えられなかったので、彼の言葉をあのように解釈したのだろうが、そう思ったエリカの気持ちはよく理解できた。

しかし、もし美香子が言っていることが本当であれば、『取り返しのつかない罪を犯した』というのは、彼女に現れたマリアの言葉を信じたことについてではなく、道生がカトリックの伝統的なマリア教義をそれまで信じてきたことに対して、『取り返しのつかない罪を犯した』と思ったということになる。

エリカの解釈と美香子の解釈は正反対であった。だが美香子の説明は具体的な道生との関わりの中でその言葉が語られた状況を述べている分、明らかに説得力があった。

「たとえ君に現れたマリアの言葉を信じたとしても、藤原さんが自殺しなかった証明にはならないんじゃあないかな？　彼がオリジナルのピエタを彫れずに苦しみ、自殺したということも全くあり得ないことじゃないと思うよ」

「それはそうなんだけど……。でも、藤原さんは絶対に自殺なんかするはずないのよ」

「君の気持ちは、痛いほどよく分かる。でも、それ以上の証拠がないのであれば、今の段階では他殺だと断定するにはやはり無理があると思う」

美香子は失望し、悲しそうな顔をして真理夫を見つめた。

するとそのとき、彼が八歳のときに彼女が上級生たちから虐められていた場面がふと思い出された。あのとき虐められていた彼女を可哀そうだと思って助けようとしたが、虐めっ子たちをやっつけることはできず、逆に殴られてしまったのだ。けれどもそんな彼に「ありがとう」と美香子は言ってくれ、真理夫はそれがとても嬉しかったのだった。「でも、他殺であると断言することはできなくても、少なくとも他殺の可能性があるということは、君の説明でよく分かったよ。だから、その可能性を残しながら調べて行けば、きっと何か道が開けて来るんじゃあないかなあ？」

「私の言ったことを信じてくれるの？」

美香子は意外そうな顔をして真理夫を見つめていた。

「ああ、もちろんだよ。藤原さんが君を信じたように、僕も君を信じるよ。僕は君が嘘を言っていないと感じるし、君が精神に異常があるとか、悪霊にとりつかれているとかというふうにはどうしても思えない。だから、君が、藤原さんが自殺したんじゃないって感じる思いも僕は受け入れる。でも僕だけが信じても、それを客観的に証明できない限り、藤原さんの自殺に関する再捜査は決して行われないよ。だから、僕なりにできる限り調べてみようと思う」

「ありがとう」

美香子は目に涙を浮かべながらそう言った。

「ところで、藤原さんはその『取り返しのつかない罪を犯した』という言葉はいつ言ったんだっけ？それとほかにも覚えていることがあれば話してくれるかな」

真理夫は、その言葉は、美香子が道生にマリアの手袋の話をしたすぐ後に吐露した言葉だと思い込んでいた。しかし、美香子の話を全面的に信じるようになってから、それがもしかしたら、自分の思い込みではなかったのかと感じていたのだ。

「それは、彼がヨーロッパ旅行から帰ってきてずいぶん経ってからだったわ」

道生がオリジナルのピエタを制作するという発表をしたあと、オリジナルのピエタのイメージを求めてヨーロッパを旅行しているという記事を何かの雑誌で読んだことがあることを、真理夫は思い出した。

「ヨーロッパに行く前と後では、何か変わったことはなかったの？」

「変わったこと？　そう言えば、日本に帰って来てから、私と会うときには必ず聖書を持っていたのが印象に残っているかな。それまでと違っていたから……。ああそれから、一時リルケの詩集も読んでいたことがあったわね。これは『図書館で探してくれない』って頼まれたからよく覚えているの。ほかには……そうそう、プロテスタントの教会に通ってた時期もあったかな」

美香子の言葉から今まで知らなかった道生の姿が次々と浮かんできて、真理夫は驚いた。それはエリカからも聞いたことはなかったし、彼自身も全く想像していなかった道生の一面であった。

「藤原さんはヨーロッパで、何かオリジナルのピエタのイメージを得ることができたようなことは言っていたの？」

「ロンダニーニのピエタが凄く印象的だったって言っていたような気がするけど」

サン・ピエトロのピエタではなく、ロンダニーニのピエタに道生が心を動かされたということが、真理夫をさらに驚かせた。

「その期間ずっと、彼は苦しみ葛藤しているようだったわ。それから彼の生活が乱れていった時期があって……。彼がバーでお酒を飲んでいる姿や、エリカさんと口論しているところとかが週刊誌やテレビで取り沙汰されて騒がれたのは、その頃のことよ。私もどうしてしまったのかととても心配だった。だけどあるとき、以前の藤原さんに戻って、とてもすがすがしそうな顔で私に言ったのよ。『僕は今まで取り返しのつかない罪を犯し続けてきた。でも、これからは、本当のマリア様の姿を求めていきたいと思う。そしてその本当のマリア様を僕はオリジナルのピエタとして彫りたいと思う』って」

その美香子の言葉は、それまで彼女が言ってきたことが間違いではないことを真理夫に感じさせるものであった。

「本当のマリア様？　それを、藤原さんは君を通して与えられたマリア様の中に見出したというんだね？」

「見出したかどうかは分からないけど、あのとき藤原さんが、私に現れたマリア様を信じるという決断を下したことは確かだと思うの」

道生がヨーロッパから帰って来てから、なぜ聖書やリルケの詩集を読んだりプロテスタント教会に通い始めたりするようになったのか、真理夫はその理由を知りたいと思った。それが分かれば、道生が自殺しなかったという美香子の言葉を裏付けるものが何か出てくるようなそんな予感がしたのである。そしてそれはまた、エリカと美香子を絶望から救い出す道につながるものでもあるはずであった。

十三章　「本当のマリア」を求めて

ラズロ・トートのピエタ破壊との関わり

（藤原さんがオリジナルのピエタを彫るために探そうとした「本当のマリア」とはどのようなマリアだったのだろう？　そして、その「本当のマリア」と藤原さんの死は関係しているのだろうか？）

美香子の話から、道生の死は自殺ではなく他殺であった可能性が極めて高いと真理夫は感じていた。だが、それを証明するためには、まず自分なりに確信できるものがもっと欲しかった。それで聖母マリアが道生に彫ってほしいと願ったオリジナルのピエタのイメージ、「本当のマリア」を求めて、彼がどのような心情の世界を具体的に辿ったのかを探求してみようと思った。道生が探し求めた「本当のマリア」がどのようなマリアであるのかが分かれば、道生の他殺の可能性についても、もっとはっきりとしたことが見えてくるような気がしたからである。

そして彼の死が他殺であったことを明らかにすることは、美香子の切実な願いであり、もしそれができれば、そのことはまた、エリカが苦しみから抜け出すことができ、彼女との新しい人生の出発へとつながって行くように思えた。

「私はイエスのことを気が違ったと思ったことがあるのです」

真理夫は最初に、マリアが美香子に語ったこの言葉に着目した。

（藤原さんは最初この言葉を受け入れられずにとても苦しんでいた。しかし、後にそれを受け入れるようになった。なぜ、受け入れられるようになったのだろうか？）

そのヒントは、道生がヨーロッパ旅行から帰ってきてからの彼の変化の中にありそうだ。

（藤原さんは、あれほど好きだったサン・ピエトロのピエタに対しては何も言わなかったのに、ロンダニーニのピエタを見たときにとても感動したと美香子さんに言ったそうだが、ロンダニーニのピエタのどこに彼は魅かれたのだろうか？　ヨーロッパから帰ってきてからどうして聖書やリルケの詩を読んだり、プロテスタントの牧師と話したりするようになったのだろうか？）

真理夫は、そのようなことについてもう少し美香子が知っていることはないか尋ねてみた。

「藤原さんは、ミケランジェロのことについてほかに何か言っていなかった？」

「ほかにねえ……。ああ、そうそう。インターネットでピエタが破壊されたときの動画を見つけてショックを受けたって言っていたことがあるわ。それから、名前は忘れたけど、ミケランジェロには女性の友人がいて、ミケランジェロは彼女からとても影響を受けたとも言っていたような……」

「ピエタが破壊されたときの動画？」

真理夫はそのことに興味を持ち、見つけられるかどうか自信はなかったのだが、いろいろなキーワードを入れて試行錯誤しながら、そのような動画があるかをインターネットで探してみた。二時間ほども悪戦苦闘していたであろうか。真理夫はようやくそれと思しきものに辿りついた。

それは破壊されたサン・ピエトロのピエタの修復作業に関する動画であった。

ピエタが破壊されたのは一九七二年五月二十一日。犯人は三十三歳のハンガリー生まれのオーストラリア人地質学者ラズロ・トート。

その動画はイタリアのドキュメンタリー番組の一部で、英語の字幕が付けられている四分程度の短いものだった。鼻先がそがれ、眉が傷つけられた痛々しいマリアの顔、左腕を失ったマリアの姿が生々しかった。また、当時のローマ教皇であったパウロ六世が事件について語っている内容、さらに犯人であるラズロ・トート本人の姿なども映し出されていた。他にも関連するものがあるかと思って探してみたが見つからなかったので、真理夫は道生が見てショックを受けた動画というのは、これにほぼ間違いないと思った。

この動画を見て真理夫は、ピエタの破壊が、当時のカトリック教会の人々にどれほど大きな衝撃を与えたかということをより強く実感させられた。そして、道生が彼のピエタが破壊されたときに受けたショックの大きさが、サン・ピエトロのピエタの前に立って感じたときよりもさらに強く思い起こされた。それと同時に、美香子が道生のピエタを破壊してほしいとマリアから願われてそれを実行したときに経験したであろう不安と恐怖が、それまではそれほど彼に直接関わっているとは思わなかったのに、急に彼自身の問題として迫って来るのを感じたのであった。

真理夫にとって最も印象的だったのは、教皇パウロ六世がピエタを破壊したラズロ・トートの背後には「サタンの力が働いている」と語っている箇所であった。それは、必然的に、美香子に働きかけたマリアに対して、「悪霊の仕業」と滝本神父が決めつけたことを再び彼に思い出させた。そして、滝本神父が言ったことと同じようなことを、かなり開かれた心を持ってカトリック改革を推進したと考えられていた、全世界のカトリック教会の長である教皇パウロ六世が語ったということが、真理夫には衝撃であった。

ナレーターが語っている。

「……ラズロ・トートは、オーストラリアに住む精神を病むハンガリー人であった。彼は自分がイエス・キリストであると言っている。……パウロ六世は、このような事件が起き得たことが信じられない思いであった。この事件は、一体何を意味しているのだろうか?

パウロ六世は象徴を用いて表現する人であり、象徴によって起きていることなどを解釈することがよくあった。そのため、この傷つけられ破壊されたピエタ像も、暗くて感知することもできなかった全く予期されなかった力、強力な悪、すなわちサタンによって襲撃された、痛み多く無防備な教会のイメージとなったのだ。修復はすぐに開始されたが、数週間後にパウロ六世が印象深い談話を発表する。

『サタンの煙が聖なる建物の部屋に侵入した。彼は自分の姿を隠し、偽り、誘惑し、得たいものを獲得し、分裂させ、痛めつける。それはあの、永遠に存在する、暗黒の王子であり、天から落とされた天使であり、この世の最初と最後の悪の根源である』

この数十年間において、教皇がこのような発言をしたのは初めてであった。……」

真理夫はこの動画の内容を知るまでは、ラズロ・トートのピエタ破壊と聖母マリアが美香子に道生のピエタを破壊させたこととを直接結び付けて考えたことはなかった。しかしこの動画を見て真理夫は初めて、二つのピエタ破壊事件、ミケランジェロのサン・ピエトロのピエタとそれのレプリカである道生のピエタ破壊事件には、何らかの関わりがあるのではないかと感じたのであった。

そう感じると、非キリスト教国である日本という国で起こったこの小さな出来事が、世界全体のカトリック教会を揺り動かしかねない重要な問題をはらんでいるのではないかと思え始めた。さらにそれは同時に、自分が今関わろうとしていることが、ローマ教皇とカトリック教会全体からサタンの力による仕業だと糾弾される可能性を秘めた、非常に危険なことなのではないかと感じ、急に恐ろしくなった。

（藤原さんもこのような気持ちを感じたのだろうか？）

真理夫はそのように道生の通過したであろう心情を辿っている自分が不思議であったが、その歩みの中で、自分の心が彼の心に少しずつ近づいているのを感じていた。

もし直接、美香子から話を聞いていなかったなら、そして、誰か第三者から美香子が道生のピエタを傷つけた話を聞いていたなら、彼は間違いなく、美香子に現れたマリアの現象を、統合失調症の症状である幻覚によるものか、悪魔の仕業だと思っただろう。だが今、真理夫は、そのように簡単に片づけられないもっと深い意味がそこには隠されているのではないかと強く感じ始めていた。

（ローマ教皇パウロ六世は、ラズロ・トートがピエタを破壊したのは、サタンがそうさせたのだと言った。そしてほとんどの人はそう信じるか、あるいは精神に異常をきたした狂人によってなされたのだと思ってきた。僕自身も、この事件についてそれほど詳しくは知らなかったが、精神異常者によってなされたと思い込んでいた。しかし、本当にそうだったのだろうか？）

そのような疑問が湧き上がってきた。そして、その翌日、真理夫はこの動画の関連サイトに興味深いコメントを見つけた。

それは、オランダのロッテルダムに住むマニューシャという人が、『一九七二年に、ミケランジェロのピエタ像を破壊したラズロ・トートは、いったいどうなったのだろうか？』というトピックのところに投稿したものである。

「ハンガリー出身で、オーストラリアの地質学者であったラズロ・トートは、ファティマの秘密について教皇に話すためにローマに行った。彼がローマに行ったのはこの理由のためだけであった。教皇は、一九七一年か七二年にファティマの秘密を公開すべきであったが、それを拒んでいた。

幻を見て、天空から降りてきた女性と話したという二人の少女のうち一人は、修道女となり、教皇の元へ赴き、『天空から降りてきた女性』の意志を尊重し、秘密を世に公開することを求めたが、教皇はこれを拒否したばかりか、彼女に語ることを禁じた上、残された生涯を静かに黙して生きることを命じたのである。

ラズロ・トートがローマに現れたのは、その後であった。彼は女子修道院のペンションに住むようになったが、そこの修道女たちの話によると、彼はもの静かで、非常に優しい人であったという。彼は、二度、ファティマの秘密について話すために教皇に会う許可を求めたが、謁見は拒否された。

その後、彼はローマの北方にあるユースホステルに数日滞在した。その期間に彼は、ローマの新聞に三つの広告を掲載した。そのうちの一つには、自分の写真も載せた。広告の本文には、以下のように書かれていた。

『私の名前はラズロ・トートです。私は地質学者で、オーストラリアの砂漠で仕事をしていましたが、その際、宇宙の異次元の存在者に出会いました。その者は、ファティマの秘密の内容について私に語り、私にローマに行って教皇に、教会が世界の人々にその秘密を公開すべきであることを告げるようにと語りました。しかし、教皇は、私と会って話すことを拒まれたのです。ファティマの秘密について知りたい人は、誰でも私のところに来てください』

しかし、関心を持つ人はいなかったようだ。

数日後の日曜日、ミサの最中に、ラズロは、ミケランジェロのピエタ像に駆けより、ハンマーで口を壊し、さらに目と腕を破壊した。

彼は、目を壊したのは、その目が見えないことが哀れであると思ったからであり、口を壊したのは、語ることができないからであり、また腕を壊したのは、その腕が何もすることができないことが哀れだったからだと語った。

霊魂を清めるために教会に集っていた二千人の人たちが、神の聖堂のど真ん中で彼にとびかかり殺そうとした。しかし、なんとか警察が群衆から彼を守った。

その後、教皇の秘書が個人的にラズロと八時間話した。その後で枢機卿が記者会見したが、『語ることは何もない』と記者たちに告げた。『教会は、この件と何の関係もない』と。

しかし警察は、ラズロはイタリア政府にとっての問題ではなく、バチカンにとっての問題だと判断した。そのためラズロは、警察に連行され、バチカンに再び連れ戻され、その後また警察に戻された。ピエタ像の破壊に関しての刑罰は、禁固三ヶ月であったが、四ヶ月以下の懲罰で有罪となった外国人は（一九七二年当時の法律では）国外退去となった。しかし、ラズロは、外国人であったにもかかわらず投獄された。そこで彼は日記を書いていたが、ラズロ同様、その日記も消えた。

ラズロは、数人の精神科医によって検査された。その結果、ラズロのＩＱは、類を見ないほど非常に高かった。それにもかかわらず、ラズロは、十二回も電気ショック療法を受けさせられた。その後、彼について新聞には、何の報道も掲載されなくなった。

ラズロに関する話は、大変奇妙である。実に不思議である。本当に奇妙である。電気ショック療法後、一体ラズロは、どうなったのだろうか？……。

私がラズロ・トートについて書いてきたことは、すべて、当時のイタリア・ローマの新聞に実際に書かれていることである」

真理夫は動画とこの記事によって、彼が今までラズロ・トートに対して抱いていたイメージが根底から覆されていくのを感じた。そしてラズロ・トートによるカトリック教会の聖母マリアの象徴とも言うべきサン・ピエトロのピエタ破壊事件には、世間が知ることのできない重大な秘密が隠されていることはほぼ間違いないと思った。

（異次元の存在者がラズロ・トートに対して、教皇パウロ六世に告げるようにと言った内容とは、一体何だったのだろうか？　もしマリアが、語ることができ、目が見え、腕が動いたなら、彼は、マリアが一体、何を語り、何を見、何をすべきだと言いたかったのだろうか？　彼の失われてしまった日記には一体何が書かれていたのだろうか？　十二回の電気ショックによって、彼はどのように変わってしまったのだろうか？）

真理夫はそれらのことを知りたいと思った。だがその真相は、すでに約四十年前の一九七二年頃、教会権力によって闇の中に葬り去られ、残念だがそれを知ることはほぼ不可能と諦めざるを得なかった。

ミケランジェロの内面の変化

ラズロ・トートによるピエタ破壊に関して新たな認識を得た真理夫は、続いて美香子が教えてくれたもう一つのことについて考えてみることにした。

「名前は忘れたけど、ミケランジェロには女性の友人がいて彼女にとても影響を受けたとも言っていたような……」

真理夫はとりあえず、ミケランジェロに関する評伝や美術誌などをいくつか集めてそれらを読み始めた。

ミケランジェロは一生涯独身であったが、美香子が言ったように、確かに彼にはヴィットリア・コロンナという女性の友達がいた。一四七五年に生まれたミケランジェロは、一五六四年に八十九歳で亡くなった。彼は六十三歳（一五三八年）のとき、未亡人で当時修道院に入っていた四十八歳のヴィットリアと出会っている。そして二人の友情は、彼女が死ぬ一五四七年まで続いた。システィーナ礼拝堂の天井にミケランジェロが描いた巨大なフレスコ画『最後の審判』には、キリストの隣で苦悩の表情を浮かべて祈る聖母マリアの顔が描かれているが、それはヴィットリアの面影を写していると言われている。

「彼女は私にほんとうに大きな幸福を願っていた。私もそうであった。死は私から一人の偉大な友を奪ってしまった」

彼女の死後、ミケランジェロが語ったこの言葉には、二人の間の深い友情が示されている。詩人であったヴィットリアの影響でミケランジェロは多くの詩も書いた。その中には、彼を信仰の世界に立ち返らせてくれた、宗教的な意味における友人として彼女を尊敬していたことを示唆するものが残っている。

「一人の女性の口から、男が、いや神が語りかける。彼女の言葉を聞くと私はもはや自分ではない。……ああ涙と燃える心で魂を永遠へと導く女性よ、私が二度と自身に戻らぬようにしておくれ」

ミケランジェロやヴィットリアが生きていた時代のヨーロッパは、腐敗堕落したカトリック教会を改革しようという運動が各国で勃興することによって、最終的にはカトリックとプロテスタントに分裂していく激動の時代であった。

ドイツでマルティン・ルターの宗教改革が始まったのが一五一七年であったが、イタリアでは、一五一三から一七年の間に、ヴァルデス派によるカトリック教会改革の運動が起こった。その運動の推進者の一人であったベルナルディーノ・オキーノとヴィットリアは、一時期大変深い関わりを持っていた。そして、ヴィットリアを深く尊敬していたミケランジェロが彼女を通してプロテスタント的な神学の影響を受けたことは、彼がヴィットリアに送った詩や晩年の作品の中に見ることができる。道生がそれを見て感動したと言った、ミケランジェロが死の数日前まで彫っていたロンダニーニのピエタにもその影響は現れている。

イエスを気が違ったと思ったマリア

そのような背景が分かってくると、どうして道生がヨーロッパから帰って来てから聖書を熱心に読むようになったのか、またプロテスタントの牧師に会うようになったのかが理解できるように真理夫は思った。

（藤原さんは聖書を読むことを通して、プロテスタントの神学が理解したマリア、あるいはそれを

超えた本当のマリアの姿を探し求めようとしていたのかもしれない）

そのように考えた真理夫は、道生が聖書を読むことを通して、本当のマリアに関して何を感じたのかを知るために、彼自身も改めて聖書を読み始めることにした。

カトリックとプロテスタントでは、同じキリスト教でも違った教義を信じる部分があり、その関連で聖句を違ったように解釈することがある。たとえばイエスの兄弟ということについて言えば、カトリックでは、イエスが生まれてからも養父であったヨセフとの間には性関係はなく、マリアは生涯処女であったということを信じるので、イエスには弟も妹もいなかったと考える。

ところがプロテスタントでは、おおむねイエスの処女懐胎は信じるが、一生涯処女であったとは考えない。

それは『マタイによる福音書』第一章二十四—二十五節に「ヨセフは眠りから覚めると、主の天使が命じたとおり、妻を迎え入れ、男の子が生まれるまでマリアと関係することはなかった。そして、その子をイエスと名付けた」と書かれていることを根拠としている。「イエスが生まれるまで」を文字どおり解釈するので、それまではヨセフとマリアの間に夫婦関係はなかったが、イエスが誕生してからは夫婦としての性関係を持ったはずだから、一生涯処女であったということは事実ではないと解釈する。

それゆえ聖書に弟や妹がいたと書いてある（『マルコによる福音書』第六章三節「この人は、大工ではないか。マリアの息子で、ヤコブ、ヨセ、ユダ、シモンの兄弟ではないか。姉妹たちは、ここで我々と一緒に住んでいるではないか」など）ので、それを文字どおり受け取り、イエスには少なくとも四人の弟と二人以上の妹がいたと考えるのである。

それでは聖書にイエスの弟や妹のことが書かれているにも拘らず、どうしてカトリックはイエスには弟や妹がいたことを否定し、マリアはイエス誕生後もヨセフと性関係は持たず、生涯処女であったと信じてきたのだろうか？

それにはいくつかの理由がある。主なものの一つは他の言語でも見られることであるが、ヘブル語の方言でイエスが実際語っていたと考えられているアラム語では、兄弟という言葉には従兄弟や身内という意味もあるからというものである。つまり、イエスの弟や妹と書かれていても、実際にはそれは従弟、従妹のことを意味していると解釈するのである。

もう一つの理由は、ヨセフは以前結婚しており、前妻との間に連れ子がおり、兄弟や姉妹というのは、マリアとの間に生まれた子供ではなく、前妻との間の子であるというものである。この説だとヨセフは非常に年をとっており、マリアとの間に性生活を送ることはできない年齢であったため、マリアは一生涯処女であったということになる。カトリックの人たちの中には、今でもどちらかを信じている人が多い。

道生が美香子に語った言葉から考えて、道生はきっと「私はイエスのことを気が違ったと思ったことがあるのです」というマリアの言葉に何らかの意味で関係するものを聖書の中に見出そうとしたのではないか。真理夫はそう思っていた。

そして、新約聖書を読み続けていた真理夫は、『マルコによる福音書』の中に、マリアが美香子に語ったその言葉と密接に関わっていると考えられる箇所があるのを見つけたのだ。それは、第三章二十―二十一節である。

「(二十節)イエスが家に帰られると、群衆がまた集まって来て、一同は食事をする暇もないほどであった。(二十一節) 身内の人たちはイエスのことを聞いて取り押さえに来た。『あの男は気が変になっている』と言われていたからである」

真理夫はまず「あの男は気が変になっている」という言葉が大変気になり、次いで「身内の人たち」とは一体誰のことなのだろうという疑問を感じた。

彼は今まで何度もその聖書の箇所を読んでいたはずであるが、不思議なことに今までそれらの言葉について真剣に考えたことも、重要なものだと感じたことも一度としてなかった。それは彼もまた伝統的なカトリックの解釈を無意識に受け入れており、そのカトリック的解釈が先入観となって「身内」を親戚と思い込み、「母マリアと弟たち」を指している可能性など考えもしなかったからである。

そうであったからこそ、聖母が美香子に告げた「私はイエスのことを気が違ったと思ったことがあるのです」という言葉は、聖書に書かれていない内容であり、カトリックの伝統的な教えには反するものだと感じたのであった。そして道生が美香子にその言葉は受け入れられないと言ったことも、真理夫にはある意味ではよく理解できたのだ。彼は、人間の思い込みというものが実際に存在しているものを如何にゆがめて見せてしまっているかということを思い知らされたような気がした。

しかし真理夫はそれ以上に、この箇所が、聖母が美香子に語ったその言葉を示唆する内容と関わる可能性を持った、極めて重要なものであることを感じて、心が震えるのを感じていた。

（美香子さんに語りかけた聖母の言葉は、正に聖書の中にすでに記されていたのだ！）

彼は早速、その箇所に関していくつかの聖書注解書などを調べてみた。そして、何冊目かに手に取った『新共同訳 新約聖書注解Ｉ』に記されている記事を読んだとき、彼は、さらなる心の昂ぶりを感じざるを得なかった。

「《身内の人たち》は三一節で言及されている《イエスの母と兄弟たち》。『取り押さえる』と訳されているギリシア語のクラテインは敵対者たちによるイエスの逮捕にも用いられている。……イエスの身内の者たちも同様にイエスを捕えて――保護するためであるとはいえ――監禁しようとした。その行動は――新共同訳のように――《あの男は気が変になっている》という世間の見方によって引き起こされたものと解釈することも不可能ではない。……二一節はマタイ、ルカ両福音書に欠けている。ふたりの福音書著者はイエスの家族の名誉のためにこの節を省いたのではなかろうか」

（「身内の人たち」とは、やはりイエスの母マリアと弟たちを意味していたんだ。マリアが美香子さんに語られたことは、聖書の中に書かれていることと同じだったんだ！）

従来、プロテスタントでは、だいたいこの「身内の者たち」を家族と解釈してきた。だがカトリックでは、家族ではなく親戚あるいは仲間などと解釈してきたし、「気が変になっている」というのを文字どおりではなく、宗教的な熱狂というふうに解釈し、できるだけマリアや親戚の名誉、またカトリックの教義を守ろうとしてきた。

しかし、この注解書が解説しているのは単にカトリックの神学者だけで翻訳されたフランシスコ会訳聖書やバルバロ訳聖書、あるいはプロテスタントの神学者だけで翻訳された口語訳聖書や新改訳聖書などについてではない。日本で初めて、カトリック、福音派を除いたプロテスタント諸派、聖公会の現代日本を代表する聖書学者や神学者たちが集まった、エキュメニズム（教会一致主義）を指向する超教派的な試みによって翻訳された新共同訳聖書についてなのである。

真理夫はそのことに大きな意味を見出していた。

キリスト教の経典である聖書の翻訳にはどうしても解釈が含まれるため、従来、それぞれのキリスト教諸派は、各派の教義に色濃く影響された独自の翻訳聖書を用いてきた。だが『新共同訳聖書』には、各教派の教義理解を超えて、現代の聖書学の成果に基づき、より聖書の内容に忠実な訳が試みられた可能性があると思われたからである。もちろんそうだからと言って、それがカトリック教会の公的な見解を意味するものではなく、正式な教義とは相容れないものを含んでいる可能性は十分あるが、それでも何人かの優秀なカトリックの神学者たちが関わったことは確かであった。

（ということは、イエスの母マリアと弟たちが、人々がイエスを気が違ったと言っているのを聞いて、彼らもそれをそのように信じてイエスを拉致しに来たということなのだ。マリアは、イエスを気が違ったと思われたことがある。つまりイエスの本当の心をマリアが理解できなかったということになる。このことは、一体何を意味するのだろうか？　罪のないマリアが救い主であるイエスの気持ちやそのなされていることの意味を理解できないというのは、どう考えても矛盾している。そして理解できないだけではなくて「気が違った」とまで思うのは、単なる考えの足りなさで済まされることではないのではないだろうか？）

救い主であるイエスはイスラエルの他の人々から異常だと思われただけではなく、自分自身の家族からも、そして、誰よりもイエスを最も理解し、一つであるはずの母マリアからも、気が違ったと思われていたのだ。

真理夫はそのことを思うと、イエスの孤独と悲しみが伝わってくるような気がして、イエスがとても可哀相に思えた。そしてそれは、真理夫が幼い頃、マリアに因んだ真理夫という名前のゆえによく虐められたときのことと重なり、非常に実感を持って感じられた。

イエスの生きていたときから二千年経った現代では、キリスト教が迫害されている国が依然として存在するとはいえ、イエスは世界の二十数億の人々から救い主として信じられている。またクリスチャンからだけではなく多くの人々の尊敬を集めている。だから聖書を読んでも、普段はイエスが実際に受けた迫害や、味わった苦難や孤独を、実感を持って感じることはなかなか難しい。ある意味では、イエスと同じような道を辿ることによって初めてイエスの気持ちは理解することができるのだろう。

そんなことを考えながら『マルコによる福音書』を読み進めていこうとしたが、そのすぐ後の言葉も、大変リアルに真理夫の心に伝わってきた。

「（二十二節）『あの男はベルゼブルに取りつかれている』と言い、また、『悪霊の頭《かしら》の力で悪霊を追い出している』と言っていた」

イエスが病人を癒す奇蹟を行ったのが神の力ではなく悪霊の頭の力によるのだと言われていたことが、美香子に現れたマリアが悪霊の仕業だと言った滝本神父の言葉と、さらにはラズロ・トートのピエタ破壊を悪の根源であるサタンによるものだと言ったパウロ六世の言葉とも奇妙に重なったからである。

そして、そのことは真理夫をさらに次の段階へと導いていった。

リルケの詩

（他にも同じような出来事が起こっているのではないだろうか？　もしそれを知ることができればそこからも何か分かるかもしれない）

しばらくしてそのようにひらめいた真理夫は、たいして期待はしなかったものの、ピエタの破壊に関する動画が掲載されていたインターネットのサイトに、英語で次のようなコメントを書き込むことにした。

「聖母マリアの絵や彫刻で、このラズロ・トートが行ったような破壊的な行為がなされたことをご存知の方はいらっしゃいますか？　もしいらっしゃれば、紹介していただけると助かります」

するとどうだろうか。それほど期待したわけではなかったのに、翌朝にチェックしたときにはすでに、真理夫の書き込みに応える一つのコメントが残されていた。アメリカの四十代の男性であった。「私が知っているのは、彫刻ではなく絵画です。私が勤めている市立美術館で、最近美術館が所蔵している『カナの婚礼』という絵が、鋭利な刃物と思われるもので傷つけられたことがあります。犯人はまだ捕まっておりません」

真理夫は、ピエタ破壊とよく似た現象が他にも起こっているという情報を得ることができたことに興奮を覚えていた。

彼は早速、新共同訳聖書を開き、カナの結婚式の場面が記されている箇所を読んでみた。『ヨハネによる福音書』第二章一節―十一節には次のように記されている。

「三日目に、ガリラヤのカナで婚礼があって、イエスの母がそこにいた。イエスも、その弟子たちも婚礼に招かれた。ぶどう酒が足りなくなったので、母がイエスに、『ぶどう酒がなくなりました』と言った。イエスは母に言われた。『婦人よ、わたしとどんなかかわりがあるのです。わたしの時はまだ来ていません。』しかし、母は召し使いたちに、『この人が何か言いつけたら、そのとおりにしてください』と言った。（中略）イエスが、『水がめに水をいっぱい入れなさい』と言われると、召し使いたちは、かめの縁まで水を満たした。イエスは、『さあ、それをくんで宴会の世話役のところへ持って行きなさい』と言われた。召し使いたちは運んで行った。世話役はぶどう酒に変わった水の味見をした。（中略）イエスは、この最初のしるしをガリラヤのカナで行って、その栄光を現された。それで、弟子たちはイエスを信じた」

真理夫はこの箇所を何度も繰り返し読んでみた。

そしていくつかの聖書注解書にも目を通して、なぜこの場面を描いた絵が傷つけられたのか、その理由を理解しようと試みた。「婦人よ、わたしとどんなかかわりがあるのです」という表現は以前から、自分の母に対して冷たい言い方だとは感じていたことだが、それ以外のことはあまりよく分からなかった。

どうしたものかと思っていたとき、机の上に積み上げて置いていた本の一冊が床にすべり落ちた。道生がかつて読んでいた、ライナー・マリア・リルケの『マリアの生涯』いう詩集であった。数日前に美香子が、勤めている図書館から借りてきてくれたのである。

詩集を拾い上げて手に取りながら、リルケがマリアという名前を持っていたことに気づいて、真理夫は親しみを覚え、詩集を開いてみた。そして目次の中に、「カナの婚礼」というタイトルの詩を見つけると、早速その詩を読み始めた。

カナの婚礼

マリアはどうしてほこらずにいられたろうか、
彼女のこのうえないつつましさをも美《うるわ》しくしたみ子を？
偉《おお》いなることに慣れた気高い夜さえも

彼の現われたときにはわれを忘れたようではなかったか？

かつて彼が姿を消したということも
比類なく彼の栄光にあずかったのではなかったか？
いかなる賢者さえ口を閉ざして耳を
ひらきはしなかったか？　そしてあの家は

彼の声によって新しくなったようではなかったか？　ああ　きっと
マリアは彼ゆえの喜びが輝きあふれるのを
あまたたび抑えていたのだ、彼女は驚きつつ彼のあとに従っていったのだ。

しかしあの婚礼の祝宴のさい、
ふいに葡萄酒が乏しくなったとき——
彼女は子のほうを見て徴《しるし》の身振りを乞うた、
そして彼がなぜそれに応えないのかわからなかった。

けれどそれから彼は徴をなした。マリアはのちに理解した、彼女が彼をその道へとせきたてたのだった。
そしていまや彼は真に奇蹟をなす者だった。
そしてすべての犠牲が引きとめがたく運命づけられていた。

そう　このことは記されていたのだ。
けれどそれはなされるべくしてあったのか、あのときすでに？
いや彼女が――彼女がそれを招きよせたのだ、
彼女の虚栄の盲目のために。

果実や野菜にゆたかな食卓で
マリアは喜びに加わっていて
しかし気づいてはいなかった、彼女の涙腺からしたたる涙の
そのとき　葡萄酒とともに血に変わっていたことを。

（田口義弘　訳）

真理夫は、最初何が書かれているのかよく理解できなかったが、何度か読み直して行くうちに、リルケが言おうとしていることが分かり始めて来ると、ピエタ破壊の動画を見たときにも似た衝撃を覚えた。他の詩にも一応目を通してみた。しかし彼にはこの詩だけが、特別な内容が書かれているよう

な気がした。

カナの婚礼まではマリアはイエスに従っていたが、このカナの婚礼のときだけは「虚栄の盲目のために」マリアはイエスに奇蹟を起こして水をぶどう酒に変えてほしいと願った。イエスはそのマリアの願いを拒んだが、彼女はイエスがなぜ拒んだのか、その理由が理解できなかった。そして、最終的にイエスはそのマリアの願いを受け入れた。

イエスの十字架の死については、聖書に預言されてきたことではある。だが水をぶどう酒に変えるという奇蹟をマリアが願ったことが、イエスの十字架の死はそのときに起こるべきものではなかったのに、それを早めてしまうことになってしまった。つまり水がぶどう酒に変わる奇蹟を願ったことによって、マリアはイエスの十字架の死を招いてしまった。

このようにリルケは言っているのだろうか？　真理夫は自分の解釈だけに頼るのは危険かもしれないと思って、この詩についての解説をいくつか読んでみたが、その一つが目に留まった。

「要するに、マリアがキリストに奇蹟をおこなわせたことに、キリストの犠牲死を招《まね》く原因があったのだということである。それゆえに、水が変身して葡萄酒となったものの、それはまたキリストの犠牲死によって流れる血でもあるのだが、やがてマリアの流す血の涙でもあったのだ」

（リルケはやはりそのように言っているのだ……）

真理夫はマリアが無原罪であったということを、道生やエリカのように熱心に信じていた訳ではない。またエリカを通して、マリアとの関わりを少しずつは取り戻していたとはいえ、まだまだ距離があった。しかしそんな真理夫でも無意識に、マリアの清さ、マリアがイエスの心を理解しイエスと一つであり、イエスを支えてきた人であるというイメージは持っていたのであろう。だからマリアがイエスの気持ちを理解せず、イエスの十字架の死を早め、それだけではなく、イエスの十字架の死の原因を彼女の「虚栄の盲目のために」作ったのだと言われて、リルケの解釈にさすがにショックを受けていた。そして自分の心の中に彼なりに抱いていたマリアのイメージが壊れていくような気がして、心が痛んだ。

（藤原さんはこの詩を読んで、一体どんな気持ちを感じたのだろうか？）

真理夫は道生がこのリルケの詩を読んで感じたであろうショックや心の痛みが伝わってくるような気がした。

リルケは神学者ではなく、あくまでも詩人であることを真理夫はもちろんわきまえているつもりであった。そしてこれが詩人リルケの解釈であり、この解釈が神学的に正しいかどうか、真理夫にはよく分からなかった。多分、神学的には評価されるものではないのかもしれないとも思った。

だが真理夫は一音楽家として、芸術家もときには絵画、詩、小説、彫刻、音楽などを通して、神学者が決して知り得ない真理についての深遠な洞察を表現できる可能性を秘めていることを信じていた。

当時のユダヤ教の指導者や神学者たちが、イエスが救い主であることを知ることができなかったのに、東方の異国人たち、羊飼い、漁師、取税人、貧しい人たち、罪人として差別され迫害されていた人たちがイエスを信じ、受け入れたように。

多くの知識はときに既成概念となり、また傲慢さを生み出し、あるがままの真理をその如くに感じ取る心を曇らせる危険性があるのだ。特に宗教的あるいは哲学的な意味における真理は、最終的には、頭ではなく心で感じ、出会うものなのだろう。

そういう意味では、このリルケの「カナの婚礼」の詩との出会いは真理夫には大きな意義を持っていた。このことを通して、真理夫はなぜマリアが神学者ではなく彫刻家である道生に、そしてクリスチャンでもない谷川美香子に現れ、キリスト教神学の根幹であるマリアの教義に関する内容について語りかけたのか、そして一音楽家にすぎない真理夫がそれに関わっているのかということが、何となく理解できるような気がしたからである。

プロテスタント教会の牧師との出会い

真理夫はその翌日には、美香子から教えてもらった住所にある、道生が通ったプロテスタント教会を訪ね、小野信一牧師に会った。彼の話を聞けば道生のことがもっと分かるのではないかと思ったからである。

道生の知り合いで彼について知りたいことがあるのだと説明すると、小野牧師は快く書斎に通してくれた。小さな応接セットと大きな机が置かれ、壁には、天井の高さまで届く本棚に、本がぎっしりと並べられていた。

「藤原さんは、プロテスタントのマリア観について教えてほしいと言って来られました。なんでも、彼のオリジナルのピエタを彫るために参考にしたいのだということでした」

（やはり思ったとおりだった）

「それで、私が知っていることをお話したのですが、どうもそれらの多くはすでに藤原さんがご自分で学ばれたのか、ご存じであったようで、それほど目新しいことではないと感じておられるようでした。でも二つだけ、私が話したことで、大変驚いた反応を示されたことがあります」

「それはどんなことでしょうか？」

「一つは、カナの婚礼の奇蹟の場面について話していたとき、私が、『ここでのマリアの願いは、イエスが荒野で四十日の断食をしているときに、サタンが現れて、石をパンに変えるように誘惑していることを思い起こさせる』とある神学者が言っていると話したときです。神学者にもそのような解釈をする人がいるのかと驚いておられました」

「そんなことを言っている神学者がいるんですか……」

真理夫自身も内心大変驚いていた。

「もう一つは、無原罪の御宿りの教義は、分かれたキリスト教諸教派が一つになっていくためのエキュメニズム運動にとっては非常に大きな妨げになっていると他の教派は考えており、そのためローマ教皇がルルドを訪問することに対して、フランスのプロテスタント連合が異議を唱えたりするという話をしましたら、そういうことはご存じなかったらしく、大変驚いた顔をされたことがとても印象に残っています」

「そうなのですか。カトリック以外のクリスチャンたちは、無原罪の御宿りの教義は教会の一致を妨げていると考えているのですか……。私も、そのことについては全く知りませんでした」（驚いた…）

真理夫は道生に関する話を聞きにきた筈なのに、話すうちに小野牧師の人柄に引き込まれてしまい、自分のことを話したくてたまらない思いを堪えていた。もう聞くべきことは聞いたという思いがある一方で、まだまだ話していたいと願う自分もあったが、やらなければならないこともあってそうも行かない。切りがいいところで引き上げることにした。

「今日はお時間を取ってくださって、本当にありがとうございました。大変参考になりました」

そういって深々と頭を下げる真理夫に向かって、小野牧師はまたどうぞと言って微笑むのだった。

真理夫は道生の驚きが分かるような気がした。それは、イエス自身が自分の肢体であるキリスト教会が様々な教派に分裂していることを悲しんでいること、そしてそのことのゆえに、キリスト教諸教派がこれまでの軋轢を超えて一つになろうと努力し続けていることを知っていたからである。

真理夫自身は熱心なカトリック信者であるとは言えなかったが、それでもカトリック教会が清く原罪のない聖母マリアを信じているという正にそのことが、別れた兄弟であるキリスト教諸教派と一つになることを妨げている重要な要因になっていることを知らされて、心が痛まないはずはなかった。

罪あるマリア

真理夫は道生が歩んだと思われる過程を一とおり辿り終えて、摑んだ内容を整理しながら一つの結論に達した。それは道生が求めていた「本当のマリア」とは、無原罪のマリアとは全く逆のマリアであったということである。それは、救い主であるイエスのことを理解できないばかりか、気が違ったと思って取り押さえようとするマリアであり、原罪があり、罪のあるマリアであり、リルケ流の表現を借りれば、イエスの十字架の死を「招き寄せた」マリアであった。

そして道生が言った「取り返しのつかない罪」とは、本当のマリアは罪があるのに、原罪がないと信じ、それを広めるために努力してきたそれまでの生き方に対して語った言葉であったということをはっきりと知ることができた。それは美香子が言ったとおりであった。

(「醜いマリア」という言葉には、もちろん美香子さんの苦しみを癒すという意味があったことは間違いないだろう。しかし「醜い」という言葉には、単に外的な醜さという意味だけではなく、彼女自身がイエスの心情を理解できないで、イエスのことを気が違ったと思い込んでしまうような心の醜さ、罪を持っていたこと、つまり聖母マリアは、自分が「無原罪のマリア」ではなく「罪あるマリア」であったということを言おうとしていたのだ)

真理夫はそのように心の中を整理しながら、自分が辿りついた結論に今更ながら驚いていた。それはカトリック以外のクリスチャンにとっては想像できないことかもしれないが、カトリックの信徒にとっては大変ショックなことである。教会にもほとんど行かず、ずいぶん信仰的には冷めた見方をしていた真理夫でさえ、かなりの衝撃を受けたのだから、まして無原罪のマリアの教えを信じ、それを人々に伝えようとしていた熱心なマリア信仰者であった道生であれば、そのショックは何倍も大きかったに違いなかった。

(「罪あるマリア」が本当のマリアだったとは……。確かに、もし藤原さんが「罪あるマリア」を彼のオリジナルのピエタに彫ろうとしており、それを何者かに知られたとするなら、それは命を狙われる可能性が十分あり得ただろう)

真理夫は、道生が彫ろうとしたであろう「罪あるマリア」を表現するピエタのマリアの顔を想像してみようとした。もちろん道生がそれをどのように表現しようとしたかまでは分かるはずはなかった。だが人々がそれを見れば、そこに罪のない清く美しい「無原罪のマリア」ではなく、イエスを気が違ったと誤解し、イエスの十字架の死を招いた「罪あるマリア」を感じさせるようなイメージを想像しようとしただけでも、それがどれほど恐ろしく危険に満ちたことであるかを感じて身震いがした。

(藤原さんは、それを彫ることで、聖母が彼に願うことを一人で果たそうとしたのだ。何と勇気のいることだろうか)

真理夫は、孤独の中で聖母のためにそのような勇気ある生き方をしようとした道生の生き方に魅かれるものを感じた。しかし、同時に彼は道生のような強さは自分にはないような気がして、不安にもなった。

（「罪あるマリア」を創作しようとすることは、ある意味で、サン・ピエトロのピエタを破壊したラズロ・トートがしたこと以上に、サタン的な行為と受け取られてしまうのではないだろうか？）

そんなことを考えていると急に、ピエタ破壊の動画のところにコメントを書いた、オランダのロッテルダムのマニューシャの言葉が真理夫の脳裏に甦ってきた。

「霊魂を清めるために教会に集っていた二千人の人たちが、神の聖堂のど真ん中で彼にとびかかり殺そうとした」

真理夫は、道生だけではなく自分もまたその極めて危険な道に足を踏み入れているような気がして、激しい恐怖に襲われた。

ちょうど真理夫がそのような暗い気持ちに陥っていたとき、彼の携帯から『スターバト・マーテル』が鳴り出した。

「もしもし、高津ですが」

「もしもし、真理夫さん？　エリカです。元気？」

「うん、まあ元気だよ。エリカさんは？」

「私も元気よ。この間はごめんなさいね。私のことを思って言ってくれたのに、少し言い過ぎたような気がして……」

「えっ、ああ、いいんだよ。エリカさんがあのように言った気持ちはよく理解できるよ。気にしてないから」

「ありがとう。今日は、ちょっと大変なことがあって電話したの」

「大変なこと？」

「心配しないで、悪いことじゃあないから。むしろいいことかもしれない」

「どういうこと？」

「実は、涙を流し続けている道生さんのピエタの涙に触れて、不治の病を患っていた子供の病気が治ったらしいの。詳しいことはもちろん検査しないと分からないようだけどね。父は今の時点ではこのことを公にはしたくないらしいんだけど、真理夫さんだけには伝えておきたかったの。また何か分かったら連絡するね」

真理夫は、前回、美香子についての話で少しぎくしゃくしたこともあり、ここ最近エリカとはあまり話をしていなかった。だが、携帯電話から聞こえたエリカの声が思ったより明るかったので安心した。そしてエリカの口調から、彼女が彼のことを想ってくれている気持ちが伝わってきて嬉しかった。

確かにエリカが教えてくれたことは大変なことに違いなかった。そして、それは彼が今、道生の心に問いかけながら探し求めている本当のマリアを知る上でも非常に重要なことであった。

真理夫はマニューシャの言葉を思い起こしながら、自分がこれから行かなければならない道も大変な道なのではないかと不安な気持ちを感じていたのだが、エリカの彼への想いとエリカが告げてくれた内容によって、その背後にマリア自身の彼への励ましのメッセージを感じて、再び前に向かって進む勇気を得たような気がしたのだった。

十四章　マリアの心

新たな疑問

道生の死に関して、当時、警察は、どのようなピエタを表現したらいいのか分からなくて、苦しみ悩み追い詰められて自殺したと考えた。そこには日本では作家の芥川龍之介の自殺を初めとして、芸術家にはその道における行き詰まりから自殺をする者が多いという先入観があったのだろう。

そうした予断を持って警察が道生の死を見たとき、状況がことごとく自殺を指示していると考えたとしても不思議はない。

そして新進気鋭の芸術家が美しい婚約者を置き去りに自殺したという格好のスキャンダルに、マスメディアがハイエナのように食らいつくことになった。

そこから、「藤原道生は、婚約者を置き去りにして自殺する、弱くて無能で無責任な芸術家」というイメージがマスメディアによって作られてしまった。

だが「罪あるマリア」が本当のマリアであるという結論に道生が達していたことは、どのようなピエタを彫るのかというはっきりとしたモチーフが彼にあったことを示していた。またその結論に到達するまでの道生の探求過程には、聖母マリアから与えられたオリジナルのピエタを制作しようとする強い使命感が見られた。そんな道生が無責任に自殺するだろうか。

真理夫にとってこれらのことは、警察が考えた自殺の動機を疑うには十分な根拠であると思われた。「本当のマリア」を求める一連の探求は、もともとエリカの救いを願って始めたことだった。この時点でエリカにそれまで彼が知った内容を伝え、彼女の両親とも相談して道生の死に関して警察に再捜査の依頼をすべきなのであろう。

ところが真理夫はエリカに会いたいという気持ちを抱きながら、一方において、彼女と話すことを躊躇していた。

（藤原さんが、エリカさんを見捨てて自殺したのではないということが本当に分かれば、彼女は今の苦しみから抜け出せるだろう。しかし、エリカさんは、藤原さんが「罪あるマリア」を彼のオリジナルのピエタの中に表現しようとしていたということを知ったなら、一体どのように感じるだろうか？）

エリカはかつて白血病を患い、十四歳にして死に直面した。そのとき彼女は、最後の願いとしてルルドに巡礼し、そこで沐浴することで奇蹟的に病を癒され、新しい命を与えられた。ルルドは、聖母マリアが少女ベルナデッタに出現し、「私は無原罪の御宿りです」と語った場所であったので、それ以来エリカにとって、無原罪のマリアは彼女の命を救った最も大切な存在となった。

（そんなエリカさんが、藤原さんの死の真相を知ったらどうなるか？「罪あるマリア」のことを知ったらどうなるのか？　それを告げることは彼女の救いになるのではなく、逆に更なる絶望に追い込んでしまうことになるのではないか？）

真理夫はエリカを悲しませることも傷つけることもしたくはなかった。むしろ道生が彼女を愛さなくなってしまったとエリカが誤解したままのほうが、まだ受け入れやすかったかもしれない。

彼女が最も大切にしてきた「無原罪のマリア」を否定する内容をオリジナルのピエタの中に彫ろうとしていたと知ることは、彼女には到底耐えられることではないと真理夫には思われた。そのほうがエリカにとっては、もっと深刻な打撃を与えるに違いないし、耐えられない裏切りとなるだろう。

真相を知ることがいいのか、それとも、エリカのためにそっとしておいたほうがいいのか。真理夫はエリカに話すことに踏み切れない日々が続いた。

（本当に藤原さんは、エリカさんを悲しませることになる「罪あるマリア」を彼のオリジナルのピエタに表現しようとしたのだろうか？　僕だったらできないような気がする）

（でも、マリアにも原罪があったということ、また彼女がイエスのことを理解できず、気が違ったのではないかと誤解したことは、聖書の記述から見ても間違ってはいない）

（あるいは、それが間違いなのだろうか？　いや、そんなはずはない）

そういうやり取りを心の中で何度も繰り返していると疑問が少しずつ大きくなって、真理夫は苦しい日々を送っていた。

そして、やがて別の観点からも、道生が彫ったのは本当に「罪あるマリア」であったのかという疑問が湧いてきた。それは、「罪あるマリア」が歴史の中で人々に現れ、癒しや奇蹟を与えたりすることが果たして可能なのかという疑問であった。

マリアがこの二千年の人類の歴史において実際に人々に現れ、奇蹟や癒しを行い、啓示を与えたりしたということをもともと信じないプロテスタントの人たちにとっては、「罪あるマリア」というマリア理解は、それほど大きな問題にならないし、当然のことかもしれない。

だが、真理夫はやはりカトリック信徒であった。

今は熱心なカトリック信徒とは言えなかったが、それでも曲がりなりにもカトリックの中で育ってきた彼にとっては、歴史に現れたマリアの現象がその存在がたとえ「無原罪のマリア」ではなかったとしても、マリアの現象は全くの偽りであり、悪霊の仕業であり、そのようなことを信じるのは偶像崇拝である、とプロテスタントの一部の福音派の人たちが言い切るのには抵抗があった。

多くの人たちがマリアによって何らかの心の癒しや慰めを与えられ、ときには奇蹟的な病の治癒をなされてきたことも、彼にとっては全くあり得ないこととは思えず、それを心理的作用によって起こったものなのだと片づけてしまうことはできなかった。

（そんな僕だったからこそ、エリカさんや美香子さんや藤原さんに現れたマリアに対して、そういう可能性があり得ると信じて、真剣に理解しようとしてきたのだ。もし歴史において人々に現れるマリアを否定したのなら、「罪あるマリア」という結論に達したことも、そこに至るすべての過程を否定することになってしまう。そしてそれは、今、僕の心の中で再び大切なものとなりつつある、母の

夢を通して与えられたマリアの預言も否定してしまうことになってしまう
（でも、歴史の中で人々に現れて働きかけるマリアを受け入れようとすると、イエスの気持ちを理解できず、イエスのことを気が違ったと誤解した「罪あるマリア」が、どうして時間と空間を超えて、奇蹟や癒しや慰めを与えることができたのかが納得できない。そしてこの疑問は、僕などよりもずっとマリアを愛していた藤原さんであれば、なおのこと大きかったのではないだろうか？）

真理夫は一旦道が見えたのにまたそれが閉ざされてしまったような気がして、ここに至る今までの過程がいったなんだったのだろうかと空しさを覚えた。

（僕自身はその声を聞いたわけではなかったけれども、それでも、美香子さんや藤原さんやエリカさんを通して感じてきたマリアは、生きていたし、確かに存在していた。そして、彼らの人生を導き、慰めや癒しや救いを与えてきたことは事実だった……。だとしたら、「罪あるマリア」という結論が間違っているのだろうか？）

しかし、マリアに罪があったことは、真理夫にはすでに否定できないものとなっていた。

（「罪あるマリア」でありながら、それ以外のマリアの可能性があるというのだろうか？）

真理夫はそのような心の中の葛藤を繰り返しながら、直面した新たな疑問を解決するために、美香子に現れたマリアの何に自分が心を動かされてきたのか、そこにどのようなものがあったので、それをマリア自身だと信じたのかについて、その理由を見つめ直してみる必要性を感じた。

信じた理由

美香子とマリアとの関わりは、幼い頃、近くのカトリック教会で遊んでいたとき、たまたま地震が起こり、急にマリア像が美香子の上に倒れてきたことから始まっている。

彼女と仲の良かった市木耀介は彼女をかばおうとして倒れてきたマリアの石像に頭を打たれ、それ以後、昏睡状態のままになってしまった。

彼女もマリアの腕に頬を裂かれ、その傷ゆえに虐められてきた。

彼女は、虐めに加えて、耀介が自分のせいで意識を失ったまま寝たきりの状態になっていることの罪の意識にさいなまれる苦しみの中で、マリアへの恨みと憎しみを抱きながら、暗い惨めな人生を歩んできたのだ。

だがやがて「イエスの母マリア」が美香子に現れ、彼女もまた、「醜い」のだと告げた。最初は、マリアのせいで苦しんできたと思っていたので、美香子はマリアと関わりたくなかった。だが、やがて「被爆マリア」と出会うことによって、過去のトラウマが癒され、マリアへの憎しみが和らいでいった。それは彼女にとって、癒しと愛の体験であった。

ところがその美香子のマリアによる救いの体験を聞いた両親も精神科医もカトリックの神父も誰一人として、美香子の言うことを本当に起こったこととは信じてはくれなかった。両親は精神科医と神父の言葉を信じ、彼女の体験は決して本当のマリアが実際に現れたものではなく、幻覚症状か悪霊の業であると結論付けた。

美香子は他人も自分も誰も信じられなくなり、再び辛く悲しい状況に追い込まれてしまった。しかし、それでもなおマリアは彼女に現れ続け、美香子が道生と出会えるよう不思議な方法を用いて導いた。道生との出会いを与えるために、彼のピエタのマリアの顔を傷つけてほしいとまで願ったのだ。常識的には信じ難いことであったが、美香子はその願いが決してそれまでの彼女に対するマリアの愛に反しないことを信じて実行した。

そして、美香子の話を聞いた道生が彼女に現れたマリアを本当のマリアだと信じてくれたことによって、美香子は自分自身を信じることができ、人生に初めて希望を見出すことができたのだった。

（この一連のマリアの出現の背後に、何らかの残虐性や、攻撃性や、悪意をわずかでも感じていたなら、僕は美香子さんの話を素直に聞くことができなかっただろうし、本当のマリアとして受け入れることはできなかっただろう。美香子さんに対するマリアの優しさや愛、そしてその愛によって少しずつ変わっていった彼女が、マリアへの信頼から自らの危険を顧みずにマリアの願いを実行したこと、そして藤原さんの美香子さんに対する誠実さ、そこに僕は心を揺り動かされるものを感じたのだ。だからこそ僕は、従来のカトリックのマリアに関する教義と矛盾するような内容や、心理的に異常に思えるような美香子さんの行動やマリアの美香子さんに対する願いも、それなりに真摯に受け取ることができたような気がする）

真理夫は、美香子から話を聞いたときの感動を思い起こしていた。言葉では言い表せないマリアの優しさが彼の心に甦ってきた。

一方、道生の救いは、美香子とは別に、マリアとの出会いによって少しずつ深められていった。彼が高校生のとき聖母は初めて道生に現れて、絶望の中にあった彼に新しい人生の希望を与え、彼は自分に与えられた芸術の才能を生かして聖母マリアのことを人々に伝えていくという人生の目的を見出した。

マリアが彼にくれたメダイが「無原罪のマリア」を象徴する不思議のメダイであったため、彼にとって、それ以後「無原罪のマリア」というマリアのイメージは最も大切なものとなっていった。

そしてエリカと出会い、「無原罪のマリア」と彼女とのつながりを知ることにより、道生は「無原罪のマリア」を人々に伝えていく思いをさらに決定的なものにしていったのだ。

ところが、道生が制作した、無原罪のマリアの象徴であるミケランジェロのピエタのレプリカが破壊され、彼は犯人に憎しみを感じて非常に苦しみ、また様々な外的な迫害や苦難に直面する過程で、やがて自己の傲慢性など罪の認識に至った。

それによって、十字架上における自分を殺す敵たちを赦してほしいとの神へのイエスの祈りは、彼自身の罪の赦しのためでもあったことを知り、新しい救いの境地を得た。そしてますます「無原罪のマリア」への愛と信頼は深まっていった。

そのような状況の中でマリアは再び彼に現れて、「あなたのピエタを彫ってほしいのです。私のために」と語りかけ、道生は、オリジナルのピエタを制作することを通して、マリアを人々に伝えようと新たに決意したのであった。

そういうときに、道生は美香子と出会ったのだ。

美香子にとって道生との出会いが救いとなったように、道生にとっても美香子との出会いが救いになった。オリジナルのピエタを彫ることをマリアが願っているということを彼に確信させたからである。そして道生にとっても美香子が大切な人となっていった。

道生が美香子を信じ受け入れたときのことを思い出していた真理夫は、なぜか突然、二人の関係がローマ教皇パウロ六世とラズロ・トートとの関係に重なるのを感じた。

（もし、ローマ教皇パウロ六世がラズロ・トートの謁見の願いを拒絶せず、そこに何か意味を見出して、彼の話を聞いていたなら、あるいは彼自身が会えなくても、誰かがラズロ・トートに何らかの形で会っていたなら、ピエタは破壊されなかっただろう。また、ピエタが破壊された後でも、もし、教皇がピエタの破壊をサタンのなせる業であると決めつけないで、そこに何らかの神の声を聴こうとしていたなら……。そして、道生が自分の制作したピエタを破壊した犯人を赦そうとし、犯人に対する訴えを取り下げたように、それは非常に難しいことではあったが、教皇がカトリック教会の長としての立場で、もし、ラズロ・トートを赦し、警察に引き渡さないでいたなら、彼の扱いももっと違ったものになっていたのではないだろうか？）

逆にもし、道生が他の人たちと同じように美香子の言うことを信じないで訴えを取り下げたことを撤回し、彼女を警察に訴えていたとするなら、状況は全く違ったものになっていたはずである。

そのことを思うと真理夫はぞっとした。

（その可能性ももちろんあったのではないだろうか？　そうなっていれば、美香子さんはラズロ・トートのように犯罪者となり、精神異常者、あるいは、サタンにとりつかれたものとして世間から迫害され、薬漬けにされ、廃人になっていたかもしれない。そうなれば、彼女自身も自分に現れたマリアは偽りであったと思わざるを得なかっただろう。さらに自分が精神に異常をきたしているということを認めてしまうことにもなったのではないだろうか。だが、両親でさえ彼女を信じない中にあって、藤原さんは奇蹟的に彼女を信じた。だからこそ、そのことが彼女の救いになったのだ）

聖母マリアは道生と美香子との関わりを通して、自分自身の本当の姿を人類に知らせようという目的をもって、二人に働きかけてきたように真理夫は感じていた。

しかし、彼がより心を動かされたのは、そのマリアの目的に参与する二人に対して、マリアはそれぞれの苦しみや悲しみを理解しており、マリアの願いを果たしていく中で彼らの救いもまた少しずつなされているように感じられることであった。

そこにはマリアの愛と優しさが込められていた。そしてこの愛と優しさは、彼が今まで知っているルルドやファティマやメジュゴリエや秋田などにおけるマリアの出現とメッセージの中に感じたものと同じか、それよりもむしろより深いものであった。

（そうだ、このマリアの愛と優しさを感じたことが、僕がこれまでこの一連のマリアの現象に深く関わってきた理由だったのだ。……だとしたら、「本当のマリア」は、何らかの愛や癒しや救いを、それに関わる人たちに与えることのできるような、そんなマリアでなければならない。しかし、僕は、「罪あるマリア」というモチーフからは、そのようなマリアを感じられない。藤原さんは、「罪あるマリア」を超えて、さらにそのようなマリアを探し求めていったのだろうか？）

そう感じた真理夫は、道生が求め始めたかもしれない「罪あるマリア」でありながらも歴史の中で人々に現れて癒しや慰めを与えることのできるマリアを探し始めた。

予感

真理夫は、まず美香子にこれまでのことを話してみることにした。

道生が自殺しなかったことを証明してほしいと言う美香子の願いに対して、自分も道生が自殺したのではないことを確信できたのだと彼女に伝えてあげたいと思っていたからである。

思えば、美香子の支えなくして真理夫がここまで辿り着くことは不可能であった。多分、彼女自身には手助けしたというような意識はなく、彼が質問したことに対してただ答えただけだったのであろう。しかしその答えが非常に大きな助けとなった。

彼女とのやり取りの中で、また新たな疑問を解く何かのヒントが得られるかもしれなかった。

あの暑かった日のようには四条のからふね屋は混雑してはいなかったが、人はまばらでも静かではない。しかし真理夫が美香子に向かって話し始めると、周囲の雑音は彼の耳には入って来なかった。

彼女の助けによって辿り着いた「罪あるマリア」という結論、そして彼もまたどうして、道生が自殺したのではないと確信するようになったかについて、真理夫は丁寧に話していった。

そして最後に彼が最終結論だと思った「罪あるマリア」という内容が、道生が表現しようとした本当のマリアではないように感じていること、それをこれから探そうとしていることも話した。

最後まで聞き終わってからしばらく黙っていた美香子は急に涙を流し始め、その涙は止まらなかった。

真理夫は美香子の涙の意味を測りきれずにいろいろ考えていたが、やがて美香子が誰に言うともなく、絞り出すような声で言った。

「マリア様は、あのとき『私も醜いのです』と言われた。そんなマリア様に私は、『醜い私、醜いマリア』……。あんたが醜いですって！　いい加減にしてよ！　世界中のどこに、あんたを醜いって思う人がいるの！　それに、どうしてそれが私への贈り物になるのよ！　……あんた私を馬鹿にしてるの!?　あんたなんか大嫌いなんだから、私の前から消えてよ！』って言ってしまった。なんてひどいことを私はマリア様にしてしまったのかしら！　自分の価値を否定されて誤解されることも辛いことだけど、もしかしたら、逆の意味でマリア様は誤解されてきたと言えるのかもしれない。崇敬されたくなかったのに、神格化されたくなかったのにそうされてきたのだから。

イエス様を支え切れなかったのに、支えたと思われた。イエス様のことを理解できず、リルケによれば、その十字架の死の道の原因を作りさえしたのに、最もイエス様を愛し、その心情を理解していたとずっと信じられてきた。それはとても辛く苦しいことだったのではないのかしら！」

そう言いながら、美香子は泣いていた。

「マリア様、ごめんなさい！　本当にごめんなさい！　私は知らなかったのです。あなたがご自身の醜さに、そして罪に苦しんでこられたのだということを！」

その美香子の魂の叫びは真理夫の心を激しく揺さぶった。クリスチャンでもない美香子がマリアのことを思って泣いていることが、彼にとっては衝撃であった。

真理夫は鳥肌が立つような思いで泣き伏す美香子を見つめた。

今の今まで彼が知っていたのは、崇高で神聖な「無原罪のマリア」か、本来の使命を果たすことができなかった「罪あるマリア」であった。しかし、美香子が涙の中で語りかけているマリアは、そのどちらでもないように彼には感じられたのだ。

それは、多分、美香子が実際に出会い、その心で感じたマリアであり、真理夫が未だ出会ったことのないマリアなのではないか。そのマリアを一体どのような言葉で表現すればいいのか、彼にはそのときまだ分からなかった。しかし、そこに彼は「罪あるマリア」ではない「本当のマリア」が必ず存在することを予感したのだった。

「高津さん、本当にありがとう。あなたがしてくれたことは一生忘れないわ。今、私には、あなたと藤原さんが一つのように感じられる。もしかしたら、マリア様が言っていた贈り物には藤原さんだけじゃなくて、高津さんとの出会いも含まれていたのかもしれないわね。……でも、ごめんなさい。あなたの新しい疑問に関して、藤原さんが言っていたことは何も思い出せないの」

しばらくして、涙をぬぐった美香子は、真理夫にそう言った。

「いや、いいんだよ。美香子さん、僕こそ君には感謝しないと。君を通して大切なことをたくさん教えられたような気がする。君の助けがなければここまで辿り着けなかったことは間違いないよ。本当にありがとう。それに、君に話して、藤原さんが彫ろうとしていた本当のマリアは、『罪あるマリア』とは別のものだということが分かったような気がしたから」

真理夫は、美香子に微笑みながらそう言った。

「それならいいんだけど……」

そう言いながら、美香子も微笑み返した。

「ところで、今でも市木耀介君の所には見舞いに行っているの？」

「ええ、時々だけど」

真理夫は、美香子がまだ苦しみを抱えていることを感じたが、そのことに関して何も言ってあげられない自分が辛かった。

マリアと聖霊

真理夫は美香子に会って数日後、もう一度、小野信一牧師を訪ねた。それは道生がヒントになることを何か残していたかもしれないと感じたからであった。

小野牧師はとても喜んで迎えてくれ、先日訪れたときと同じように書斎に案内された。真理夫は挨拶もそこそこに、

「プロテスタント、あるいは他のキリスト教諸教派が、カトリックの『無原罪のマリア』の教義を認めない最も大きな理由は何でしょうか？」

と、早口で尋ねた。

「まあ、そうあわてないで。お茶をいれましょう」

小野牧師はにこやかに言い、真理夫が持参した鶴屋吉信の和菓子を皿に盛って差し出した。

「私は甘いものに目がなくてね」

小野牧師は照れ笑いを浮かべた。

「『無原罪のマリア』という教義の根拠が聖書にはないということが何よりも大きな理由ではないでしょうか。実際この教義は完全に聖書から離れて制定されたものなのですからね。このことは私だけではなく、多くの神学者たちが言っていることです」

そう言ってから、小野牧師は和菓子を口に運んだ。

「なるほど」

「『無原罪の御宿り』の教義の根拠とされてきたベルナデッタの言葉についても、いろいろ疑いがもたれていますね」

「ベルナデッタが、自分に現れた女性が『私は無原罪の御宿りです』と言ったと証言したあの言葉ですね。文字も読めない十四歳の田舎娘が『無原罪の御宿り』という、当時まだほとんど一般的には使われていなかった非常に特殊な神学用語を知っているはずがないので、ベルナデッタに現れた女性は、自分が聖母マリアであることを示すためにあえてその言葉を語られたと理解されましたからね。カトリックの人でそのように信じている人は今でもかなり多いと思います」

「はい、その言葉です。様々な根拠を挙げて、ベルナデッタがその言葉を知っていた可能性があるということが主張されていて、かなり説得力があると私なんかは思います」

「なるほど。いろいろな考え方に耳を傾ける必要があるということですね」

「ああそれから、もう一つ。ベルナデッタ自身は、マリアに言われて掘ったいわゆる奇蹟の泉で沐浴をしようとしなかったことに対しても疑問がもたれていますね」

「もし彼女が聖母マリアの出現を本当に信じていたのなら、持病を持っていた彼女はどうしてそこで自分の病を癒そうとしないで、他の遠い湯治場に行っていたのかということですか？」

「そういうことです」

「しかし、その後さまざまな奇蹟がルルドで起こっていること自体は事実だと思うのですが」

「そういうことが起こった事実自体は誰も否定はできないでしょう。私もそれは認めますよ。でも、超自然的なことが起こったからといって、それが『無原罪の御宿り』が正しいという根拠にはならないということです」

「確かに、科学的な知識で理解できないような超自然的な現象は、ルルドやカトリック関係の聖地だけではなく、他の宗教においても、また宗教に限らず様々な分野においても起こっていることですからね」

「はい、そういうことです。まあでも、第二バチカン公会議（一九六二―六五年）以後、カトリック教会でも、マリア崇敬やマリア信心、特に『無原罪のマリア』や『マリアの被昇天』の教義に対しては、公会議以前に比べてあまり強調しなくなっている傾向がありますよね。それは、公会議でエキュメニズムの方向性を強く打ち出したために、他のキリスト教諸教派に対する配慮もあるのではないかと私は思っています」

「未だに、公にマリアの教義を否定すれば、聖職停止や破門制裁を受けることは変わらないようですけれども」

「もちろん大義名分ではそうでしょうが、多くの聖職者や信徒の中には、すでに、マリアの『処女懐胎』や『無原罪の御宿り』や『被昇天』などの教義を実際に信じている人は少ないのではないでしょうか。私が知っている何人かの神父さんたちもそうおっしゃっていましたよ。もちろん公にはそんなことは言えないのでしょうけれど」

「ところで先生ご自身は、マリアに対して尊敬の思いは持っておられないのですか？」

「実は、それほど持っていなかったのです。ところが、藤原さんと出会ってから、プロテスタントのマリア論は、不十分かもしれないと感じるようになったのです」

その言葉は真理夫にとっては驚きであった。

「それはまた、どうしてでしょう?」

「マリアと出会い、それがその人の慰めとなり救いとなっているという体験をしている人を実際に目の前にして、正直驚いたんですよ。お恥ずかしいことですが、それまでは、実際にそのような人と個人的にお付き合いをしたことがなかったということもありますが、マリア崇敬をする人のことを軽視するような傾向が実は私にはあったのです。でも、藤原さんと会って、それはちょっと傲慢な態度だったのではないかと反省させられました。それほど、彼が語るマリアは何か惹きつけるものを持っていたんですね」

小野牧師は道生のことを思い出しているようで、あたかも遠くを見つめるかのように目を細めた。

「ほう、それは興味深いですね」

「もともとプロテスタントの宗教改革者たちは、マリア崇敬は否定しましたが、マリア論自体を否定したわけではないのです。ところが、カトリックとの激しい戦いの歴史の中で、マリアに対して論じること自体が一部を除いてほとんどなされなくなっていったのです。このことはプロテスタントが反省しなければならないところではないかと思っています。

確かに聖書を読んでみると、イエスがなされることを、マリアは正しく理解していなかったようだし、イエスの宣教を支えたということもないかもしれません。しかし、そうだからと言って、マリアが救い主イエスの母であるということは否定できない事実です。また、マリアが天使から伝えられた受胎告知を信じ、それに従っていなければ、イエスは生まれることはできなかったわけですからね。だから、キリストのもとにある一つの教会を目指していくのであれば、否定ばかりしていないで、マリアに対してそれなりの尊敬を払って、マリア論を構築していくべきだと思います」

小野牧師の言葉に真理夫は電撃に打たれるような気がした。

「そのように考えておられるとは知りませんでした。先生のようなお考えを持っておられるプロテスタントの牧師さんは多いのですか？」

「いえいえ、まだまだ少数派ですね。でも、キリストを中心とした一つの教会を目指していくのであれば、お互いの足りなかったところを改めていくべきでしょう。そういう意味ではマリアに対してあまり尊敬の心を持ってこなかったプロテスタントも変わっていかないといけないと思います。自分も含めてですけどね」

真理夫は小野牧師の言葉に、プロテスタントの中にもこのように真剣にマリアのことについて考えようとする牧師がいることにずいぶん慰められたような気がした。

「私は、この間先生のお話を伺ってから、『無原罪のマリア』の教義がキリスト教の諸教派が一つになることができない大きな妨げになっている、ということがとても気になっています。そして今、マリアにも罪があることを私は信じ始めています。しかし、このマリア観は、カトリックの人たちが今まで信じてきたマリアとあまりにもかけ離れていて、カトリックが受け入れることは不可能に思われます。だからこの『罪あるマリア』という考え方もまた、エキュメニズムを妨げる障害になってしまうのではないか、と感じるのです」

「それは、面白いですね。藤原さんも同じことをおっしゃっていましたよ」

その小野牧師の言葉は、正に真理夫が聞きたかった言葉であった。彼はそのとき、道生が彫ろうとしていた「本当のマリア」は「罪あるマリア」とは別のものである可能性が高いことを感じた。

「『希望の神学』や『十字架につけられた神』で知られる、ユルゲン・モルトマンというドイツの神学者は、これまでのマリア論は、キリスト教が一致していく方向性を持っていたというよりは、むしろその逆で、分裂させるように働いてきたと述べています。『マリア論の発展は、キリスト教徒をユダヤ教徒から遠ざけ、教会と新約聖書の距離をつくり、プロテスタント教会とカトリック教会を分離させ、キリスト教徒全体を現代の人間と隔ててきたのである』と」

「それはまた、ショッキングな言葉ですね」

「でも彼は、教会一致を目指すようなマリア論を作り上げていくことは必要だと認めているのです。そしてその際に、聖霊とマリアの関わりに着目することが大変重要な鍵になると述べています。私も彼の意見に賛成で、多分それ以外には、キリスト教会が一つになっていけるようなマリアを見出していくことはできないのではないかと思います」

小野牧師の話は興味深かった。

「もう少し具体的におっしゃっていただけないでしょうか」

真理夫は、せっかちに尋ねた。

「キリスト教は、イエスの復活後、イエスが聖霊を送られたので、キリスト教の歴史には聖霊が絶えず働きかけてきたということを信じていますよね」

「はい」

「聖書には、マリアが聖霊によってイエスを身ごもったこと、マリアが聖霊に満たされたことが記されていますが、それは、マリアと聖霊とのつながりが非常に強いことを示していると言えます。だから、聖霊が語られるところではマリアが問題になるし、マリアが語られるところでは聖霊が問題にならなければならないということです」

「なるほど」

　小野牧師の言わんとしていることは何となく理解できた。

「クリスチャンは聖霊によって新しい命に生み変えられるという体験をしてきましたよね。そういう意味では、聖霊は生まれ変わった我々クリスチャンの神的母であるということです。しかし、ここで取り違えてはならないのは、命の根源はマリアではなく、聖霊だということです。聖霊なしにマリアは存在しないし、マリアはあくまでも、聖霊が目の前で存在し働いている証人だということなのです」

「ということは、カトリックがマリアに過度に帰してきた神的要素を聖霊に戻し、なおかつマリアと聖霊の深いつながりを大切にしながらマリア論を構築していくことが、教会一致を進めていくことのできるマリア論につながるということになるでしょうか？」

　真理夫はたたみかけるように尋ねた。

「正にそのとおりです」

小野牧師は力強くうなずいた。彼との対話を通して、真理夫は多くのことを学んだように感じていた。充実した時間だった。

いつの間にか二人とも喉が渇いていた。小野牧師が入れてくれた二杯目のお茶を、真理夫は如何にも旨そうに飲み干した。

「いや、本当に有益なお話をありがとうございました。とても大きな力をいただきました」

真理夫は希望の兆しが見えたような気がした。

十字架の下で

美香子と会って、また小野牧師と話して、道生が「罪あるマリア」ではない別のものを「本当のマリア」としてオリジナルのピエタに彫ろうとしていたことを、真理夫は確信できた。

そのことをエリカがすぐに受け入れるとは思わなかったが、すべてを話すしかないと思うようになっていた。

彼はエリカのことがずっと気になっていたし、会いたかった。

それと、道生のマリアから涙が流れ始め、その涙によって奇蹟的に病が癒されるという現象が起こったことも、「本当のマリア」を知るために何らかの関わりがあるような気がして一度見てみたかった。

また、その涙が大きな変化を与えたのだと真理夫は前回の電話で感じていたので、その涙を見てエリカが何を感じたのかも聞いてみたかったのだ。

普段は人がいっぱいだというので、美術館の休館日に会う約束をした。

「今は涙が出ていないようだけど……」

「最初、父がこのピエタを撤去しようとしたときは、かなりの量が流れて本当に驚いたって、父も作業をしていた人たちも話していたわ。まるで、ここから取り去られることを悲しんでいるかのようだったって……」

エリカがそう言うのを聞きながら、真理夫も美香子に傷つけられたマリアを見ながら感慨深かった。

「でも最近は、マリア様の目から涙が流れるといっても、いつもではなく、ごくまれに、それも少しだけ流れるの。でも止まってしまったわけではないようだけどね」

「エリカさんも、涙が流れるところを見たことがあるの？」

「ええ、たった一度だけどね。あれは、真理夫さんに『話したくない！』って言って別れてから何日かしてからだった。もう夜の九時過ぎで遅かったからチャペルには私しかいなかったの。祈り終わってから、ピエタの像の所で、しばらく見つめていたときだった。

今まで何度も、そういうときはあったんだけど、マリア様の涙を見ることはできなかった。でもそのときはなんとなく、不思議な予感がしていたというか……。もう帰ろうと、最後にマリア様の顔を見たとき、マリア様の左の目が光ったような気がしたの。それで、しばらく見つめていたら突然、目から涙が溢れてきて、それが一筋頬を伝って流れ落ちたの。それだけだったけど、すごく心を打たれたわ」

エリカは、マリアの涙を見たことを肯定的に受け取っているようであったが、彼女が本当に何を感じているのかについてはそれだけでは分からなかった。

二人は、チャペルの最前列に座って話すことにした。

「どこから話していいか分からないんだけど……。この間話してくれた、自殺と思う根拠としての理由、『取り返しのつかない罪』のこと覚えてる？」

「ええ、覚えてるわ」

「その頃、藤原さんが言った言葉を他に思い出せない？　何か関係があるようなこと言っていなかった？」

「あまり思い出したくないけれど……。とにかく、道生さんの生活が乱れ始めてから、変なことを言い始めたのよ」

「変なことって？」

「道生さんがそんなことを言うなんて、到底信じられないようなことよ。だって、それまで道生さんが信じてきた、そして私たちが大切にしてきたマリア様を否定するようなことを言うようになったんだから」

「『無原罪のマリア』の教義を否定するようなことじゃなかった？」

「そうなの。最初は聞いてあげようと努めたんだけど、道生さんの言うことを聞いていると、私の存在や救いが否定されるような気がして、とても苦しくなったの。だから、聞けなくなったというか、受け付けられなくなってしまったのよ。道生さんもそれが分かったのか、それからはほとんど話さなくなったわ」

「藤原さんが言っていた『取り返しのつかない罪』というのを、君は、藤原さんが美香子さんと関わることで、彼女に惑わされて、『無原罪のマリア』を否定するようなことを信じてしまったことに対しての後悔の言葉だと解釈していたよね」

「ええ。でも、それ以外の解釈があるの?」

「もし、藤原さんが、今まで『無原罪のマリア』の教義を信じ、それを広めてきたことに対して、『取り返しのつかない罪を犯した』と言おうとしたんだって言ったら、その変な話とつじつまが合わない?」

「まさか！　そんなことあるはずないわ！　そんなことを言うならもう話したくないわ！」

そう言ってエリカはまた心を閉ざそうとした。

「エリカさん、これはとても大切なことなんだよ。藤原さんは何て言っていたの?」

「『マリア様も僕と同じようにイエス様の赦しのとりなしの祈りで救われたのかもしれない』とか言っていたのよ。私は、そのマリア様を冒涜するような言葉を聞いて、道生さんが本当に気が狂ったのかもしれないと思って、それこそ気が変になりそうだった。だから、お願いだから、もうそんな辛かったことを思い出させるような話は止めてちょうだい！　それに……」

「それに？」

「それに、真理夫さんも道生さんのようにおかしくなってしまうんじゃないかって。そう思うととても怖いの」

真理夫は、その思い詰めたエリカの真剣なまなざしに胸を突かれるような思いがした。

「エリカさん。君がそう感じるのは無理もないと思う。でも、どうか最後まで僕の話を聞いてくれないか？　僕は、君のことを誰よりも大切に思っているんだ。それは、君が僕に、絶望から抜け出すきっかけを与えてくれたからだし、もう一度人生をやり直せる希望を与えてくれたからなんだよ。だから今度は僕の番なんだ。僕は君を傷つけたくなんかないし、君に苦しみから抜け出してほしいと思っている。でも、多分それは、君が過去に味わったその苦しみと向き合うことを通してしかできないことなんだと思う。最後まで聞いてくれれば、きっと今まで君が持っていたイメージとは全く違ったことが起こっているということが分かってもらえると、僕は信じているんだ」

真理夫の訴えにエリカはしばらく黙っていたが、やがて不安そうに言った。

「いいわ。あなたの言葉を信じるわ。でも最後まで聞いて、もし受け入れられなかったらどうしたらいいの？」

「僕も最終的な結論は分からないし、他にもまだ分からないことはあるんだけど、それでも、一つだけはっきりしていることがあるんだ。それは僕がこのことに関わっているのは、美香子さんに現れたマリア様の中に、今まで知っていたマリア様にはなかったような優しさや愛を感じているということなんだ。答えになっていないかもしれないけれど……」

「分かったわ。話してみて」

「ありがとう。じゃ、君がすでに知っていることもあるかもしれないけど、もう一度最初から話してみるね」

真理夫は美香子の生い立ちから初めて、どのようにマリアが彼女に現れて道生との出会いまで導いていったのか、その出会いが二人にとってなぜ救いになったのか、真理夫がどのように美香子に劇的に出会ったのか、その幼年時代の出会いも含めて話した。そして最後に、道生が本当のマリアをどのような過程で見出そうとしていったのかについて、ゆっくりと詳しく語った。

ミケランジェロがプロテスタントの影響を受けていたことを知った道生が聖書を読み、プロテスタントの牧師と会い、ラズロ・トートによって破壊されたピエタの動画などを見たりしながら、本当のマリアを探し求め、「罪あるマリア」というマリア観に到達したこと、しかし、それが最終的なものではなく、それを超えたところに「本当のマリア」を探そうとしていたらしいということについても話した。

真理夫の話を聞き終わったエリカは、呆然としてうつろな目で虚空を見つめていた。明らかにショックを受けているようであった。

真理夫はエリカが彼の話を聞いてどう感じたのかがつかめず、どのように次の言葉を切り出していいのか分からなかった。だが、やがてエリカが口を開いた。

「真理夫さん、話してくれてありがとう。まだ頭の中だけかもしれないけど、実際に聞いてみて、私が思っていたこととは全く違っていたということは理解できたような気がするわ。美香子さんが悪い人ではないということも」

エリカが冷静に話すのを聞いて、真理夫はほっとした。

「でもやはり私には、無原罪のマリアを否定することはできないわ。道生さんは、どうしてその矛盾を受け入れることができたのかしら？ だって、道生さんに最初に現れたマリア様は、無原罪のマリアだったのよ。だから、道生さんに無原罪のマリアと深く関わっている不思議のメダイを下さったんでしょ。その無原罪のマリアが、いつから罪あるマリアに変わってしまったの？ そこに、道生さんは矛盾を感じなかったのかしら？」

「君と同じ疑問は僕も感じていたんだけど、多分藤原さんの中ではその矛盾が解けるようなことがあったんだと思う。直接聞けないから分からないんだけど……。ところで、君は藤原さんのピエタから涙が流れ始め、その涙によって奇蹟が起こって病気の人が癒されたことに対してどんなふうに思っているの？」

「あのピエタは美術館のものなのに、それを父は道生さんが私に残してくれた形見のように思ってくれているの。私はいろいろと複雑な気持ちもあったけれど……。マリア様だと名乗る人の願いに従って美香子さんが傷つけたあのピエタから涙が流れ始めたことで、たくさんの人が訪れるようになって、聖母マリア美術館の経営状況も好転した。それだけではなくて、その涙によって奇蹟的に病気が癒されるという現象が起こったことも確かに不思議なことよね。私もそのことで、ずいぶん気持ちが明るくなったわ。でもだからと言って、それがマリア様に罪があるということを示しているとは思えないの」

エリカの言葉を聞いていて真理夫は、ふと気になったことがあった。

「君に残してくれた形見……」

「えっ、どうしたの？」

「エリカさん、これは僕の思い込みかもしれないんだけど、急にあるインスピレーションのようなものを感じたんだ。もしそうなら、それはさっき君が言っていた疑問を解決することにつながるかもしれない」

「あることって？」

真理夫が急に真剣に言い出したので、エリカは驚いて聞き返した。

「ちょっと、藤原さんが君に贈った不思議のメダイを見せてくれない？」

「いいけど？」

そう言ってエリカは、首から外した不思議のメダイをけげんそうに真理夫に渡した。

真理夫はふるえる手でそれを受け取り、メダイの表と裏を食い入るように見つめた。

「やっぱりそうだったのか！」

「どうしたのよ、急に大きな声を出したりして。びっくりするじゃないの」

「『無原罪のマリア』じゃなかったんだ！」

「何のことを言っているの？」

真理夫の顔は真理を発見した科学者のように光り輝いていた。

「藤原さんが高校生のときに出会ったマリア様は、最初から、『無原罪のマリア』じゃなくて、別のマリア様だったんだ。これで、君の疑問も解けるはずだよ」

「何を言っているのか分からないわ。ねえ、いったいどういうことか説明して！」

「ほら、このメダイの裏を見てごらんよ。普通、無原罪のマリアのシンボルは、十字架と、ラテン語のMaria（マリア）とImmaculata（無原罪の）の頭文字のMとIを横向きに書いたものが記されているんだ。ところが、そのIがこのメダイにはないんだよ。そして、代わりにPのような文字が見える。それが何を意味するのかは分からないけど……。『罪ある』を意味するPeccansのPなのかなあ……」

真理夫は、神学校で一年間だけ学んで、もうほとんど忘れてしまったラテン語の乏しい知識を呼び起こそうとした。

「それって、どういうこと？」

「まあ、このPが何を意味するかはっきりとは分からないとしても、少なくとも、君がずっと無原罪のマリアのシンボルだと信じてきたこのメダイは、そうではなかったということは確かじゃないかな。

つまり、藤原さんに現れたマリアは最初から無原罪のマリアではなかった、ということなんだよ。ほら、表にも無原罪という言葉は記されていないし」

「まさか、そんなはずが……」

エリカは、真理夫に示されたメダイの表と裏を何度もひっくり返しては確かめた。だがそこには、無原罪を表すIの文字も、Immaculataという言葉も見出せなかった。

「それに、これは……」

メダイを見つめていたエリカが、つぶやいた。

「どうしたの？」

「マリア様の顔に傷が！」

真理夫がメダイを見ると、小さなマリアの顔の左頬には、たしかに傷のようなものがあった。

それに気づいたエリカのショックは相当なもので、しばらくしゃべれなかった。

「高校生のときの藤原さんに現れたマリア様は、最初から無原罪のマリアではなく、美香子さんに現れたマリア様と同じマリア様だったんだ」

それは真理夫自身にとっても疑問であったことでもあり、彼はこのことで、自分がしようとしていることが間違っていないということに確信を持てるように感じた。

「そんなことって……。道生さんは、これは無原罪のマリア様を象徴する不思議のメダイだって言っていたし、彼はずっとそう信じていたわ。なのに、違っていたなんて……」

「君は自分の目でそれを確かめてみたことがあるの？」

「私は道生さんがそう言っていたから、それを信じていたの。自分自身でも確かめたつもりだったけど、でも確かに、その無原罪を意味する言葉を意識してはっきりと見て確認したという記憶はないわ……。私は、ずっとそう思い込んでいただけだったということなの？」

エリカはそう言って黙り込んだまま、何かを思い出そうとしているようであった。

しばらくして、エリカが苦しそうな表情をして、口を開いた。

「道生さんは多分私に話そうとしたんだと思うし、相談したかったんだと思うの。でも、きっと私がそうさせなかったのでしょうね。美香子さんとの関係を疑っていたというか、妬みのようなものがあったんだと思うわ。そうしておきながら、どうして話してくれないの、話さないのは後ろめたいことがあるからじゃないのって、どんどん変なほうに考えていってしまった」

その言葉を聞きながら、美香子のことを初めて話したとき、「あなたも私より美香子さんを信じるんでしょ」と言われて、それ以上エリカに話せなくなってしまったときのことを、真理夫は思い出した。

エリカはさらに苦しい表情をして、うめくような声で話し始めた。

「もしかしたら私は、マリア様がイエス様の気持ちを理解できず、イエス様のことを気が違ったと思われたことと同じ罪を道生さんに対して犯してしまったのかもしれない。私も彼の気持ちを誤解し、彼が気が狂ってしまったのではないかと思い込んでしまっていたから。そしてそのことを、ずっと間違いであったとは今の今まで考えもしなかった。ああ、なんと恐ろしいことを……」

そう言ってエリカは涙を流し始めた。

「もしかしたら、あのとき話をちゃんと聞いてあげていれば、道生さんは死ななかったかもしれない！……ある意味、私が道生さんを殺してしまったのだわ！　私が、私が道生さんを殺してしまった！」

そう激しく叫んで、エリカは泣き崩れた。真理夫は彼女を抱きしめてやろうとしたが、なぜかそうさせない雰囲気を感じ、彼女が泣くのを見守るしかなかった。

どれほどエリカは泣いていただろうか。やがて、祭壇の背後のステンドグラスを通して夕陽がチャペルに差し込み、あたりを赤や黄や青や緑の様々な色に染め始めた。風に揺れる木々の間を通って夕陽が差し込んでくるからか、その光は揺れて、えも言われぬ美しい絵模様を二人が座っているあたり一面を舞うようにして描いていた。

マリアが幼子イエスを抱いた聖母子像だった。

それまで、真理夫は何度もマリアとイエスの聖母子像を見たことがあった。しかしそこに描かれた聖母とイエスの姿は、今までとはまったく違ったふうに見えた。光の加減かもしれないが、マリアの姿が誇らしい姿ではなく、涙を流して泣いているように見えたのだった。マリアは泣き、抱かれているイエスがそれを微笑んで慰めている——。そんなふうに、真理夫には感じられた。

ステンドグラスに描かれたマリアとイエス像は、時間とともに床を移動し、そして、祭壇の上に置いてあった十字架が、ひざまずくようにして泣いているエリカの上にちょうど影を落とした。その虹のような光がエリカの全身を包んだ。

正にそのときだった。美香子にマリアが語った言葉が、急に真理夫の心によみがえってきたのだ。

「イエスに対して本当に申し訳ないことをしました。でも、イエスはそのような私をも赦してくれたのです」

続いて、先ほどエリカが語っていた道生の言葉が思い出されてきた。

「マリア様も僕と同じようにイエス様の赦しのとりなしの祈りで救われたのかもしれない」

そして、真理夫は未だかつて味わったことのない大きな感動に心を打ち震わせていた。それは、エリカの姿の中にはっきりと十字架の下で涙を流すマリアの姿を見たように感じたからであった。

そう、道生の死を自分のせいだと悔いるエリカの姿こそ、イエスの十字架の死を自分の罪の故だと感じ、その痛みに打ちひしがれて涙を流している、悔いくずおれたマリアの姿だったのだ。

そして、さきほどから、「罪ある」という意味の言葉しか思いつかずに、それが心にしっくりこなくて気になっていた、メダイの後ろに書かれていたＰのつくふさわしい言葉が急にひらめいた。それは、Paenitensという言葉であった。

(Maria Paenitens、「悔い改めたマリア」！　そうだ、きっとこれこそが、藤原さんが本当のマリアとして、オリジナルのピエタに表現しようとしたマリアだったに違いない！)

全てが解けたような気がして、真理夫の目からも温かい涙があふれ出た。

やがて顔を上げたエリカが、真理夫に抱きついてきた。言葉では何も言わなかったが、二人はお互いが同じ思いを持っていることを心で感じながら、長い間、強く抱き締め合っていた。

「悔い改めたマリア」は確かに道生のオリジナルのピエタと言えるものであり、今まで誰も彫ったことのないものであることは間違いなかった。

この「悔い改めたマリア」のモチーフは、聖母マリアが十字架の下でどのような悲しみを感じていたのか、というピエタのテーマに結び付いていた。

だがその悲しみは、無原罪のマリアとしての悲しみではなく、救い主としてのイエスの心情や使命を理解できず、イエスを母として正しく支えられなかった罪あるマリアが、自分の罪をイエスに申し訳ないと悔いる悲しみであったのだ。

それは、ある意味で自分に先立って死んだ、愛する我が子を悲しみにくれて抱きしめた無数の母の思いと同じ悲しみでもあった。

だが、マリアが救い主イエスの母であったがゆえに、これほどの深い悲しみと、これほどの深い悔いはないと言えるのかもしれない。だからこそ、マリアは聖霊と共に歴史において、人類の母として人々の悲しみや苦しみを癒し、また人々をイエスにとりなすことができたのではないだろうか？

ヨハネ福音書以外の他の福音書には書かれていないため、マリアが十字架の下に本当にいたかどうかが神学的には議論されており、実際どうであったかは分からない。

だが「無原罪のマリア」をモチーフとしたミケランジェロのサン・ピエトロのピエタが、芸術作品として多くの人々に影響を与えてきたように、ピエタの中にこの「悔い改めたマリア」を表現することは、それこそ、ラズロ・トートがミケランジェロのサン・ピエトロのピエタを破壊したとき以上の衝撃をカトリック教会とキリスト教会と世界に与えることは明らかであった。

そしてそれは、教義にとらわれず、マリアの本当の心を理解し、その心に出会いたいと願う多くのカトリックの人たちにとっても、そしてイエスの十字架と復活による救いを信じる他の教派の心あるクリスチャンたちにとっても、さらに、自分の心の中の醜さや罪深さに悩み苦しんできた無数の人々にとっても救いと希望をもたらすメッセージになるように真理夫には感じられた。


やがて二人は席を立ち、出入口に向かって歩いて行った。

その近くには、あの涙を流す傷ついたピエタ像が置かれていた。

マリア自身が美香子に願って傷つけさせた醜いマリアの顔を改めて見ているうちに、それが醜くはなく、かえって人類の罪とおのれの罪に悲しんでいる全人類の母のような姿に見えてきた。

それは女王であり、罪穢れなく、崇高で近寄りがたい聖母マリアではなく、悲しみ苦しむ人々の傍らに寄り添う慈愛に満ちた母マリアであり、そこには不思議な美しさがあった。

「僕にも、マリア様の涙が見られるといいんだけど」

ピエタの近くまで来て、真理夫がそうぽつりとつぶやいた。

「本当にそうね」

そう言いながら、エリカもマリアの涙を真理夫に見せてあげたいと願った。

するとそのエリカの言葉を待っていたかのように、マリアの目に白く光るものが見えた。光の加減だろうと思って近づくと、それは涙だった。マリアの両目に涙があふれ始め、頬を伝って流れ落ちてきた。

二人は信じられないものを見るように顔を見合わせ、言葉にならない感動で心を震わせた。真理夫は、胸のポケットから取り出したハンカチでそのマリアの涙を優しくぬぐってあげた。限りない慕わしさがこみ上げてきた。

マリアの涙を吸い込んだハンカチを、真理夫は胸のポケットに大切に収めた。マリアが彼の願いを受け入れてくれたことに感謝と喜びを感じながら。

そばに寄り添いながら真理夫のすることを見守っていたエリカの目に、道生があの雪の日に、寒そうにしているマリアを可哀そうに思って、その手に手袋をはめてあげた姿が重なって見えた。

十五章　もう一つのスターバト・マーテル

反対の目的で

真理夫が道生の死に対する疑問から、どのようなマリアをオリジナルのピエタに表現しようとしていたのかを探し求めていた頃、同じように道生の自殺に疑問を感じていた人たちがいた。里山司教とエリカの父、花山幸太郎であった。

二人は道生のピエタから涙が流れ始めて以来、この現象は本当に聖母マリアの働きなのかもしれないと感じていた。そしてそのように感じれば感じるほど、道生の自殺に対する疑いが深まっていった。カトリックで大罪とされる自殺の罪を犯した人の作品に聖母マリアが働き、奇蹟を起こすとは考えられなかったからである。

彼の死は、自殺ではなかったのではないだろうか？

もしカトリックの正統的マリア信仰を持ち、それを広めるためにピエタを彫ろうとして殺されたのだとしたら、彼の死は現代の殉教とも言えるものではないのだろうか？

一向に宣教の進展が見られない日本のカトリック教会を復興させるために神が与えた祝福なのだろ

うか？

彼らはそう思った。いや、そうであってほしいと願っていたと言ったほうがいいかもしれない。

そして、彼らのその願いは、一人の重病人がマリアの涙に触れて癒され、診断を依頼した複数の医師から「現代医学では理解できないこと」という報告を受けてから、ますます強くなっていった。

教区の責任者として、この道生のピエタのマリアから涙が流れる不思議な現象とその涙による奇蹟的治癒に対してどう受け止めるべきか、それまで長い間決断を下せずにいた里山司教は、医師たちの報告を受けてようやく重い腰を上げた。

そして秋山隆弘という私立探偵に、道生の死に他殺の可能性は本当にないのかということについて、調査を依頼することにした。

秋山は以前、京都府警の刑事で、妻は熱心なカトリック信者であった。

ある日、里山司教からその話を聞いた幸太郎が、夕食のときに妻の由布子とエリカに、内密にするようにと前置きをして語った。

「まだどのような結果が出るか分からないが、里山司教は、このことが日本のカトリック教会に大きな飛躍をもたらす神の祝福かもしれないと感じておられるようだ。私もそうであれば素晴らしいと思うし、できるだけ司教に協力したいと思っている。

もし京都府警にも知り合いがたくさんいる秋山さんが、何か他殺の証拠となるものを見つけることができれば、警察が道生君の死について再捜査をしてくれるかもしれない。道生君が自殺ではなかったということが証明されれば、それは単に彼の名誉回復につながるだけではなく、京都と日本のカトリック教会にとっても画期的なことになるに違いない。それに何よりも、エリカ、お前にとって救いになるのではないかと思う」

花山は話の最後にそう言ってエリカの顔を見つめた。道生が自殺したことがどれほどエリカの苦しみとなってきたかということをずっと近くで見てきた彼は、そのことが京都やカトリック教会のためになるばかりではなく、何よりも彼女にとって大きな救いになることを信じていたのだ。

エリカは、真理夫を通して道生の他殺の可能性を知らされてから、警察に再捜査を依頼してもらうよう幸太郎に相談しなければと思いながら、ずっと言い出せずにいた。そんな彼女にとって、里山司教の私立探偵への依頼の話は喜ばしいことであるはずだった。

だが、道生がカトリックの教義を否定する「悔い改めたマリア」をオリジナルのピエタに彫ろうとしていたことをすでに信じていた彼女は、父幸太郎の話を聞きながら、内心とても複雑な心境で何も言えず、黙って微笑むしかなかった。

道生の死についての再捜査という願いは同じであっても、それを通して訴えようとしていること、そこに込められた思いはひどくかけ離れていた。里山司教と幸太郎は、道生のピエタから流れるマリアの涙はカトリック教会の素晴らしさの証しであり、「無原罪のマリア」の教義の正しさを示すものと考えていた。

だが真理夫とエリカと美香子は、マリアの涙は、これまでカトリックで信じられてきた「無原罪の御宿り」の教義は間違いであり、マリアにも私たちと同様に罪があり、本当のマリアは「悔い改めたマリア」であったということを示すものと信じていた。これは、あまりにも大きな違いであり、エリカはこれからどうなっていくのかひどく胸騒ぎがした。

司教館で

「全く反対の目的で、藤原さんの死についての再捜査を願う人たちがいるとは思いもしなかったね」

エリカから、里山司教と幸太郎がしようとしていることと、その目的を聞かされた真理夫は、驚き戸惑っていた。

「でも、藤原さんの死の真相が分かれば、当然、彼が『悔い改めたマリア』を信じ、それを人々に伝えようとしてピエタを彫ろうとしていたことも明らかになると思う。もしそうなれば、里山司教も君のお父さんも、彼らの願いとは全く違う結果に失望し、ショックを受けられるだろう。そしてそれだけではなく、もしそれを他の人に話したりしていれば、あとあと立場上問題になることも出てくるかもしれない」

「ええ、その可能性は十分考えられるでしょうね」

「君のお父さんは僕にとってもとても大切な人だし、里山司教さんには、母だけではなく、僕自身も神学校を辞めてからいろいろお世話になった。二人が藤原さんのことを誤解しているなら、その誤解から何かよくないことが起こってしまう前に、早く知らせてあげたほうがいいと思う」

「私もそのほうがいいと思うわ」

真理夫もエリカも、里山司教と花山幸太郎にはとにかく真相を話すべきだと感じた。真理夫は里山司教のことを人格的にも尊敬していたし、今までの関わりからもそれなりに話の分かる人であると思っていた。それに真実を話して理解してもらえれば、あとは司教が、本当のマリアのことをカトリック教会の中に広めてくれるのではないかという期待もあった。

（里山司教なら、カトリック教会における立場もあり、ローマに留学して神学的な知識も持つ立派な学者であり、マリアの本当の心を伝えるのには、『神学生くずれ』でミサにもほとんど参加しない音楽家の僕などに比べれば、何十倍もふさわしい）

エリカと相談の結果、どうせ話すのなら花山幸太郎にも聞いておいてもらったほうがいいということで、四人で司教館で話すことにしたのであった。

真理夫は里山司教と花山幸太郎に、道生のことについて知っていることすべてを包み隠さず正直に話した。だが話しながら彼は、二人の反応が予想していたものとは全く違うものであるのを感じ、少しずつ不安になっていった。

やがて真理夫の話を聞き終わった里山司教が語り始めた。その表情はふだんの柔和な司教とは違ってやや硬い表情だった。彼の言葉は真理夫の不安が現実のものであることを思い知らせるものであった。

「マグダラのマリアのことを『悔い改めたマリア』だというのであれば、それは私も同意するし、受け入れるのに何の問題もない。しかし真理夫君、君が言っているのが聖母マリアのことだというのであれば、それは私には決して受け入れることはできない。私には、その谷川美香子という女性に働いてきた『イエスの母マリア』という女性が聖母マリアであるとは信じられないよ」

「それはどうしてですか？」

「理由は明らかだ。聖母マリアが無原罪のマリアであるということを私は信じているからだ」

「でも聖書には、マリア様は無原罪であるということは全く書かれていないのではないでしょうか？　それに聖書に、マリア様は、イエス様を気が違ったかもしれないと思われ、取り押さえようとされたと記されている箇所については、どのように解釈されるのでしょうか？　それは、イエス様の宣教活動に対してマリア様が正しく理解せず、またそのことをよく思っておられなかったことを示しているのではないでしょうか？」

「私はそうは思わない。それは他の人のことであってマリア様本人ではない。神学校で学んだことのある君なら分かりそうなものじゃないか？」

「マリアの教義を守ろうとして、そういう説明をずっとカトリック教会がしてきたことは学びました。でも多くの現代の神学者たちは、そのようには考えていません。僕は、司教様はかなり開かれた心を持っておられると思ってきました。そのような方が、どうしてマリアのことに関してはそれほど狭い考え方に固執されるのですか？」

「今までの伝統的な考え方を、私は狭い考え方だとは思っていない。とにかく私は、君たちが信じていることは全く間違っていると思う。私だけではなく、圧倒的多数のカトリック信者は私と同じ考えだと思うよ。君などとは比べ物にならないほど神学的知識のある学者の聖職者たちでさえ、一旦教義の批判を公に表明すれば、今でも聖職を停止され、自説の撤回を迫られ、それに応じなければ破門されるか、自主的なカトリックからの離教に追い込まれてしまうんだ。

『教皇無謬性』などの教義を否定して教授権をはく奪されたスイスのハンス・キュング、『無原罪の御宿り』の教義を否定して聖職を停止されたドイツのオイゲン・ドレバーマン、『マリアの処女性』などを否定して一九九七年に破門されたものの、悔い改めて翌年バチカンと和解したスリランカのティサ・バラスリヤなどの神学者のことを思い起こせば分かることだ。

それほどカトリック教会の力は強大なんだよ。君がいくら頑張っても誰も信じないし、カトリック教会のマリアの教義を変えるなんてことは不可能だよ。だから君も、前途有望な音楽家なんだから、自分の将来のこともよく考えたほうがいいと思うよ」

里山司教は、分からず屋の子供に教え諭すかのように話した。

「それでは、『悔い改めたマリア』という間違った考えを人々に伝えようとした藤原さんが制作したピエタから、マリアの涙が流れ始め、それによって重病人が奇蹟的に癒されたという現象についてはどのように説明されるのでしょうか?」

「私は、藤原君が聖母マリア美術館の落成式で、聖母について神父顔負けの素晴らしい講演をして人々を感動させていたことをよく覚えている。『無原罪のマリア』について熱心に訴えていたあの藤原君が、

『悔い改めたマリア』というような恐ろしく間違った考えを持っていたとは到底信じられないんだよ。それは君が推測を重ねて生み出した思い込みではないのかな。真相は藤原君自身に聞くしかないし、もし君が推測するように彼が殺されたとするなら、その犯人がなぜ彼を殺したのか、明らかにされることによってしか真実は分からないと思う」

「でも真相は、司教様たちが思っておられることとは違っているということを僕は知っているんです。だからもし司教様がその真相と食い違うようなことを公に発表されたりすると、大変なことになるんじゃないかと思って……。僕はそのことが心配なんです」

「君が私のことを心配してくれる気持ちは嬉しいが、そんなことは君が心配してくれなくても大丈夫だよ」

「僕はこの『悔い改めたマリア』に出会って、長い間失っていたマリア様への慕わしい思いを取り戻しつつあるのです。偽りのマリアにそんなことができると思いますか？」

「問題は、君が慕い愛し始めたマリアが無原罪のマリアではないということなんだ。だから私は、君が本当のマリア様を愛し慕っているのではないと思っている。だいたいマリア様が自分を傷つけさせることを願うなんて聞いたことがない。自虐的にさえ感じる。そんなマリア様などあり得ないよ。そういう否定的な意味においては、美香子さんに起こっているいわゆる『イエスの母マリア』現象が、君が言っていたように、ラズロ・トートの事件と共通性があるということは言えるかもしれないね。パウロ六世教皇じゃないが、私もサタン的な臭いがするような気がする」

「私はいろいろと調べてみたのですが、実はラズロ・トートや美香子さんの現象以外にも、同じように、マリアの絵や像が破壊されたり、傷つけられたりするという現象が起こっているのです。ところが、不思議なのですが、それらのマリア破壊現象には、共通の特徴が見られるのです」

「どんな特徴があるというんだね？」

「それは、マリアは傷つけられているけれども、イエスは傷つけられていないという特徴なのです。ラズロ・トートも、マリアの顔と腕は傷つけましたが、イエス自身には傷をつけていません。何度も何度もハンマーを打ち下ろしているのにです。もし教皇パウロ六世が言われたように、ラズロ・トートにピエタを破壊させたのが本当にサタンであるなら、マリアではなく、むしろイエスを、あるいはイエスとマリアの両方を一緒に破壊するのではないでしょうか？　美香子さんに働いているマリアもそうです」

「それは、サタンがイエス自身には手を出せないからということじゃないかと私は思う」

「そうではなくて、そうでもしない限り、カトリック教会が信じてきた無原罪のマリアの罪穢れのない清くて崇高なイメージを壊すことは不可能に近いことだったからなのではないでしょうか？　教義が邪魔をして、真実が見えなくなっているカトリックの人たちに、自分が間違いを犯したこと、自分にも、赦されなければならない罪があったのだということを何とかして伝えようとするマリアの切なる思いが、そのような一見自虐的とも思えるような形で現れているのではないかというふうに考えてみていただくことはできないものなのでしょうか？」

「どうも君の話を聞いていると、こちらもおかしくなってくるような気がして怖くなるよ。もうこの話はやめよう。これ以上いくら話しても平行線だよ」

里山司教との話し合いは、真理夫が思い描いていたものとはかけ離れた極めて厳しいもので、なんらの一致点も見られなかった。花山は何も語らなかったが、その表情から、司教と全く同じではないにしても、やはり真理夫の考えには同意できないと感じているようであった。真理夫とエリカは二人を信頼していたので、そこから来るショックもまた非常に大きかった。

葛藤

里山司教が理解してくれれば、本当のマリアを人々に知らせたいという道生の願いを実現させる道が開けていくのではないかと期待した真理夫は、予期せぬ司教の否定的な反応に暗澹たる気分になった。そして司教との話し合いを通して、イエスが生きていた当時の人々が実際にイエスを信じ、従っていくということが、具体的にどういうことだったのかを垣間見たような気がした。

(それは、人々から異常で気が違ったと思われ、サタンの頭の力によって奇蹟を行っていると中傷されている人を信じ、そういう人に従っていくことだったんだ。そしてそれは自分自身も気が違った者、サタンに取りつかれた者と言われることを受け入れるということだったんだ)

真理夫はそう思いながら、司教とのやり取りを思い起こしていた。するとあのピエタ破壊の動画の中の、教皇パウロ六世の言葉が甦ってきた。

「サタンの煙が聖なる建物の部屋に侵入した。彼は自分の姿を隠し、偽り、誘惑し、得たいものを獲得し、分裂させ、痛めつける。それはあの、永遠に存在する、暗黒の王子であり、天から落とされた天使であり、この世の最初と最後の悪の根源である」

（自分が感じていることが間違いであり、パウロ六世が言っていることが正しかったら、一体どうなるのだろう？）

急にそのような疑問を抱いた真理夫は、自分がとてつもない過ちを犯しているのではないかという不安がしてきて恐ろしくなった。そのとき、真理夫の心の中にそれまではなかった激しい苦悩と葛藤が生じ始めた。

（十一億のカトリック信者の長であるローマ教皇が、サタンから来るものでないものを、サタンの仕業だと言うことがあり得るだろうか？　お前は一体どんな資格を持って、教皇や司教が間違っているのかもしれないなどというような大それた思いを抱くことができるのか？）

心の中でそのようにささやく声が聞こえ、その声を受け入れようとする自分があることに気づいたとき、真理夫は恐怖が急速に自分を覆い尽くしていくのを感じた。そして今まで自分が信じていたものがすべて自分の思い込みだったのではないか、美香子とのことも道生のことも全て錯覚だったのではないかという思いがしてくるのだった。

（神学の知識も中途半端で、熱心にイエスやマリアを愛してきたこともないお前が関わる必要などないではないか。もっと神学的知識もあり、立場もあって、深い信仰をもった人が、きっと正しい結論を下してくれるはずだ。だから傲慢になって取り返しのつかない大きな過ちを犯す前に手を引いたほうが無難で賢いのではないか)

もし里山司教の反対を無視して「悔い改めたマリア」こそ本当のマリアだと人々に伝えようと何らかの具体的な行動を起こせば、ミッションスクールでの教師の職を失うことはあきらかだった。また、仕事の面でもさまざまに援助してくれた花山幸太郎のサポートも失い、いろいろと具体的な困難にぶつかることは、道生がかつてマスメディアからバッシングを受けたことを思い出すまでもない。純粋で一途であった道生にくらべ、信仰というよりは音楽での成功のためにカトリック教会との関係もそれなりにうまく生かしてきた真理夫にとっては、簡単に予想できることであった。

(お前にそれだけの覚悟があるのか？　そんな無理をする必要はないではないか)

(でもそれでは、自分の心を偽ることになるじゃないか？)

(それはそうかもしれないが、それは仕方がないことだ)

(一体、救い主であるイエスを悪魔の頭であると思った人と、救い主だと思った人の違いはどこにあるのだろうか？　当時も多くの素晴らしいユダヤ教の宗教指導者たちがいて、彼らも聖書の言葉を信じ、神を信じていたのに、その中で誰一人イエスをメシアとは信じなかった。いやむしろ、神を信じ、ユダヤ教の教義を信じていた人たちこそが、イエスを悪魔の頭だと言い、神を冒涜する偽預言者だと確信し、イエスを十字架に磔にして殺すことを願ったのだ。それほど、本当のものを見出すことは難しいのだろうか?)

真理夫は、本当のマリアであるのにそうであることを信じないことも、また、偽りのマリアであるのにそれを本当のマリアであると信じる過ちを犯すことも、そのどちらの間違いもしたくなかった。熾烈な心の葛藤を繰り返しながらも、それでもその過程を通して真理夫は、自分の本心が何を願っているのかということが少しずつ確かなものになっていくのを感じていた。彼はやはり「悔い改めたマリア」との出会いを否定することはできなかった。

(僕はなぜ、それでもなお「悔い改めたマリア」が本当のマリアだと信じられるのだろうか?)

それは、一つには道生という存在のためであった。彼が先駆けて今の真理夫と同様に苦しい孤独な道を歩んでくれたことが、大きな支えになっていた。

そしてまた、その道生が真理夫を信じてくれたことが嬉しかった。なぜ道生が自分を信じることができたのか真理夫にはよく分からなかったが、彼自身にも見えず、また信じられなかったものを、道生は真理夫の中に見ることができ、それを信じることができたことは確かであった。その道生の信頼に応えたかったのだ。最初は道生のことが嫌いだった彼が、今このような歩みをしているとは想像できなかったことであり、不思議と言えばこれほど不思議なことはなかった。

また美香子との信頼関係、エリカとの愛による結びつきも大きな支えであった。

もし道生が美香子の言うことを信じていなければ、それは一精神病患者の妄想であり悪霊の業としてすでに歴史から葬り去られてしまっていたであろう。

ここで真理夫が、これはサタンから来るものであると言って自分の心を偽ってしまえばそれで終わってしまう。美香子の苦しみや、道生の死は無駄になってしまう。そしてなによりも、美香子と道生に、そして多分その他にも多くの人々に働きその思いを伝えようとしてきたマリアの思いが無駄になるだけではなく、サタンの業として葬り去られてしまう。それを考えると真理夫は心が痛んだ。

（自分の一切の名誉をかなぐり捨てて、自ら自身を傷つけて、真理を、本当のことを伝えようとするマリア。もしそれがマリアから出たことであり、そこまでしているのに受け入れてもらえないとしたら、そしてそれがサタンから来ることだと言われてしまったら、マリアは一体どのような気持ちがするだろうか？）

そう思うと真理夫はマリアが可哀相で涙が溢れてきた。

そして、これと同じような気持ちをかつて味わったことがあることを思い出したのだった。それは虐められている美香子を助けたときに感じた思いであった。

あのとき彼はマリアが虐められていることを感じて、そのようなマリアを助けるためなら自分は生涯を捧げてもいいと感じたのだった。そしてそれが司祭になるということであるのなら、そのように生きられるかもしれないと思った。

しかしいつしか、マリアは虐められてはいないように感じ始めた。

多くの神学者がマリアの神聖性、無原罪性、いかに素晴らしく罪がなく清いのか、偉大であるのかを証すおびただしい文献の存在や、カトリック教会の中で如何に高められ、崇敬されているのかを神学校で知ってから、真理夫の心からいつの間にかそのようなマリアへの個人的な思いは消えていってしまった。

しかし今、真理夫の前に、それはサタンがマリアの姿をしているのだと誤解され、虐められている本当のマリアがいるのだ。そしてそのマリアは彼の助けを必要としていた。

もしかしたら、虐められている美香子を助けようとしたときのように、逆に殴られて助けることにはならないのかもしれない。しかし自分にできることはそれしかなかった。あのとき、真理夫は自分が殴られてもいいと思った。そうすることで、マリアの心を少しでも慰めることができるのであれば、それは自分にとってとても幸せなことなのではないかと思えた。あのとき、美香子にありがとうと礼を言われ、その微笑みを見てすごく嬉しかったように。

（では強大なカトリック教会から誤解され、虐められているマリアを助けるために、僕はいったい何をしてあげられるのだろうか？）

そう思ったときだった。エリカと交わした会話が急に思い出された。

「マリア様の預言には、司祭になるという解釈とは別の解釈があると思う理由があるの。とても単純な理由なんだけどね。道生さんは彫刻家あるいは画家として、私はファッションデザイナーとして、そしてマリア様のために生きようとしていた道生さんを信じ、愛し、支えることで、マリア様に生涯を捧げる道を歩みたいと思ってきたからなの」

「僕が音楽家として、聖母マリアのために何かをすることが、『生まれて来る子は、生涯を私に捧げるようになるでしょう』という預言の意味だと言いたいの？」

（音楽家としてマリア様に生涯を捧げる？　確かに、今こそそういうことができるときなのかもしれない。しかし、自分に何ができるのだろうか？　音楽家として何をしたらいいのだろうか？）

彼はかなり長い期間そのことで思い悩んだが、なかなか答えは出てこなかった。

音楽を通してマリアに仕える道

（藤原さんは、彫刻家として、十字架の下にあるマリアの悲しみを、「無原罪のマリア」として表現しようとした。しかしマリアは、その無原罪のマリアを美香子さんに傷つけさせ、藤原さんに彼自身のオリジナルのピエタを彫ることを願われた。そして、藤原さんは、熾烈な探求の末に摑み取った本当のマリア「悔い改めたマリア」を、彼の『ピエタ』の中に表現しようとした。僕にとって、彼の『ピエタ』に当たるものは何なのだろう？）

ある日そんなことを考えていたとき、真理夫の携帯から、例のごとくペルゴレージの『スターバト・マーテル』が鳴り始めた。

それを聞いた瞬間、真理夫は強烈なインスピレーションを受け、全身に電気が走るように感じた。

そして電話の向こうのエリカに叫んでいた。

「エリカさん、見つけたよ。やっと見つけたんだ！」

「真理夫さん、一体どうしたの？　何が見つかったの？」

エリカはこのところ真理夫が元気がなさそうだったので、気になって電話をかけたのだった。

「僕が、音楽家として、マリア様のために何をしたらいいかということが、今の君の電話で急に閃いたんだ」

「えっ、本当？　それはよかったわね！　でも私の電話って？」

「実は僕は、本当のマリアが『悔い改めたマリア』だということが分かったときから、僕の携帯で『スターバト・マーテル』が鳴るたびに、少しずつ違和感を覚え始めていたんだ。そのことと、今、電話が鳴る直前まで、僕はマリア様のために音楽家として何ができるだろうと考えていたことが、君が携帯を鳴らしてくれたおかげで結び付いたんだ」

「そうだったの……。それで、何をすることにしたの？」

「『もう一つのスターバト・マーテル』という曲を作って、その曲の演奏会を開いたらどうかなって。どう思う？」

エリカはしばらく返事をしなかった。

「よくないかなあ？」

「ううん、そうじゃないの。『もう一つのスターバト・マーテル』という題名を聞いたら、なぜか心が震えてしまって……。よくそんなにピッタリな題名が思い浮かんだわね。すごくいいと思うわ」

電話の向こうでエリカが涙を拭っているのが分かった。真理夫は、『もう一つのスターバト・マーテル』の演奏会を通して、マリアの真実の心をオリジナルのピエタに表現して人々に伝えようとした道生の遺志を引き継ぐ決意を固めた。

（今回は、もしかしたら、殴られるだけでは済まないかもしれない）

『もう一つのスターバト・マーテル』の演奏会を開くということは、ある意味では非常に危険な行為であることを、真理夫はもちろん自覚していた。

日本のカトリック教会の信徒数は約四十五万人で、人口の約〇・三五パーセントと非常にわずかである。だが、その背後には世界に約十一億の信徒を擁する巨大なカトリック教会が控えていた。

真理夫たちにとって、それはマリアの本当の心を伝えるという動機ではあっても、カトリック教会が教義として信じている「無原罪のマリア」を否定する内容である以上、聖母マリアへの冒涜であり、カトリック教会への挑戦と受け取られる可能性は十分に考えられた。また、「悔い改めたマリア」はマリアに罪があったということと関わっているので、それはカトリックだけではなく、マリアを崇敬してきた東方教会や聖公会などからも反対される可能性を秘めていた。

そしてどの宗教にも、信仰の故に暴力も正当化する極端な原理主義者は存在するものなのだ。

（たとえそうであっても、本当のマリア様がそのことを願っておられるのなら、願いを叶えてあげたい）

真理夫は二千年間誤解されてきたマリアの本当の心を知り、そのマリアの悲しみを解放してあげたいと思った。

マリアが誤解され、悲しい思いをしながら、それでも時間と空間を超えて多くの人を癒し、慰め続けてきたとするなら、その悲しみが癒され、痛みが消えていったとき、そこから何か素晴らしいものが生まれて来るような予感がしたのである。真理夫はそこに、幼い頃に持った夢を再び見出していたのかもしれない。

そして彼は、「生まれて来る子は、生涯を私に捧げる人になるでしょう」というあのマリアが預言した自分の人生の一歩を、今まさに踏み出そうとしていることを感じていた。

準備の過程で

真理夫はエリカと相談しながら、『もう一つのスターバト・マーテル』演奏会と藤原道生追悼の夕べ」の準備に取り掛かった。

開催は半年後とした。会場は聖母マリア美術館の大ホールが理想的であったが、今回はカトリック教会からの圧力がかかる可能性が大きく、また花山幸太郎の賛同を得るのは難しいと思われたため、他の会場を借りることにした。

作詞と作曲が最も重要なものであったが、オーケストラや合唱団、そして中心となる歌手の人選と依頼、会場探しとその予約、リハーサル、パンフレットやポスターやチケットの作成、チケットの販売など、演奏会のための具体的なもろもろの準備も進めていかなければならなかった。

だが、ファッションショーの開催経験があるエリカが、彼女のスタッフと一緒に準備に責任を持ってくれ、美香子も主に事務的なことで手伝ってくれることになり、真理夫は最初の三ヶ月間を曲作りにほぼ集中することができた。

作詞には約一ヶ月を要し、相当なエネルギーを投入した。過去にも作詞を手掛けたことはあったが、真理夫は作曲が専門であり、作詞はそれほど得意ではなかった。だが今回は、歌詞も曲も自分で真心を込めて作りたかった。

もともと『スターバト・マーテル』という曲は、ヤーコポーネ・ダ・トーディの詞に四百人以上の作曲家たちがそれぞれの曲をつけたものである。それゆえ真理夫は、曲の素晴らしさももちろん大切であるが、如何にマリアに捧げるにふさわしい詞を書けるかが、この演奏会の成功の鍵になると思ったのである。

『もう一つのスターバト・マーテル』を作る過程で、真理夫は今までどの作品を作るときにも感じたことのないほど心が充実しているのを感じていた。そして、こんなにも自分の作品を通して人に訴えたいという強い思いを抱いたこともなかった。

そのように準備に携わってきた毎日はマリアとのより深い出会いの日々であった。

三週間が経過し、歌詞は完成に近づきつつあった。しかし、ほとんど仕上がっていたのだが、最後のところで真理夫は行き詰まってしまった。

十字架の下におけるマリアの悲しみや気持ちはかなり思いどおりに表現できたように感じており、

満足していた。だが、この二千年間の歴史において人々に現れ働きかけてきたマリアがどのような心情を持ってきたのか、そして今なお泣き続けるマリアの思いとは何か、そのマリアの心を自分の気持ちとして今一つ実感できなかったのだ。表現できないのは心で感じられていないからだということは理解できていても、ではどのようにすれば感じられるのかが分からなかった。その足りないものがとても大切なものであることだけは分かっていたので、余計にもどかしかった。

その日も筆が進まず、焦りと苛立ちの入り混じった気持ちを感じつつ思いを巡らしていた。そんなとき真理夫の携帯電話から『スターバト・マーテル』が流れた。何かよくないことが起こるような予感がした。

「花山だが、少し話しておきたいことがある。夜遅くてもいいから家に来てくれないか？」

疲れた声だった。

「分かりました。では九時頃お伺いします」

断るわけにもいかずそう答えたものの、恐れていたことがついに来たような気がして、真理夫の心は重かった。真理夫が演奏会を準備していることに対して、花山はこれまで表立って反対や妨害をすることはなかった。だが、エリカからも花山がカトリック教会関係者からいろいろと言われて悩んでいること、娘の手前、思い切った反対もできず苦しんでいるということを聞いていた。友人の里山司教が真理夫の演奏会を苦々しく思っているであろうことは、真理夫自身が司教と直接話をしたときの感触から間違いないと思われた。里山司教やカトリック教会と深い関わりを持つ花山が、大変つらい立場にいることは彼にも想像できた。

真理夫は、できることなら今は花山に会いたくなかった。話の結果によっては、心を乱されて演奏会の準備に全力を注ぐことができなくなり、それだけではなく下手をすると決裂してしまうかもしれなかった。そうなれば、エリカとの関係にも微妙な軋轢が生じる危険性もあった。

しばらくすると再び『スターバト・マーテル』が流れた。今度はエリカからの電話だった。

「真理夫さん、父から電話があったでしょう？」

「うん。今日の夜、家に来てほしいって」

「そうなの……」

「断ることもできなくて、一応九時に行くとは答えたけど……」

「私も一緒にいるからせめて賛成してくれないまでも、反対しないようになんとか二人で説得しましょう」

エリカの言葉に勇気づけられた真理夫は、ようやく愁眉をひらくことができた。

その夜、花山邸の応接間で、花山はソファに埋まるようにして待っていた。司教やカトリック教会とエリカとの間で板挟みになった花山は目に見えて憔悴しており、頬がこけ、目のまわりに隈ができていた。それほど精神的に追い詰められていたのだろう。

そばには、エリカが心配そうに控えていたが、真理夫に目くばせをして微笑んだ。お茶とケーキを運んできた母親の由布子もエリカのそばに一緒に座った。

「私も年を取ったもんだ」

花山は、自嘲気味にそう呟きながら真理夫を見つめた。

「単刀直入に言おう。君がやろうとしている演奏会を中止してほしい」

真理夫は、予想していたこととは言え、いきなりこうはっきりと言われるとは思ってもみなかったので、しばらくどう答えていいか分からなかった。

「以前の僕でしたら、その言葉にうなずいていたかもしれません。けれど、今ははっきりと、演奏会を中止することはできませんと答えるしかありません」

ようやく少し上ずった声でそう答えると、すぐに花山が訊きかえした。

「それはなぜだね？」

「それは、マリア様の涙の本当の意味を知ったからです。そしてマリア様が僕に何を願っておられるのかが分かったからです」

「君がしようとしていることは、私にとっては『無原罪の御宿り』の教義を否定する異端的信仰を演奏会を通して広めるということだ。マリア様の願いでもなんでもない。もう一度言う。演奏会を中止してほしい」

「それはできません。演奏会を開かなければ、僕は一生後悔するでしょう」

「私はふたりが一緒になりたいと思っていることを知っている。だから、父親の立場からあえて言わせてもらう。君が『もう一つのスターバト・マーテル』の演奏会を開いて、全カトリック教会を敵にまわしたら、どうなるか分かっているのか。君はたちまち職を失い、生活にも困るようになるだろう。もちろん、しばらくはカトリックの教義に刃向かった英雄のようにマスメディアからもてはやされる時期もあるかもしれん。だが、それは一時のことだ。その熱狂が冷めればたちまち忘れ去られてしまうだろう。生活に困窮して生きていくのも大変になるだろう。そのとき、君はエリカを幸せにできる自信があるのかね⁉　どうだね⁉」

真理夫は、花山の言うことがよく理解できた。その意味では、エリカの幸せのためにも彼女を巻き込まないで身を引いたほうがいいかもしれない。だがそう思うと、心の奥底から寂しさと悲しみがこみ上げてきた。しかし中止することはできなかった。真理夫は返事に窮していた。

「返事できないということは中止できないと受け取っていいんだな」

「……」

「よし、君の考えは分かった。これほど私が頼んでも中止できないと言うのなら、それもいいだろう。君自身の信念だから、私はもう何も言うまい。しかし、君のしていることに娘のエリカをこれ以上巻き込まないでほしい。エリカとは別れてほしい」

「お父さん！」

「あなた！」

エリカと由布子が驚いて同時に叫んだ。真理夫も、衝撃で顔をこわばらせた。

「だって、考えてもみたまえ！　私は里山司教と親友だし、カトリックの教えを忠実に信仰する一人の信徒にすぎない。私が経営している聖母マリア美術館も、教会の支援なしにはやっていけなくなるだろう。そうしたら、父と私が築き上げてきたものはすべて無くなってしまう……」

花山の言葉は真理夫の胸に深く突き刺さった。

「しかし、それだから私は反対している訳ではないんだ。私はエリカが苦しむのを見たくないんだ。エリカが不幸になることが怖いんだ。エリカまで失ってしまったら、私はどうしたらいいか分からない。それは私にとっては死ねということと同じなんだ」

「お父さん！」

エリカは悲鳴のような声を上げた。

「真理夫さんがそんな質問に答えられるはずがないじゃない！」

「あなた。エリカの気持ちも大切にしてやりましょうよ」

「お前は黙っていなさい！」

母の言葉でエリカは少し落ち着くことができた。

「お父さん、私の話も聞いてちょうだい！　そして間違った道かどうかはそれから判断してください」

「よし分かった。じゃ言ってみなさい」

昂ぶる感情を抑えながら花山が言った。

「ありがとう、お父さん。私はお父さんのことをとても愛しているし尊敬している。そしてお父さんが私のことを思ってくれる気持ちも痛いほどよく分かるわ。でもお願いだからどうか、どうかそんなむごいことを言わないで」

　エリカの目から大粒の涙がこぼれた。

「私がお父さんを捨てることなんて決してできないことは、お父さんが一番知っていることでしょう？　お父さんと真理夫さんのどちらかを選ぶことなんて私には絶対できない。二人とも愛しているから。二人ともとても大切な人だから。だからそんなこと言うのはやめて」

「じゃ、私にどうしろというんだ」

「今は信じられないことかもしれないけど、お父さん、私は本当のマリア様に出会っていると感じるのよ。それに、真理夫さんを通して私があの悲惨な絶望の世界から抜け出すことができたのを忘れたの？」

「それは……」

「そうでしょう？　真理夫さんは私を不幸になんか決してしないわ。いろいろ苦しいことはあるかもしれないけど、自分を偽って正しいと思っていることをしないことほど苦しいことはないと思うの」

「……」

「私はたとえ経済的に厳しくても、幸せでいられると思う。なぜなら、私はルルドで奇蹟的に私の命を救って下さったマリア様の本当の心を知ったから。この命はマリア様が下さったから、今度は私がマリア様のために私の命を捧げたいの」

エリカは一息ついてから、言葉を一つひとつ選ぶようにして語り出した。

「でもエリカ、ルルドは、『私は無原罪の御宿りです』と聖母がベルナデッタに語られた場所じゃないの。だからこそあなたは、無原罪のマリア様を信じるようになったし、道生さんとも心が一つになったんじゃなかったの？」

由布子がそう尋ねた。

「そうだ、お母さんの言うとおりだ。私もそこのところが全く理解できない」

「お父さんとお母さんの疑問はよく分かるわ。だってそれは私自身の疑問でもあったから、とても苦しんだわ。道生さんが、無原罪の御宿りの教義を否定するようなことを言い始めたから」

「道生君は本当にそんなことをお前に言ったのかね!?」

花山はエリカの言葉に驚いた。

「ええ、嘘じゃないわ。本当にそう言ったのよ」

「司教館で真理夫君から聞いたときには、里山司教と同じように真理夫君の思い込みだと思ったが、お前の口から直接そうはっきり言われると……」

「でもどうしてそのとき話してくれなかったの？」

由布子が寂しそうに尋ねた。

「ずっと黙っていてごめんなさい。でも話せなかったのは、私自身が道生さんの言うことをずっと信じられなかったからなの。今、お父さんとお母さんが私の言っていることを信じられないと思っているように」

「そうだったの､それは辛かったわねえ。私たちは何も知らずに力にもなってあげられなかったのね」

由布子の言葉に、エリカは涙をこらえようとしているようだった。

「私、道生さんは気が狂ってしまったのかもしれないって本気で思ったし、裏切られたような気もしたわ。私の存在自体を否定されているように感じたから。そして、そんなひどいことを言う道生さんの私に対する愛が信じられなくなったの」

「今は信じられるようになったというのかい？」

「ええ」

「どうして信じられるようになったんだい？」

「それはね、私が道生さんを誤解していたということが分かったからよ。道生さんが私を愛し続けてくれていたということ、そして、道生さんがマリア様を本当に愛していたんだっていうことが美香子さんと真理夫さんを通して分かったからなの」

「しかし、道生君は無原罪の御宿りの教義を否定したんだろ。その道生君が、聖母マリアを愛しているというのかい？　どうしてそんなことが言えるのか私には全く分からない。里山司教が言っていたように、何か異常な世界を感じるよ」

「お父さん。お父さんは、道生さんが高校生のとき、雪の日に最初に出会ったマリア様は、無原罪のマリア様だったと思っているでしょ？」

「もちろんだよ。それは、道生君自身が何度も語っていたことだし、お前もそう思ってきたんじゃないのかい？」

「ええ、それはそうなの？」

「それがどうかしたのかい？」

「みんなそう思ってきたんだけど、実はそうじゃなかったのよ」

「なんだって！　お前、何を言っているんだ！」

「お父さん、これを見て……」

そうしてエリカは首から外したメダイを見せながら、真理夫と一緒に経験したあのショックな出来事について両親に話し始めた。

花山も由布子も、エリカがそうであったようにしばらく言葉を失って呆然としていた。

「私は聖母マリア美術館のチャペルでのあの体験を決して忘れないと思うわ。あのとき私は、家を出て宣教活動をされているイエス様の心を理解できず、気が違ったと思われたマリア様のことを知らされて、それまで自覚していなかった自分の罪をはっきりと見せられたような気がしたの。谷川美香子さんに嫉妬して、本当の道生さんの心が見えなくなってしまって、道生さんを不信し、彼の心を誤解してしまい、彼を支えてあげることができなかったという自分の醜さと罪を。もしかしたら、そのような私の不信に根差す誤解が彼を死に追いやってしまったのかもしれないということに気づいたとき、それは、もう死ぬほどの苦しみだった……」

花山も由布子もエリカの言葉に心を痛めつつ耳を傾けていた。

「でもその苦しみを通り抜けてみると、そこには、悔い改めたマリア様がおられた。そしてすでに赦されているような気がしてきたの」

エリカの顔が輝き、彼女の心の中にそのときの甘美な体験が甦ってきているのが周りで聞いている三人にも伝わってくるようだった。

「そうなんです。あのとき、エリカさんはずっと泣き続けていました。でも涙は同じように流れていても、その涙は違うものへと変わっていくのが僕にはよく分かったんです。もし涙に色があるとしたら、あのときエリカさんの涙の色が、嘆きと悔いと悲しみに満ちた苦い灰色から、感謝と喜びと希望のどこまでも澄み切った甘い水色に変わっていったのがはっきりと見えたのではないかと思います。

ステンドグラスを通して差し込む夕日が虹色に踊りながら、泣いているエリカさんを覆い、祭壇上の十字架がエリカさんの上にその影を落としていました。その情景を見つめながら、僕は衝撃的な感動を覚えつつ、イエス様の十字架の下で自分の罪を責めながら悔いの涙を流しているマリア様、そして、やがてイエス様と再び深く結ばれていったマリア様の姿をはっきりと見たんです。そして、藤原さんがオリジナルのピエタに表現しようとしたのは正にその悔い改めたマリア様の姿だったのだということを」

「そのとき、隣でずっと私と同じ気持ちを一緒に感じてくれている真理夫さんの心が伝わってきて、私は思わず真理夫さんに抱き付いたの。その私をしっかりと受け止めて抱き締めてくれた真理夫さんの胸の温もりを、私は一生忘れることはないと思うわ」

花山と由布子は、二人の話を聴きながら不思議な気持ちに囚われていた。

「そして私はあの瞬間、罪あるマリア様と悔い改めたマリア様とは、同じマリア様でも、中身は全く違う存在なのだということを感じたの。私がそうであるように。そして不思議なんだけど、あのときから、感謝と喜びと希望の思いと共に、自分がなせなかったことを償いたいっていう気持ちが強く湧き上がってくるの」

「自分の罪を償うということは考えなくても、赦されたことを信じればいいんじゃないの?」

真理夫が言った。

「ううん。それはね、そうしなければならないということではなくて、そうしたいということなの。そういう気持ちが自然に自分の中に湧き上がってきているというのかな」

「それはエリカさんの赦しの体験が本物ではないということ?」

「そうじゃないと思う。赦しの実感はあったわ。あれ以上のものは感じられないのではないかと思うほどよ。何て言ったらいいのかしら。赦されたからこそなんじゃないかしら。自分が犯した罪にいたたまれずに苦しいときには目が自分に向いているというか、そのことにあまりにも縛られて身動きできないんだけど、赦されたと実感してからは、積極的になるというかあのとき自分ができなかったことをもう一度やり直して償うことを強く願うようになったと言えばいいのかな」

「でも道生君は、もう生き返らないんだよ」

花山がエリカを見つめながら不憫そうに言った。

「もちろんそれは分かっているわ」

「じゃあ、お前は何が言いたいんだね？　どうすればお前は、その、罪を犯さなかったような立場に立てると考えているんだ？」

「二度と同じ過ちを繰り返したくない、同じ罪を犯したくない。それは、ある意味では、道生さんがしようとしてきたことに自分が責任を持つということではないかと。そして、真理夫さんは道生さんがしようとしていたことを引き継いで成し遂げたいと思っているのだから、もしかしたら私が真理夫さんを信じ支えることを通して私は救われるのかもしれないって感じるの」

「お前の救い？」

花山が、エリカの言葉を繰り返した。

「そう、真理夫さんの演奏会を成功させることは私の救いでもあるのよ。そして思ったの。もしかしたらマリア様も同じような気持ちをこの二千年間感じてこられたんじゃないかなって」

「同じような気持ち？」

「ええ、道生さんに現れ、美香子さんに働きかけながら、マリア様は十字架の下における自分の本当の姿を伝えようとされてきたのは、自分がイエス様を誤解したような罪を私たちに犯させたくないという思いがあるからじゃないかと思うの。そうすることで、マリア様もまた、イエス様を誤解しないで信じた立場に立てるということなんじゃないかかな。そのようなチャンスを神様は、いつも用意して下さっている。二千年前に終わっているのではなく、それ以後も救いの歴史は続いているのよ。そして、私たちにとっては今がその救いを実現するときなのだと思うの。今すぐに信じてほしいとは言わないわ。だって私もそれが分かるまですごく時間がかかったもの。真理夫さんにもとてもひどいことを言ったわ。ねえ、真理夫さん」

「うん、まあ」

「谷川美香子さんに嫉妬したりもして、自分の醜さを知らされてとても苦しんだ。でもようやく分かったのよ。私は、道生さんを誤解していたんだって。そして私が救われたのはその悔い改めたマリア様との出会いによってだったのよ。そのマリア様との出会いがなかったら、私は決して、道生さんが死んだあとのあの絶望から抜け出すことはできなかった。そして、その悔い改めたマリア様を私に教えてくれたのは真理夫さんなの。真理夫さんが、道生さんがオリジナルのピエタに何を彫ろうとしたのかを一人で探し求めて辿り着いたのよ。だから、私は真理夫さんを支えたいの。それが、私があのとき道生さんにしてあげられなかったことをしてあげることでもあると感じるの。そして道生さんがそれを願っているということも」

「どうしてそれが道生君の願いだということが分かるんだい？」

「真理夫さんに相談してほしいと言ったのは道生さんだからよ。お父さん、私を信じてちょうだい。真理夫さんを応援してあげて。せめて反対しないでほしいの。お願い！」

エリカの目から涙があふれ出た。あとからあとから涙がこぼれていく様子を見て、真理夫も思わず涙ぐんだ。

花山は何も言わずにじっとうつむいていた。

どれくらいの時間がたっただろうか。花山はおずおずとエリカの肩を抱き寄せた。

「分かったから、さあ、もう泣くのは止めなさい。私に何ができるか分からないが、考えてみよう」

それから真理夫のほうを見た。花山の目は心なしかうるんでいるように見えた。

「君たちがやりたいと思うことをするがいい。私は表だっては応援できないかもしれないが、エリカの父親としてできるだけのことは手助けしよう。私が言いたいのはそれだけだ」

そう言いながら花山は、なぜかイエスが涙を流す絵に導かれるようにして道生に最初に出会ったときの感動を思い出していた。

花山邸を後にしたとき、澄んだ夜空に星がまたたいていた。真理夫は思わず深呼吸をした。星の光を吸い込むかのように……。

真理夫は今、『もう一つのスターバト・マーテル』の詞を完成させる最後のピースをエリカによって与えられたことに言い知れぬ喜びと感動を覚えていた。そのピースで欠けていた所を埋めると、長い間閉じられていたマリアの心の扉が開かれ始めるようなそんな幻が見えるような気がした。

そして、作詞を始めて一ヶ月後、何度も書き直して推敲に推敲を重ねた『もう一つのスターバト・マーテル』の歌詞が出来上がった。

その週末、真理夫はエリカと美香子を初めて一緒に食事に招待してその詞を読んでもらった。

二人はそれぞれに渡された原稿のコピーにしばらく黙って目を通していたが、真理夫が気づいたときには、どちらが先かは分からなかったが、二人とも涙を流していた。その様子を見て、真理夫は緊張がみるみる解け、演奏会への自信が深まるのを感じた。

「実は二人にお願いがあるんだけど、聞いてもらえるかな？　その詞を読んで分かったと思うんだけど、これは、僕が書きはしたけれど、そのインスピレーションは二人から与えられたものがたくさん含まれているんだ。だから、作詞者は三人の名前にしたいんだ。もしかしたら、名前が出ることで何らかの被害を受けることがあるかもしれないから、その辺はよく考えたほうがいいと思うけど、僕の気持ちを二人に伝えておきたかったんだ」

涙を拭った二人は、真理夫にそう言われて嬉しそうに頷いた。

歌詞を考える過程ですでにメロディが断片的に浮かんできた部分もあったので、作曲は案外早く終わるかとも思っていたが、詞と詞の間にメロディだけの間奏もいくつか盛り込んだので、曲が完成したのは予定どおり、詞が完成してから二ヶ月経ってからであった。

曲が出来上がって全面的に具体的な準備に携わり始めた真理夫だったが、予期していたこととはいえ、さまざまな困難が待ち受けていた。パンフレットやポスターには演奏会の趣旨や曲の説明や内容が記されており、不特定多数の人の目に触れる中で、演奏会に対するよからぬ噂も流れ始めた。

勤めているミッションスクールの校長であるシスターからも呼び出しを受け、もし演奏会をやめない場合は、職を失う可能性をほのめかされた。そのことはすでに覚悟を決めていたことであったので、心の準備はできていたが、それでも実際に言われてみると本当に嫌なものであった。また、同僚の教師や生徒たち、特にカトリック関係の人たちの態度が急に冷たくなり、心理的なストレスも感じるようになった。

他にも、彼が予想していた以上のことが起こった。決まっていた会場が意味不明の理由でキャンセルされることが数度。また頼んでいた歌手が断ってきたり、警告や中止勧告など脅迫とも受け取れるような電話がかかってきたり、手紙やメールが届いたりした。さらにはインターネットで嫌がらせの書き込みをされたりもした。

実際に、真理夫が夜道を歩いていたときなど、執拗に後をつけてくる人影を感じたこともあった。そのときは、駆け足でその場を逃げ去ったが、何をされていたか分からない。それは恐怖の経験だった。

真理夫は、カトリック人口が総人口の〇・三五パーセントである日本でもこのような状況であるなら、カトリックの影響が強い国ならどうなるのかと、恐ろしくなった。

それでも彼の決意は揺るがなかったし、不思議なことに逆に強くなっていった。

彼は自分の地位や名誉をたとえ捨てたとしても本当のマリアの心を人類に知らせるという道が、とても尊く意味のあることで、それは自分の人生を賭けるほど価値のあることだと知っていた。そしてそのことがマリアが与えてくれた祝福であり恵みのように彼には感じられたのである。

そしてさまざまな困難を越えて、やがて演奏会の当日を迎えた。

演奏会

演奏会は二部構成で、前半は真理夫の講演、後半は彼の指揮による『もう一つのスターバト・マーテル』の演奏となっていた。二千名収容の会場はほぼ満席であった。そこには何ともいえない敵意や好奇心があふれ、報道を通じて関心を持った人々も集まっていた。

（これから、自分の一生を左右する重要な出来事が始まる）

講演会の主賓の席に座りながら、真理夫は徐々に緊張のために頬が紅潮するのを感じた。それは演奏会の昂ぶる興奮とはまったく違っていた。

そんな真理夫を励ますかのように前列に座っていたエリカが微笑んでいた。

「がんばって！」

そんなエリカの眼差しに、真理夫は緊張がほぐれ、心が熱くなるのを感じた。

どんな結果になろうとも、エリカだけは信じてくれる、付いてきてくれる……。そう思えることがどれほど心強かったかしれない。

エリカの隣には美香子が座っている。彼女との不思議な出会いがなければ、そして彼女が辿ってきたこれまでの数奇な人生がなければ今日の日はなかったであろう。真剣な眼差しを向ける彼女に真理夫は小さく頷いてみせた。

やがて司会者に紹介された真理夫は演壇に立ち、挨拶をしてから話し始めた。

「……私は今、藤原道生さんという人を大変尊敬しています。しかし正直に申し上げますと、最初会ったとき、私は彼が嫌いで、軽蔑さえしていたのです。そんな私が、どうして藤原道生さんを尊敬するようになったのか、皆さまはお知りになりたいのではないでしょうか？

人は自分自身ではなかなか自分のことが分からない、ということはよく言われますが、私は自分の中に、今意識しているような聖母マリアへの愛が存在していることを知りませんでした。しかし藤原さんは、私も知らなかった私のマリアに対する思いを私の中に見てくれたのでした。彼がそのように見つめてくれたので、私は自分の中のマリアへの愛に気づくことができたように思います。たった一人でも、信じてくれる人がいるなら、人は生まれ変わることができるのだということを私は藤原さんを通して教えられたのです。

皆さまの中には、テレビや新聞のニュースなどの報道から、藤原さんが自分のオリジナルのピエタを完成させることができなくて自殺した無能な芸術家というイメージを持っておられる方も多いのではないかと思います。しかし私は今日、藤原さんはそのような人ではなく、自分の信念を貫いたとても優秀な芸術家であること、そして、どうして私が『もう一つのスターバト・マーテル』という曲を作るようになったのかについてお話ししたいのです」

そして真理夫は、道生との関係の不思議な変遷を中心に、里山司教と花山幸太郎に報告したものとほぼ同じ内容を話していった。キリスト教には詳しくなくても、道生の作品を愛した人たちも少なからず来ていたから、クリスチャン以外の人にも理解できるよう努めながら話した。

訴えるものはかなりあったようで、聴衆は真理夫の話に熱心に耳を傾けていた。それでも講演が終わったとき、カトリックの信者と思われる人物が、

「異端者は当然、神の裁きを受けるべきだ！」

と激しく叫び、道生と真理夫のことを口汚く罵り始めた。

それだけではなく、何か武器のようなものをポケットから取り出して振り回した。パンパンパンと炸裂するような爆発音がした。

一瞬、人々はギョッとして浮き足だったが、どうやら銃ではなく、誕生日などで鳴らすクラッカーのようだった。会場は一時騒然となったが、不測の事態を予想していた警備員が、その不審者のところに急行し、会場の外へ連れ出した。

演奏会が始まるまでの休憩時間に、蒼白になったエリカと美香子が真理夫のもとへやってきた。真理夫は何でもないよというように二人に微笑んで、そっとエリカの身体を抱きしめた。温かいぬくもりが真理夫につたわり、それだけで力が何倍も湧いてくるようだった。

エリカは心配に目を潤ませ、「これを持っていてほしいの」と言いながら首にかけていたペンダントを外し、「マリア様、どうか真理夫さんを守って下さい」と祈りを捧げて、それを真理夫の首にかけてくれた。それは雪の日にマリアが道生に与え、そして彼がエリカに託したあの「悔い改めたマリア」のメダイであった。

「ありがとう」

真理夫はそう言ってメダイに口づけしてシャツの下に入れ、もう一度エリカを抱きしめた。

メダイは熱を持っているかのように、温かなものを真理夫の全身に伝えた。

「マリア様、僕に勇気をお与え下さい」

そしていよいよ、第二部の演奏会が始まった。

司会者が演奏を担当するオーケストラや合唱隊、それぞれのソリストを紹介し、やがて真理夫が指揮者として壇上に上がった。

彼はメダイのある胸を押さえてゆっくりと深呼吸した。

指揮棒が降り下ろされて、ついに『もう一つのスターバト・マーテル』の演奏が始まった。

オーケストラの奏でる静かな旋律が、聴衆の心に染み入るように響き始めた。ヴァイオリンのすすり泣くような音色、ピエタの悲痛なマリアの嘆きを思わせるピアノの旋律、そして時折響くトランペットなどの吹奏楽器。

マリアの愛が一人ひとりの心の中に注がれることをイメージして真理夫が作曲したものである。

そして、真理夫の指揮に、独唱する三人の女性ソリストと合唱隊、そしてオーケストラが一つになって、マリアの誰も知らなかった心の叫びを歌い奏でていった。

ソプラノのあたかも天の高みにのぼりつめていくようなソロ。それを追うように合唱の重声が続く……。

〈私はイエスの十字架のもとに佇み、悲しみの涙を流していました〉
〈はい、私は知っています。
イエスの十字架の下で悲しみの涙を流しながら、苦しまれたあなたのことを。
一切の罪から自由であり、罪穢れのなかったあなたであるがゆえに、
そこで流されたあなたの涙が、かけがえのないもっとも尊い涙となり、
あなたの悲しみが、人類の悲しみを癒す悲しみとなったことを。
そして、私は知っています。
罪のないあなたが、十字架の下でイエスと共に苦しんで下さったので、
あなたが人類の罪の贖いに協力されたことを。
罪穢れない清きあなたは、
人類の罪を見つめて心を痛め、嘆き悲しみ、涙を流しながら、
人々の心を救い主であるイエスの下に招き寄せるために、
奇蹟を起こし、夢や幻を通して現れ、
語り続けてこられたことを〉

ソプラノの声がどこまでも突き抜けるような透明な声でカトリック信者のマリアへの切なる思いを歌い上げる。白い照明の光の中でそのパートを受け持つややふくよかな女性が、目を天上に向けて感

極まった声で祈りを歌う。その声はなんと鋭く、そしてなんと悲しみに満ちていることだろう。

観客席で手を握りしめながら緊張のあまり蒼白になっていたエリカは、胸が締めつけられるような思いがした。

次に、マリアの声のパートを受け持ったソリストが一歩前に出てきた。

彼女は紫の衣装に身をつつみ、首に金色の十字架のネックレスを下げていた。その金の鎖が白い肌の上でキラキラと輝いている。

そんな細かいところにまで目がいったが、次のマリアの歌を聴いた瞬間、電撃のようにエリカの全身に戦慄が走った。


〈いいえ、それは違うのです。

どうか今日だけは、私の言葉に心を開いて聴いて下さい〉

(短いフレーズなのに、なんと豊かな声量で、威厳があって、優しい響きを持っているのだろう。このソリストは無名に近いソプラノだけど、どうして真理夫さんはこんな奇蹟的に素晴らしい声を持つ人を探し出せたのかしら?)

エリカはマリアの導きを感じざるを得なかった。

(きっとこの演奏会は成功する)

何の根拠もなかったが、エリカはそう信じることができた。

〈はい、マリア様、私はいつでもあなたの言葉を聞いてきました。
罪穢れなきあなたの言葉を〉

〈いいえ、そうではないのです。
私の言葉を、どうかありのまま、素直に聞いて下さい〉

〈はい聞きます。マリア様どうぞお話し下さい〉

〈私には原罪も罪もないと人は信じてきました。
私が何度そうではないと言っても、
人々は、それは本当のマリアではないと聞こうとしませんでした。
しかし、今私は再びあなたに私の本当の姿を告げ知らせます。
私はあなたと同じ罪びとであり、
十字架の下で流した私の涙は、悔い改めの涙だったということを〉

切々と交わされる信徒とマリアの掛け合いは、それにあわせて盛り上がっていく切迫したリズムにあわせて、ヴァイオリンもピアノも短調を基調として音のショールを織りなしていった。音が音を追い、声が声を追い、その熱気と美しい旋律に、会場の人々もいつの間にか引き込まれていった。

聴衆は、固唾を呑み、ただただ歌とオーケストラの奏でる曲に聴き惚れていた。

〈ああ、マリア様、どうしてそんなことがあるでしょうか？
そんなことは決してありません。
どうかそのようなことを言わないで下さい。
あなたは、原罪なく生まれ、罪から完全に自由なお方なのですから〉

〈なぜ人は私に原罪も罪もないというのでしょう。
私には分かりません。
私の罪が最も深いことは、私自身が誰よりもよく知っていること。
救い主であった我が子イエスの思いを理解することができず、
寂しく辛い思いをさせてしまったのも私です。
気が狂ったのではと思い、
他の息子たちと一緒にイエスを連れ戻しに行ったのも、

ほかの誰でもない、母であるこの私自身なのです。
そのことで、私がどれほどイエスの行く道を妨げたかしれません。
最も近く、最もイエスを理解して支えてあげるべきであった私なのに、
そうしてあげることができなかったのです。
それがどれほどに悲しく、悔やむべきことであるか、あなたには分からないのですか？
そうなのです。私は、あなた方の悲しみが分かります。
あなた方の苦しみや嘆きを感じることができるのです。
それは、私自身が罪びと、それも最も大きな罪を犯した罪びとだからです。
ああ、何という冒涜かと、
あなたもまた叫ぶのでしょうか？
これを言っているのは他の誰でもない、
イエスの母マリア自身であると私自身が言っているというのに。
ああ、なんという矛盾、
なんという理不尽なことでしょう〉

このマリアの歌、なんと悲哀に満ちた声音だろうか。聞いているだけでマリアの悲痛な思いに胸が締め付けられ、エリカは息苦しいばかりの感動を覚えた。

このような悲痛なマリアの呼びかけに対して、だが信徒はそれがマリア自身の言葉であるとは信じられない。

〈あなたは本当にマリア様なのですか？
私は、無原罪の御宿りであるマリア様を信じているのです。
あなたが、もしそうではなく、罪びとであり、
その罪故に十字架の下で悔い改めたと言われるのなら、
そして、イエス様の心を理解できず、
その使命を支えることができなかったなどと言われるのなら、
私はあなたが本当のマリア様だと信じることはできません。
あなたは、マリア様ではなく、私を惑わす、あの悪なる力です。
私から去りなさい！〉

マリアの存在そのものを疑う言葉が次々と発せられ、それに対して、嘆き悲しむマリアの言葉が続く。エリカはいつのまにか涙を流していた。あまりにもマリアがかわいそうで、彼女は嗚咽を抑えられなかった。演奏会のさなかで咳をしたりすることは許されない。エリカは必死になってくちびるを噛みしめて、後から後から頬から伝う涙を抑えようとした。

〈ああ、なんということでしょう。
いつまで私は、探し続けなければならないのでしょうか。
私が本当のことを言っているのに、どうして誰も信じてくれないのでしょう。
私の言うことを、そのまま素直に信じ、
本当の私の姿をその如くに見てくれる人は、どこにもいないのでしょうか？
もう探すのは無駄なのでしょうか？
私は、イエスの十字架の下に佇み、悲しみの涙を流していました。
そのときの私の本当の悲しみを、理解してくれる人は誰もいないのですか？〉

長い間探し求め、本当の自分の姿を訴え続けたマリアの叫び。
誰も理解してくれない絶望の中で、しかしようやく、それがマリアの声だと悟ってくれる人が現れる。

〈ああ、マリア様、
私はあなたが十字架の下に佇み、悲しみの涙を流されていたのを知っています。
あなたは、私の心にも何度も訪ね、呼びかけてこられたのですね。

でもマリア様、私もあなたを罪なき、清きお方だとずっと思い込んでいました。
だから、そんなあなたには、
醜く罪穢れた私の悲しみや苦しみなど決して分かるはずはないと、
何度も私の心からあなたを追い払ってきたのです。
ああ、私は知りませんでした。
あなたが私と同じように自分の罪故に、
それほどまでに、嘆き苦しみ悲しまれたことを。
本当のあなたを理解する人が、誰ひとりもなく、
寂しく孤独であったことを。
ああ、マリア様、本当にごめんなさい！
私はあなたに何とひどいことをしてきたのでしょう。
どうかこの私をお赦し下さい！
でももし、今からでも遅くないと言って下さるのであれば、
私は今こそあなたを信じます。
どうぞお語り下さい。
そして、あなたの本当の心をお教え下さい。
こんな私でよろしければ〉

…………

長い間、マリアをマリアだと理解できなかった。そのことを申し訳なく思う気持ちが切なく歌われるこのパートを聴いたとき、エリカは声を殺して泣くことしかできなかった。それは彼女自身の思いでもあったから。

曲が進むうちに、会場のあちらこちらからすすり泣きの声がもれ始めた。

会場は異様な雰囲気に包まれていた。

〈イエスの心を理解できなくて、その宣教を妨げた私は、
もしかしたら、イエスを十字架の道へと追いやってしまったのかもしれない〉

マリア自身が罪びとなのだという内容はあまりにも驚愕させるものだったが、その歌詞の前に演じられた信徒とマリアの対話によって、自然に人々の心に流れ込んでゆくのだった。

〈そう思って、十字架の下で、自分のあまりの罪深さに悔いくずおれて泣いていた私は、
十字架の死の苦しみの中で、イエスのとりなしの祈りを聞いたのでした。
「彼らはそのしていることを知らないので赦して下さい」

そのとき私は、その言葉が、イエスを槍で突き刺して殺しているローマ兵や、イエスを十字架に磔にすることを決定したユダヤ教の指導者や、イエスを裏切り、密告し、また逃げていった弟子たちのことではなく、私自身の罪の赦しのとりなしをこそ、祈ってくれたのだと悟ったのです。
そうです。誰よりも罪深かった私は、
あの十字架の下で、誰よりも、イエスの愛の深さと、赦しの大きさを味わったのです。
それはどれほど甘美な喜びであったことでしょう。
悲しみと嘆きの涙は、私の中で、喜びと感謝の涙に変わったのです〉
…………

〈あのとき私は思ったのです。
私の嘆き、私の悲しみ、私の後悔を、誰にも味わわせたくないと。
決して人類に私と同じ罪を犯させたくないと。
救い主を十字架に追いやるという罪を。
そして、イエスは私に、歴史において、
人類をそのように導くために、
働きかけ続けることを赦して下さったのです。

だから、どうか、信じて下さい。
イエスがあなたの救い主であることを。
そして、イエスがもう一度この世に来るとき、
今度は絶対に私の罪を、私の過ちを繰り返さないで下さい〉

演奏はエピローグに向かって、最後のクライマックスに上りつめようとしていた。

指揮をしている真理夫は、聴衆も何もかも眼中にないかのようにただ指揮に没入し、その姿は神々しくさえ感じられた。

（ああ、もしかすると）

エリカは涙で少しぼやけた目で、指揮棒をときに激しく、ときに静かに動かす真理夫の姿を追いながら思った。

（道生さんが、なぜ真理夫さんを信じていたのか、なぜ自分を引き合わせようとしたのかが分かった気がする。もしかすると、真理夫さんの中にあるマリア様の姿を見ていたのかもしれない）

〈ああ、マリア様。
あなたが、自分が罪びとであることを知らせてまで、
あなたの悲しみと苦しみを体験させないために、

私たちを導こうとしてこられたその切なる心の叫びと涙の意味を、
私たちは知りませんでした。
あなたが、誰もあなたのことを理解しなくて、孤独の中にあっても、
変わらずに、私たち人類を導いてこられたのは、
そのようなイエス様への深い愛と、
私たちへの愛があったからなのですね。
ああ、マリア様、
今、初めてあなたの涙の意味を知りました。
どうか、あなたの涙を拭わせてください。
どうか、イエス様がもう一度この世に来られるとき、
今度こそはイエス様の心情を正しく理解することができる心を備えさせて下さい。
「私が再び来るとき、はたしてこの地上に信仰を見いだすだろうか」と
イエス様を心配させることがないように。
今度こそは必ず再び来られるイエス様を信じ愛し、
イエス様に代わって十字架を背負って歩むことができますように。
そこにこそ、私たち一人ひとりの救いと、
人類が幸せになる道があることを、私たちは知っているからです〉

スクリーンには、道生ののっぺらぼうのマリア像や傷ついたピエタの写真や、そのピエタから涙が流れる動画がさまざまにアレンジされて映し出されていた。聴衆は、のっぺらぼうのマリアの顔に、今、自分たちに語りかけるマリアの面影をそれぞれに思い描きながら引き込まれるように聴き入っていた。

演奏の途中から会場のどこからともなくもれ始めていたすすり泣きの声が、会場全体に広がっていった。人々は自分が流す涙が悲しみの涙でもなく、嘆きの涙でもなく、過去に自分が犯した罪が赦されていくような、心の傷が癒されていくようなそんな不思議な感覚を覚えていた。それはマリア自身が味わった世界を体験しているかのようでもあった。

この二千年間、聖霊的役割を果たしながら、悲しみ、苦しみ、嘆きの中にいた人類と共にあって、人々を慰め癒し続けてきたマリア自身が今まさに共にあることを、真理夫も美香子もエリカも、そしてその場にいた多くの人たちが感じていた。それは、その演奏会に実際に参加した人でなければ決して味わうことのできない尊いものであった。

演奏が終わり、やがて人々は立ち上がって拍手を送った。流れる涙を拭おうともせずに。

聴衆の中にはこの演奏会が如何にカトリック教会に対する反感とマリアに対する冒涜に満ちているかを後で人に伝えるために、自分の目で見てやろうという思いで参加していた人たちも混ざっていた。

確かにそこに歌われた歌詞のいくつかを取って、それを自分が作り上げた「カトリックの教義の否定とマリアへの冒涜」というコンテキストの中に当てはめれば、それは人々を煽り立ててそのように信じさせることも可能であった。

しかし、その歌詞の内容を本当に理解しようという心を持って聴いた人たちは、そうしたいとは思わなかった。なぜなら、そこにカトリック教会への憎しみや反発、マリアへの冒涜の思いを感じることはなかったからであり、むしろ本当のマリアの心情を理解しその悲しみを慰めようという切なる思いを感じたからである。

「自分は今まで、聖母マリアに多くの願い事をしてきたけれども、本当の意味で一度でもマリア自身のために何かをしてあげたいと思ったことがあるだろうか？」

演奏を聴き終わった人たちの中には、そのようなマリアへの思いを感じる人も多かったのである。演奏を終えた真理夫は立ち上がって拍手する多くの聴衆の目に光るものを見ながら、胸に手を当てて、会場の隅から隅に向かって何度も何度も最敬礼をした。

鳴り止まない拍手を浴びながら、彼は、「マリア様からいただいた真理夫という名前がどれほど素晴らしいものであるか、誇りに感じるときがきっと来るわ」とかつて語った母の言葉が正しかったことを、初めて感じていた。

反響

演奏会は大成功であり、反響もさまざまな方面から出始めた。あちこちから演奏の招待が来た。インターネットでもこのことが広まり、大きな話題になっていた。プロテスタントの人たちなら多少は理解してくれるかもしれないとは思っていたが、賛同的な意見がかなり見られた。また、カトリックの人たちの中でも少なくない人たちが、真理夫がしたことに対して好意的な意見を述べ始めた。

「いつまでも、古い教義に縛られているのはおかしい」

などと書き込まれた。

また他宗教、特に仏教や神道を信じる人々の中にも好意的に、

「日本的なマリア観の出現」

などと報じたりする人も現れた。

さらに『もう一つのスターバト・マーテル』の演奏場面が動画としてインターネットで流され、多くのアクセスを獲得していた。その曲の美しさが多くの人の心をとらえ始めていた。

だがもちろん、いい反響ばかりではなかった。保守的なカトリックの人たちは、マリアへの冒涜でありカトリックに反対する異端的な考えだと、インターネットやいろいろな場で批判糾弾のキャンペーンを張り、里山司教に対して何らかの具体的な処置をとるように訴えた。

里山司教は、真理夫が自分の忠告を無視してこのような演奏会を敢行したことにいい思いを持って

いるはずはなかったし、最初は成功の見込みなどないと思って無視を決め込んでいた。しかし、予想外に成功し、多くの反響があるのを見て、司教としての見解を発表しなければならなくなった。

「最近、我が教区に、『無原罪の御宿り』の教義を否定するグループが存在することに対して、カトリック信徒がその異端的な教えに惑わされることなく、またそれに加担することがないように、忠告したいと思います。この高津真理夫氏を中心とするグループは、聖母マリアには原罪と罪があり、聖母は悔い改めたマリアとして自己を啓示された。それが、藤原道生氏の制作した傷ついたマリアから涙が流れ、それによって病人が癒されたことにおいて示されているのだと主張します。

しかし、藤原道生氏が、そのような異端的な考えを持っていたとは信じがたいことです。皆様が、カトリックの信仰に強く立ち、間違った教えに惑わされることなく歩んで下さることを願っています」

エピローグ

自首

だが、里山司教の見解が発表された直後に、それを否定するような出来事が起こった。一人の男が「私が藤原道生さんを殺害しました」と警察に自首してきたのである。

男の名前は山中秀彦。三十九歳、会社員。彼はカトリックの「共贖者《きょうしょくしゃ》マリアの会」に所属していた。

共贖者マリアとは罪の贖いにおける間接的だが重要な役割についての考え方であり、聖母マリアは十字架の下でイエスと共に苦しみ、罪のない自分を人類の贖罪のための犠牲としてささげた、という考え方である。

神の母、処女性、無原罪、被昇天の教義をそれぞれ、マリアの第一、第二、第三、第四の教義というが、カトリックには共贖者マリアを第五の教義とすべきだという人たちがいる。

この団体も「共贖者マリア」というマリア観をカトリックの正式な教義として認めさせるための活動を展開する極めて保守的なマリア崇拝者のグループで、第二バチカン公会議に反対し、エキュメニズム運動や他宗教との交流や協力なども受け入れない。

「藤原道生殺害犯自首！」というニュースは、マスメディアによってかなり大々的に報道された。

真理夫もエリカもそして美香子も、それぞれ別々の場所でこのニュースを知ったが、これが、「悔い改めたマリア」の働きかけによってなされていることを感じ、心を打たれていた。

やがて犯人の殺害動機や経緯などが、明らかにされた。

山中は不思議なほどすらすらと、道生殺害の動機や自首に至るまでの経緯を自白したのである。


最初、彼は無原罪のマリアについて、その素晴らしさを人々に知らせようとしていた道生の考え方に感銘し、尊敬の念を抱いた。そして手紙のやりとりをしたり、会って話すようにもなり、親交を深めていった。

ところが、少しずつ道生の言うことが以前と異なるようになり、彼が「悔い改めたマリア」という、無原罪のマリアや共贖者マリアを否定するマリアを信じるようになったことを知った。さらに、道生がそのマリアを冒涜する「悔い改めたマリア」を表現したピエタを発表しようとしていることを知るに至って、マリアの尊厳を保つために何とかしてそれを阻止すべく、彼の作ったピエタのマリアの顔をのっぺらぼうにし、自殺を装って道生を殺害した。

「あのときの自分は、マリア様のためにそうしなければならないと思い込んでいたんです」

山中は取り調べ中に語った。

しかし、その後、彼の十一歳の息子が脳腫瘍を患っていることが判明した。彼は自分がマリアのために善かれと信じてしたことが、そのような予想もしない結果を招いたのではないかと思い、自分が取り返しのつかない大きな過ちを犯したことを悟った。そして、どうしたらいいか分からずに苦しみ、心を取り乱し、何が何だか分からなくなった。

そんなとき、道生のピエタからマリアの涙が流れるという現象が起こったこと、そしてその後一人の重病人の病が奇蹟的に治癒したということを知った。そのあり得ない事態に自分の信じてきた「無原罪のマリア」という教義に対して疑問を抱き始めた彼は、ある誓いをマリアにしたのだった。

「マリア様、もし藤原さんのピエタのマリアから流れる涙によって、私の息子の病気を治して下さるなら、藤原さんが言っていた『悔い改めたマリア』が本当のマリアであることを信じ、自首します」

そして彼は聖母マリア美術館に通いつめ、ついにマリアの涙が流れたときに居合わすことができた。山中は運良く涙の数滴を小瓶に入れることに成功し、家に帰って息子にそのマリアの涙を飲ませたのだ。

小一時間ほどして、息子の様子に変化が現れ始めたため、すぐに病院に検査に行き、息子の脳の腫瘍が消えていることを知らされたというのである。それで彼はマリアへの約束を守って警察に自首しようと翌日署に出頭するために家を出た。だが、警察署の前まで来たものの、結局自首することができず、家に引き返した。

以来、彼は良心の呵責にさいなまれながら苦しい日々を送っていたが、今回の里山司教の声明が、彼に最終的に自首する決断をさせたのだ。道生が「悔い改めたマリア」を信じていたこと、そしてそのマリアが息子の病気を奇蹟的に治してくれたことを証言すべきだと思ったというのである。

すでに自殺として片づけられてしまっていた事件であったこともあり、警察も最初はなかなか信じようとしなかった。だが山中の自供内容の裏付けが取れていくにつれ、彼が言っていることの信憑性が高まっていった。

山中の供述によれば、道生がそれで心臓を刺して自殺したとされていた刃物は、山中が事件の一週間前に、ある店で購入したものであった。ありふれた刃物であったが、家宅捜索で領収書が見つかり、すぐに裏付けが取れた。

また彼が道生のノートパソコンに不正アクセスをして事前にパスワードを盗み取っていた事実も分かり、彼が遺書を偽造した可能性は十分あり得ることであった。

毛髪は当時殺人現場の部屋から複数採取されたが、事件性なしということでそのままになっていた。

しかしその中の一本が、ＤＮＡ鑑定の結果、山中のものと一致した。

さらに、彼が倉庫に隠し持っていた電動のこぎりと電動やすりに付着していた木材の材質が、道生ののっぺらぼうのピエタのものと同一であった。

それらの状況証拠から、警察は山中の自供は信憑性が高いと判断し、容疑を固めに入った。

山中秀彦の自首とその供述内容を知った里山司教は、非常に大きなショックを受けていた。マリアはまたこのような形で里山司教にも語りかけているのかもしれなかった。だが、その語りかけをどのように受け止め、どのような決断を下すのかは、当の本人の選択にまかされており、誰にも干渉できないものなのかもしれない。

「すべて終わったのね」

警察から山中の供述内容を父幸太郎と共に知らされたエリカが、その内容を真理夫に告げた後、そう言った。しかし真理夫にはまだやるべきことがあった。それを済まさないうちは、まだすべて終わったという気がしないのだった。

マリアとの約束を果たすということが残っていた……。

本当のマリアの贈り物

演奏会が終わって数日後、真理夫は美香子に会った。手には小さなビニール袋を持っていた。

「これ、私へのプレゼント？」

「うん。まあ、そうかな。でももしかしたら、マリア様からのプレゼントかも」

「マリア様からの？　あら、密閉された袋に入っているのね。一体何かしら？　見てもいい？」

「うん、もちろん。でも、まだ袋は開けないでね」

「えっ！　まさか、そんなことって……」

中から透明の袋を取り出して、美香子は呆然とした。

彼女が驚いたのも無理もなかった。それは、かつて真理夫が虐められている美香子を助けようとして逆に殴られたとき、血を拭くために彼女が渡したあのハンカチだったからである。

「いつから分かっていたの？」

「君が生い立ちとマリア様との関わりを初めて僕に話してくれた日、虐められていたときに男の子に助けられた話もしてくれたのを覚えてる？」

「ええ、もちろん。あのときからなの？　どうして言ってくれなかったの？」

美香子の疑問はもっともだった。真理夫もいつ話そうかとずっと思っていたのだが、話そうとすると、今がそのときではないような気がしていつも言い出せなかったのだ。

しかし真理夫は、今こそ話すべきだという思いが心に湧き上がってくるのを感じていた。

「ごめん、ごめん。隠すつもりはなかったんだけど。うまく言い出せなくて……。でも、今が一番話すのにふさわしいような気がするんだ」

「分かったわ。でも、こんなことがあるのね……。あのときの男の子が高津さんで本当によかった！」

美香子は心から嬉しそうな笑みを浮かべた。

「あの日家に帰ってから、ずっとしまっておいたハンカチを引っ張り出して、美香子の『み』という字を見たとき、あの女の子が君だったたって確信したんだ」

「本当に、長い間大切に持っていてくれたのねえ」

「僕にとってもすごく大切なものだったから……。でも、このハンカチを返すよ。今までありがとう」

「でも、これ私があげたものよ」

美香子は戸惑ったように真理夫を見つめた。

「ごめん、そうなんだけど……。実は、これを僕から君へのプレゼントとして贈りたいんだ。というのは、このハンカチは、とても特別なハンカチで、道生さんのピエタから流れ出たマリア様の涙が浸み込んでいるんだ。……受け取ってくれるよね？」

美香子はみるみる涙を浮かべた。

「……もちろんよ。ありがとう」

それだけを言って、美香子はマリアの涙がしみこんだハンカチが入った袋を握りしめた。

真理夫は「悔い改めたマリア」が、関わる全ての人に何らかの救いや善きものをもたらそうとしていることを信じていた。だからマリアが美香子に「私の贈り物は、あれがすべてではありません。あなたの心の苦しみはまだ続いているではありませんか。だから、私の贈り物もまだ終わってはいないのですよ」と語った言葉が、どういう意味があるのかずっと考えてきたのだ。

それは、市木耀介が、未だに昏睡状態のまま寝たきりで、それが彼女の十字架になっていることを知っていたからであった。そして、真理夫はマリアの涙が流れ始めてから、いつか美香子にマリアの涙の浸みたハンカチを贈りたいという願いを持っていたのだった。

それでエリカとチャペルで話したあの日、万が一のためにとハンカチを準備していた真理夫は奇しくもマリアの涙を見ることができ、とっさにそれでマリアの涙を拭いたのであった。

真理夫はあのときマリアの涙が流れるのを見て、その涙が美香子に対する彼の思いをマリアが受け入れてくれたように感じ、どれほど嬉しかったかしれない。

真理夫は美香子にそのハンカチで何をしろと言ったわけではない。だが、ハンカチを受け取った美香子は、それをどのように使うべきかを知っていた。

美香子は耀介を見舞った。

彼のもとへ向かいながら、彼女の頭は回転せず、足が地に着いている気がしなかった。緊張と期待感と少しの恐れ。

いつものように耀介の枕元に腰掛けても、いつもとは違うような気がした。今日の美香子には耀介の顔の肌のつやが眩しく感じられ、細かい毛穴さえもはっきりと見えるような気がする。こんなことはいまだかつてなかった。

（耀介ちゃん、こんな顔してたんだね……）

今日は彼の寝息すらはっきりと聞こえるのである。美香子は震える手でそばに置いていたハンドバッグからあのハンカチの入った袋を取り出した。マリアの涙が乾かないように真理夫が密封してくれていた袋である。

なぜだかもう泣きたくてたまらないのに、彼女は必死で堪えていた。

指が思うように動かず、袋を上手く開けられない。やっと出てきたそのハンカチから、美香子はマリアの涙の潤いを感じていた。

閉じたままの彼のまぶたの下の目は、動かないままである。

（さあ耀介ちゃん、お顔を拭いてあげる……。このハンカチはね……）

それでどうなるかは分からなかった。しかし彼女の中には何か不思議な予感があったのだ。

そして同じ予感が、真理夫の中にもあったことを彼女は感じていた。言葉に出してしまえば、一瞬にして壊れて消えてしまいそうなはかないものだけれど、それを信じたとき、そこに無限の可能性が生まれるようなそんな何かを。

美香子はそのような予感を胸に抱きながら、耀介の顔と首と手をマリアの涙が浸みたハンカチでゆっくりと心を込めて拭いてやった。そのとき、部屋の空気を入れ替えるために少し開けておいた窓から、風がサーッと部屋の中に吹き込んできて白いレースのカーテンを揺らせた。

そして次の瞬間、美香子は自分が何の論理的確証もなくただ心で感じ信じたことが、確かにそうだったのだということを、目の当たりにしたのだった。耀介の頬が、一瞬ピクッと動いたのを彼女は確かに見たのだ。

閉じられた耀介の目から一粒の涙がこぼれ、頬を伝って流れ落ちた。

「耀介ちゃん！」

そう叫んだ美香子の目から大粒の涙がいくつもあふれ出た。

耀介は薄目を開いて彼女を見つめていた。何がどうなっているのか、自分の目の前にいる女性が誰であるのかも分からずに、戸惑い混乱したような不安なまなざしで。

美香子は耀介の右手を取って彼女の顔のところに持ってきて握りしめた。そして身をかがめて耀介の顔を見つめた。しばらくすると耀介の指がかすかに動くのを感じた。あまりのことに驚いてどう反応していいか分からずにいる美香子の顔のところで懸命に右手の指を動かそうとしているようであった。

美香子は、自分を見つめている耀介の目を見てはっとした。

それは彼のまなざしが、混乱して戸惑っていた先ほどのものとは異なり、今まで誰か分からなかった女性が誰であるのかを分かっているのではないかと感じさせるようなまなざしだったからである。

美香子は全身が震えた。

耀介の指が美香子の頰を流れる涙を拭こうとしているかのように、そして頰の傷跡を撫でようとするかのように優しく触れるのを感じたとき、美香子は思わず声を上げて号泣した……。

「マリア様、あなたはすべてをご存じだったんですね。ありがとうございます！」

マリアからの贈り物は、こうしてようやく美香子に届けられたのであった。

（了）

《参考資料》『新共同訳聖書』日本聖書協会『新共同訳新約聖書注解I』日本基督教団出版局『R.M. リルケ詩集　マリアの生涯』塚越 敏訳　国文社『リルケ全集　第3巻　詩集』塚越 敏、田口義弘、小林栄三郎訳　河出書房新社「スターバト・マーテル」シャルル・デュトワ指揮、モントリオール・シンフォニエッタ　ポリドール『21世紀キリスト教選書7　マリアとは誰だったのか―その今日的意味』E・モルトマン＝ヴェンデル、H・キュング、J・モルトマン編　内藤道雄訳　新教出版社

《初出》本作品は、インテル×マガジンハウスによる「あなたを作家にするプロジェクト」（2010年3月～12月実施）に寄せられた8442点の応募作品の中から選ばれた最優秀作品です。単行本化にあたって、大幅な加筆修正を加えました。

また、初版「マリアの涙」はマガジンハウス社から刊行されましたが、マガジンハウス社の版権終了に合わせて、アートヴィレッジから改訂発行されました。

ピーター・シャビエル　Peter　Chavier

キリスト教の幼児洗礼を受け、カトリックの家庭で育つ。日本とアメリカでプロテスタント・カトリックのほかギシャ正教・ユダヤ教・イスラム教などについても学ぶ。現在、ドイツに在住し、新聞や雑誌で執筆する傍ら、神学的テーマを小説で表現する試みを続けている。Master of Divinity。
著書に『イエスの涙』（アートヴィレッジ）がある。『イエスの涙』は英語、ドイツ語、フランス語、イタリア語、ポルトガル語、韓国語に翻訳出版されている。（ウクライナ語、スペイン語、ポーランド語、クロアチア語、アラビア語の出版準備中）
『マリアの涙』は英語、ドイツ語に翻訳出版されている。（イタリア語、フランス語の出版準備中）
http://peterchavier.com
peter.chavier@gmail.com

マリアの涙

2014年1月25日　改訂第一刷発行
著　者　ピーター・シャビエル
発　行　アートヴィレッジ
《神戸事務所》
〒657-0846　神戸市灘区岩屋北町3-3-18・4F
TEL078-806-7230　FAX078-806-7231
http://art-v.jp

定価はカバーに表示してあります。
ISBN978-4-905247-37-1 C0093 ¥1700E